전 생 귀 족 의

이세계

~ 자중할 줄 모르는 신들의 사도 ~

모험록

Wonderful adventure in Another world!
"God...That's going too far!!" he said...

⑤

YA   SHU
야 슈

Illustration 모

환생한 세계에서 신들로부터 많은 가호와 남다른 스테이터스를 얻게 된 카인. 그 압도적인 능력과 자중할 줄 모르는 성격 때문에 열두 살에 자작의 작위를 받고, 지방도시 드링털의 영주가 되었다.

학생, 모험가, 영주로서 충실한 나날을 보내던 카인은 첫 여름방학을 맞이하여 국왕의 명령으로 마린포드 교국에서 시찰하러 온 성녀의 호위임무를 맡는다. 성녀 히나타의 방문으로 들뜬 에스포트 왕국의 뒤에서 교황파에 의한 성녀 암살계획이 진행되었다. 그러던 중 히나타가 누군가의 독에 의해 쓰러지고 만다. 그러나 카인은 마법으로 히나타의 독을 제거하고, 마족 집사 다르메시아의 힘으로 범인을 찾아 사건을 해결하여 성녀 암살을 방지하면서 추가로 비밀조직의 본부를 괴멸시킨다. 그 공적으로 백작의 지위를 얻게 되었다.

그로부터 2년의 세월이 지나 열네 살이 된 카인은 영주로서 도시를 크게 발전시켰다. 그리고 여름방학이 지난 신학기, 바이서스 제국에서 제6황녀가 유학생으로서 편입하게 되는데……

Wonderful adventure in Another world! "God…That's going too far!!" he said…

CHARACTER
인물 소개

카인
귀족의 셋째 아들로 태어난 환생자. 신들의 가호로 파격적인 스테이터스를 받는다. 꿈은 모험가가 되어 세계를 돌아다니는 것. 드링털의 영주.

리루타나
에스포트 왕국의 왕립학교에 유학생으로 온 바이서스 제국의 제6황녀. 어린 시절 카인과 만나 아련한 연심을 품고 있다.

텔레스티아
에스포트 왕국의 제3왕녀. 카인에게 한눈에 반해 약혼자가 된다.

실크
텔레스티아와 함께 카인의 도움을 받은 에릭 공작 영애. 카인의 약혼자.

티파나
에스포트 왕국 근위기사단장 엘프. 카인의 강함에 반해 약혼자가 되었다.

히나타
마린포드 교국의 성녀. 어린 시절부터 신의 사자로 교육을 받으며 자랐다.

알렉
카인의 형. 드링털의 대관으로서 카인을 돕고 있다.

다르메시아
마왕 세토를 섬기던 마족. 드링털의 영주 저택을 지키는 뛰어난 집사.

루라&로라
드링털의 저택에서 메이드로 일하는 자매. 실은 카인과 같은 환생자.

가룸
그라시아령 변경백이자 카인의 아버지. 자중할 줄 모르는 아들 때문에 고생이 끊이지 않는다.

렉스
에스포트 왕국의 국왕. 카인이 일으키는 소동에 골머리를 앓는다.

GRUNEWDE

그루뉴드

숲

호수
리베르토령

탄바르

일스틴 공화국

산악지대

테렌자

가잘

마르비코령

던롭

드링털

에스포트 왕도

바이서스
제국

라메스터

에스포트 왕국

숲

그라시아령

실베스타

선데일

마린포드
교국

마물의 숲

미신가

바다

CONTENTS
목 차

| 전학생은 황녀님 |

여름방학이 끝나고 왕도에서는 학생들이 하나둘 등교했다. 카인도 마차를 타고 평소처럼 등교했다.

교실로 들어가자 낯익은 S클래스 친구들이 삼삼오오 모여 여름방학에 있었던 일을 말하고 있었다.

이미 텔레스티아와 실크도 등교하여 사이좋게 대화를 나누다가 카인을 발견하고 손을 흔들었다.

"아, 카인 님, 안녕하세요."

"카인 군, 안녕."

"텔레스, 실크, 안녕."

카인은 두 사람의 대화에 참여했다.

"드디어 오늘이네요. 사전에 왕성에서 환영 파티를 열 예정이었지만, 저쪽에서 눈에 띄고 싶지 않다며 거절하였으니……."

"우리도 오늘 처음 만나는 거야. 대체 황녀님은 어떤 사람일까……."

두 사람은 오늘 처음 만나는 황녀를 상상하며 대화했다.

종이 울리고 선생님이 교실로 들어왔다.

"좋아, 모두 왔구나. 안녕. 오늘은 우리 S클래스에 전학생이 왔어. 들어와도 돼."

선생님의 말에 천천히 문이 열렸다.

푸른색 머리카락을 허리까지 기르고, 앞머리를 눈썹 언저리까지 내린 미소녀가 들어왔다. 키는 150센티미터쯤에 남학생들이 환호성을 지를 만큼 예쁘다.

그 미소녀가 교단 옆에 서서 주위를 둘러보며 정중하게 인사했다.

"여러분, 처음 뵙겠습니다. 바이서스 제국에서 유학을 온 제6황녀, 리루타나 반 바이서스입니다. 에스포트 왕국에 온 것은 두 번째입니다만, 왕도는 처음입니다. 앞으로 사이좋게 지내고 싶어요."

남학생들이 다시 환호성을 질렀다.

"황녀님이래……."

"진짜 예쁘다……."

남자들의 환호에 기분이 상한 소녀들.

리루타나는 다시 깊숙이 머리를 숙였다 고개를 들어 카인을 보고는 생긋 미소 지었다.

그러나 카인에게 미소를 지은 것 때문에 텔레스티아와 실크의 표정에 긴장감이 흘렀다.

"역시……."

텔레스티아가 작게 중얼거렸다.

카인은 리루타나의 미소는 신경 쓰지도 않고 선생님의 설명을 담담하게 들었다.

"들은 바와 같이 리루타나는 바이서스 제국의 황녀이기는 하지만, 우리 학교에서 신분은 상관없어. 리루타나의 자리는…… 그래, 텔레스티아 뒤에 앉도록 할까. 리루타나, 저 자리에 앉을래?"

"알겠습니다, 선생님."

리루타나는 학생들에게 미소를 지으며 자리 사이로 나아가 자신의 자리에 앉았다.

딱 카인의 대각선 뒷자리다.

"그럼 1교시는 홈룸을 하마. 다들 자기소개도 해야지. 카인! 너부터 해볼까?"

선생님의 말에 카인은 자리에서 일어나 뒤를 향해 몸을 돌렸다.

"카인 폰 실포드 드링털입니다. 왕국에서 백작 작위를 받았습니다. 잘 부탁해요."

카인은 간단히 인사를 마치고 얼른 자리에 앉았다. 이어서 일어난 사람은 옆자리에 앉은 텔레스티아였다.

"텔레스티아 테라 에스포트입니다. 이 나라의 제3왕녀입니다. 그리고 옆에 앉은 카인 님의 **약혼자**입니다. 모쪼록 잘 부탁드리겠습니다."

텔레스티아가 **약혼자**임을 강조하며 리루타나를 보고 인사했다. 리루타나는 그 말을 들은 순간 조금 놀란 듯 눈을 크게 떴다.

이어서 성적으로 삼등인 실크가 일어났다.

"실크 폰 산타나입니다. 산타가 공작가의 둘째 딸입니다. 그리고 마찬가지로 여기 카인 군의 약혼자입니다. 잘 부탁해요."

두 사람의 인사에 남학생들이 휘파람을 불며 놀렸다. 그런데 리루타나는 조금 놀란 표정으로 카인에게 인상을 쓰고 곁눈질을 했다.

차례차례 자기소개가 이어지자 아까 보인 불쾌한 표정을 감추 듯이 리루타나가 생글거리며 이야기를 들었다.

서른 명에 가까운 인사가 끝날 즈음 1교시가 끝났다.

"그럼 이것으로 홈룸을 끝내겠다. 다음부터는 바로 수업할 테니까."

담임이 교실에서 나가자 남자들이 곧장 리루타나에게 모여들었다.

"다시 한번, 잘 부탁해! 나는 자작가 적자인——."

미소녀에게 몰려든 남자들을 여자들은 한숨을 쉬며 구경했다.

그런 상황에 리루타나도 질린 듯한 표정인 것을 파악한 텔레스티아가 말을 걸었다.

"여러분, 그렇게 한꺼번에 말을 걸면 리루타나 양도 혼란스러울 거예요."

텔레스티아의 말에 남자들이 포기하고 각자 자리로 돌아갔다. 아무리 학교 안이라고 해도 왕녀의 말을 거스를 수는 없다.

"리루타나 양, 미안해요. 너무 시끄러웠죠……."

"아니야, 텔레스티아 양이라고 했나? 고마워……."

"텔레스라 불러도 돼요. 친구들은 그렇게 부르니까."

"그럼 나도 리루라고 불러."

두 사람이 서로 미소를 지었다. 카인은 실크도 합세해 셋이서 사이좋게 대화하는 것을 자신의 자리에서 턱을 괴고 들었다.

"두 사람과 친하게 지내면 괜찮을 것 같네……."

안심한 카인은 미소를 지었다.

셋이서 대화하면서 리루타나가 힐끗힐끗 카인에게 시선을 보내는 것을 눈치챈 실크가 물었다.

"리루는…… 카인이 신경 쓰여……?"

리루타나는 실크의 말에 새빨개진 얼굴로 부정했다.

"그, 그, 그렇지 않아…… 그야 처음 만났고…… 응……, 게다가 두 사람의 약혼자라며? 어떤 사람일지 조금 궁금해서……."

마지막은 조금 씁쓸한 듯 대답했다. 그러고는 가슴 언저리까지 내려온 목걸이를 쥐었다. 텔레스티아가 그 목걸이를 보고 궁금하여 물었다.

"그 목걸이, 심플하지만 잘 어울리네요. 소중한 물건 같고……."

"……응, 어릴 때 만난 사람이 골라준 거야……."

리루타나가 목걸이에 달린 푸른 보석을 소중하게 바라보며 대답하고 마지막으로 카인에게 잠깐 시선을 보냈다.

그 뒤로도 세 사람의 대화가 이어졌다. 감히 왕녀, 황녀, 공작영애의 대화에 끼어드는 사람은 아무도 없었다.

종이 울리고 선생님이 문을 열고 들어왔다.

"그럼 수업을 시작하마—."

다음 수업이 시작되었다. 리루타나에게도 이미 교과서가 배부되었는지 성실하게 수업을 들었다.

아무 일도 없이 수업이 이어지다 점심시간이 되었다. 학교에는 커다란 식당이 있어서 거기서 점심을 먹는 학생이 많다. 도시락을 싸온 사람도 친구와 식당에서 먹는 경우도 있다.

카인이 식당으로 가 식사를 담은 쟁반을 들고 빈자리를 찾고 있는데 텔레스티아가 손짓을 했다. 가까이 가자 리루타나와 실크도 앉아 있었다.

"카인 님, 여기 한 자리가 비어 있어요. 같이 먹어요."

"고마워. 그렇게 할게."

카인은 쟁반을 놓고 자리에 앉았다.

"이 기회에 친목을 다지려고 하여 리루에게도 같이 먹자고 했어요."

"리루타나 양, 이 학교의 일은 두 사람에게 물어보면 될 거예요. 다시 한번 잘 부탁해요."

카인의 말에 조금 씁쓸한 표정을 지으면서도 리루타나가 고개를 끄덕였다.

식사를 하며 잡담을 나누었다. 바이서스 제국의 내정에 대해 자세히 말할 수는 없지만, 취미나 평소 무엇을 하는지 등을 말하며 서로에 대해 알아갔다.

"그러고 보니 리루는 에스포트 왕국에 한 번 온 적이 있다고 했죠? 왕도에는 오지 않았다고 했는데 그럼 어딜 가봤어요?"

텔레스티아의 순진한 질문에 리루타나는 얼굴을 굳혔다.

"응…… 어린 시절에…… 라메스터에…….."

"라메스터라니…… 그라시아 영지 안에 있는 곳이지? 카인 군의 아버님이 다스리시는……. 혹시 리루와 카인 군이 만난 적이 있다던가?"

"그, 그, 그런 일은…… 없었을…… 거야…….."

작은 목소리로 대답하는 리루타나에게 카인도 말을 덧붙였다.

"나도 라메스터는 한 번밖에 가본 적이 없거든……. 아버지를 따라갔는데 거의 기사들과 훈련만 하느라──."

몇 년도 더 된 일을 떠올리며 카인이 말을 이어나갔다.

그 이야기 속에는 어리지만 기사들과 훈련만 하였고, 상점가에는 한 번만 갔다는 말이 나왔다.

리루타나는 조금 기대하는 표정으로 들었으나, 카인의 이야기가 끝나자 서운한 얼굴로 바뀌었다.

"카인 님은 그렇게 어릴 때부터 훈련을 하였군요. 그래서 그렇게나 강하게——."

"그러고 보니 둘 다 카인 님의 약혼자라고 했는데 괜찮나? 둘다……. 질투를 한다거나……."

텔레스티아의 말을 자르듯이 리루타나가 두 사람에게 질문했다.

"두 사람이 아니야. 지금도 카인에게는 세 명의 정식 약혼자가 있고, 아마—— 앞으로 한 명 더 늘어나려나?"

실크의 말에 리루타나는 상상 이상의 충격을 받았다.

바이서스 제국에서도 귀족이라면 성인이 되기 전에 약혼자가 결정되는 일은 흔하지만, 그것은 주로 집안끼리 친교를 더하기 위한 것이나 정치적인 정략을 위한 것이다.

그런데 성인이 되기 전에 세 명, 아니 네 명과 약혼하는 것은 황자라도 있을 수 없는 일이다.

"이 이상 늘리지 않도록 제가 늘 카인 님에게 말하고 있어요."

텔레스티아도 실크의 말에 동의하며 설명했다.

두 사람의 말을 들으며 리루타나는 조금 날카로운 시선을 카인에게 보냈다.

"그렇게 말해도……."

카인은 머리를 긁적이며 부정하지 않았다.

"──그렇습니까……, 미안하군요. 저는 먼저 교실로 돌아가 겠습니다."

식사를 마친 리루타나가 자리에서 일어나 쟁반을 들고 식당을 나가버렸다.

"뭔가 말실수를 했나……."

카인은 멀어지는 리루타나의 뒷모습을 보며 중얼거렸다.

전생귀족의
이세계
모험록

| 리루타나의 우울 |

"저 상회에서 내놓는 유리잔의 제작방법은 아직 알아내지 못한 것이냐!"

화려하게 꾸며진 응접실에서 씩씩거리는 것은 좋게 말하면 체격이 좋고, 나쁘게 말하면 뱃살이 늘어진 코르지노 후작이었다.

코르지노의 호통에 나르니스 상회의 회장, 마티어스가 몸을 움츠렸다.

마티어스는 그라시아의 지점장이지만 코르지노의 후원을 얻어 지금은 나르니스 상회의 회장이 되었다.

"그렇게 말씀하셔도 사라칸 상회의 뒤에는 실포드 백작이 있습니다. 오셀로에 유리 세공제품, 흐리지 않은 거울, 그리고 저 변기까지……. 상업신에게 봉납하여 이미 독점기간이 지났습니다만, 아직 다른 상회도 재료를 포함한 제작방법을 알아내지 못했습니다…… 대체 어떻게 만들었는지…….."

상업신에게 봉납하면 3년간 독점할 수 있지만 이미 그 기간이 지났다. 따라서 다른 상회도 모방하려고 하였으나, 어디도 성공한 예가 없어서 여전히 사라칸 상회가 시장을 독점하고 있다. 오셀로만은 어느 상회도 쉽게 따라 하여 독점기간이 끝나고 모방하여 팔기 시작했지만, 이미 사라칸 상회에 의해 왕국 내, 제국, 공화국 등 타국에도 대량으로 수출을 마친 상태라 큰 수요를 기대할 수 없었다.

"그 꼴 보기 싫은 녀석……. 드링털에서 실각할 줄 알았더니 설마 그 정도로 도시를 발전시킬 줄이야. 게다가 지금은 왕녀 저하의 약혼자이기도 해. 쉽진 않겠지……."

"그렇습니다……. 하지만 사라칸 상회에는 딸이 있을 겁니다. 그걸 잘 이용하면 혹시——."

"음, 이용한다는 말은——."

"——그것이 말이지요……."

두 사람이 수상한 미소를 지으며 계획을 세우기 시작했다. 그리고 대화가 끝나자 코르지노 후작이 꺼림칙하게 웃으며 크게 고개를 끄덕였다.

"——크흐흐, 그거 기대되는군…… 최악의 경우엔 다른 나라로 팔아치워도 되니까. 고양이 수인이라면 애완구로도 비싸게 팔 수 있겠지."

"하나는 예전에 못 쓰게 되었지만, 지금은 다른 수단도 있습니다. 저희에게 맡겨주시죠."

"일이 잘되면 어떻게 해야 할지 알겠지, 마티어스?"

"그야 물론…… 두둑하게 기부하도록 하겠습니다."

그 뒤로 한동안 대화를 나누고 마니어스는 방에서 나왔다.

마티어스가 마차 안에서 동승한 젊은 여성 노예를 안고 가슴을 주무르자 여성은 질색하면서도 그에게 몸을 기댔다.

"이제 비밀스럽게 연락을 취하고—— 크흐흐, 저 사라칸 상회의 우는 꼴이 눈에 선하군."

수상한 미소를 지은 마티어스를 태운 마차가 나르니스 상회로 돌아갔다.

———어느 귀족의 저택.

한 소녀가 힘차게 침대로 몸을 날렸다.

"어째서…… 약혼자 같은 게 있는 거야! 아직 어른이 되지도 않았으면서. 기껏 에스포트 왕국까지 왔는데 이래서는……."

학교에서 꾸며낸 웃음을 짓던 것과는 거리가 먼 어두운 얼굴로 화를 내는—— 리루타나가 혼자 침대에서 짜증을 냈다.

유학을 오며 에스포트 왕국에서 귀족용 저택을 빌려 리루타나가 사용하게 되었다.

"그나저나 변경백의 아이인데 성인이 되기도 전에 어떻게 백작이…… 제국에서는 있을 수 없는 일이야. 무슨 일이 있었을까…… 궁금해……."

리루타나는 침대에서 일어나 방에서 나갔다.

응접실에 앉아 있는 리루타나의 앞에 집사 겸 가령, 그리고—— 호위이기도 한 니기트가 대기하고 있었다. 니기트는 리루타나가 열 살이 될 때부터 호위를 맡고 있다.

"니기트, 카인 폰 실포드 드링털 백작에 대해 조사해."

지시를 내리는 리루타나를 보며 니기트가 고개를 갸웃했다.

"리루타나 전하, 에스포트 왕국에 오자마자 남성에게 빠져 지낼 생각이십니까……."

"시끄러워! 그라시아에서의 일도 알고 있잖아! 게다가…… 저 나이에 어떻게 백작까지 되었는지 궁금해. 장래에 우리 제국의 걸림돌이 될 가능성이 있을지도 몰라. 됐으니까 조사해!"

본심과 다른 말을 내뱉자 니키트가 납득한 듯 깊숙이 머리를 숙였다.

"──알겠습니다. 정보를 모아오겠습니다. 지시를 내리겠으니 그럼 이만."

다시 정중하게 머리를 숙이고 니키트는 방에서 물러났다.

혼자가 된 리루타나는 크게 한숨을 내쉬었다.

"그나저나── 카인, 멋있어졌더라……. 가능하면──."

어린 시절 만난 카인이 골라준 목걸이를 손에 들고 리루타나는 혼잣말을 했다.

──정보는 바로 모였다.

응접실 소파에 리루타나가 앉자 눈앞에 카인의 정보가 쓰인 서류가 놓였다.

사도 등 왕국 상층부에서 극비리에 다루는 정보는 실리지 않았지만 일반적으로 알려진 것만으로도 카인이 왕국 내에서 얼마나 공헌하고 있는지 세세하게 알 수 있었다.

서류다발을 꼼꼼하게 읽은 리루타나는 서류를 테이블에 던지며 깊은 한숨을 쉬었다.

"──설마 이렇게까지 대단할 줄이야……."

"그렇습니다. 아직 열네 살에 이 정도의 재능을 지닌 아이는 제국에서도 들은 적이 없습니다. 저도 정리하면서 믿기지 않았습니다. 게다가 저택에는 어릴 때 혼자 토벌한 SS급 레드 드래곤의 박제까지 장식되어 있다니요……. 신이 한 인간에게 여러 재능을 주기도 하는 것을 새삼 깨달았습니다."

보고를 정리한 서류에는 왕도로 가던 도중 왕녀 저하를 구하기 위해 오크 상위종을 포함한 수십 마리의 마물을 혼자 쓰러뜨린 것. 남작이 된 뒤 왕도에서 살며 상회와 손을 잡고 획기적인 상품을 몇 개나 세상에 내보낸 것. 그리고 자작이 되어 대관과 악당들에게 좌지우지되던 도시의 문제를 해결하고 치안을 개선하여 더욱 크게 발전시킨 것.

나아가 교국의 성녀까지 카인의 포로가 된 사실이 쓰여 있었다. 자산도 제국 귀족으로 따지자면 다섯 손가락 안에 들지 않을까 예상될 만큼 거액의 부를 축적했을 가능성도 있다고 한다.

보고서를 보면 볼수록 사실일지 의심되는 내용이 기재되어 있었다.

맞은편에 앉은 니키트도 던져진 보고서를 정리하며 그 내용에는 혀를 내둘렀다.

"리루타나 전하가 왜 조사하라고 하셨는지 잘 알겠습니다. 이만큼 재능이 넘치는 아이는 없습니다. ——그대로 리루타나 전하의 약혼자로 삼아 제국으로 데려가고 싶을 정도입니다. 혹시…… 리루타나 전하도 그것을 목적으로……?"

니키트의 '약혼자'라는 말에 리루타나의 볼이 순식간에 붉게 물들었다.

"그, 그, 그렇지 않아! 갑자기 약혼이라니! 카인에게는 이미 약혼자가 세 사람이나 있어. 교국의 성녀님도 포함하면 이미 네 명…… 여기에 나도…… 앗, 아니야!"

다급하게 설명하는 리루타나의 표정을 보고 니기트가 쓴웃음을 지었다.

"황녀 전하도 한창 사랑에 빠질 나이셨군요……."

"시끄러워! 그보다 사라칸 상회에 가보고 싶어. 제국에는 없는 물건이 많다고 하니까."

쑥스러움을 감추려는 리루타나의 태도에 니기트는 미소를 지었다.

"알겠습니다. 그럼 주말에 갈 수 있도록 준비하지요."

"그렇게 해줘. 정말 쓸데없는 소리나 하고……."

방을 나간 니기트는 복도에서 다시 보고서를 살펴보며 한숨을 내쉬었다.

"이만한 인재를 배출할 줄이야…… 제국의 세계 통일에 방해가 될 가능성이——."

아무도 없는 복도를 걸으며 니기트는 혼잣말을 했다.

평일은 아무 일도 없이 학교에서 수업을 받았다. 보고서를 본 뒤로 리루타나는 카인이 점점 더 신경 쓰였다. 정확하게 말하자면 편입한 첫날 카인과 재회했을 때에는 기분이 하늘까지 치솟았으나, 왕녀와 공작 영애가 약혼자임을 알고 그 마음은 바닥까지 떨어졌다.

그러나 황녀로서 가면을 쓰고 텔레스티아, 실크와 교우 관계를 맺어나갔다.

다만 보고서를 읽고 나자 더욱 마음을 억누를 수 없게 되어 그야말로 사랑에 빠진 소녀처럼 카인을 바라보는 일이 많아졌다. 수업은 소홀히 하지 않았지만, 뒷자리에서 넋이 나가 카인의 뒷모습을 보는 횟수가 늘어갔다.

그나마 텔레스티아와 실크는 가장 앞줄에 앉아 있어서 그 표정을 보지 못하는 것이 다행이었다.

——그리고 주말.

사라칸 상회로 향하는 마차가 한 대. 제국에서 타고 온 마차에는 바이서스 제국 황실의 문장이 크게 그려져 있었다. 그러나 제국의 문장을 평민들이 알 리가 없어서 어떤 귀족의 문장이라고 생각했다.

마차가 사라칸 상회에 도착한 뒤, 리루타나는 니기트를 데리고 상회로 들어갔다. 그곳에는 제국에는 없는 빨간색, 파란색으로 화사하게 유리세공을 한 잔이 한쪽 벽에 설치된 유리 케이스 안에 늘어서 있어서 그것을 본 리루타나는 놀란 눈을 했다가 곧 황홀한 표정을 지었다.

"어서 오십시오…… 앗, 황녀 전하?!"

휴일에 가게를 보던 파르마는 손님이 와서 응대하려고 보니 리루타나였기에 놀라움을 감추지 못했다.

"앗…… 나를…… 알아?"

"네, 같은 학교에서 A클래스에 있는 파르마라고 합니다. 몇 번인가 왕녀 저하와 실크 님, 카인 님과 계시는 모습을……."

"그랬구나……. 그나저나 이렇게 아름다운 유리잔은 처음 봤어…… 왕국에서는 이런 잔이 일반적인가……?"

유리 케이스 안에 진열된 유리잔을 바라보며 리루타나가 파르마에게 물었다.

"이 상품은 아직 일반적으로 판매하고 있지 않습니다…… 예약제라서 만들어지면 순서대로 판매하고 있습니다."

"……그래……. 아쉽네……. 가능하면 여기서 바로 구입하여 가져가고 싶은데."

파르마의 말에 조금 실망하며 대답하자 예상외의 대답이 돌아왔다.

"——혹시…… 황녀 전하라면…… 먼저 드릴 수 있을지도——."

그 말에 리루타나는 파르마의 어깨를 붙잡았다.

"정말?! 정말 살 수 있어?! 이 유리잔을……."

거세게 어깨를 붙잡혀 놀라면서도 파르마가 설명해주었다.

"구입하시는 분이 황녀 전하라면…… 실은 카인 님이 이 유리잔을 만들고 계십니다. 혹시 바로 만들어주실지도 모릅니다……."

"그래! 그렇다면 부탁해도 될까……? 나도…… 학교에서 부탁해볼게. 니기트, 미리 대금을 지불해줘."

"——알겠습니다……. 그럼 예약과 결제를."

니기트가 카운터로 가서 대금을 지불하고 예약표를 받았다.

"저기, 파르마, 그 외에도 신기한 물건이 있을까? 있다면 가르쳐줘. 오셀로는 이미 제국으로도 들어왔어. 이것도 왕국이 개발한 상품이라며."

유리세공만이 아니라 다른 상품도 구경하며 파르마에게 물었다.

"네! 오셀로도 카인 님이 발명하였습니다. 그 외에는…… 화장실일까요……?"

"화장실? 그게 뭐가 다른데……?"

바이서스 제국의 화장실과 에스포트 왕국에서 준비한 저택의 화장실은 아무 차이점이 없었다. 의아해진 리루타나가 고개를 갸웃했다.

"이건…… 직접 시험해보시지 않으면……."

조금 긴장한 얼굴로 설명하는 파르마에게 리루타나는 더욱 자세하게 물어보기로 했다.

"그럼 여기서 시험해볼 수 있을까? 안내해줄래?"

"네, 알겠습니다. 그럼, 이쪽으로……."

파르마가 긴장한 채 화장실로 안내했다. 그리고 사용방법을 듣고 이해한 리루타나는 혼자 안으로 들어갔다.

"니기트! 이걸 바로 가져가야겠어!"

새빨개진 얼굴로 화장실에서 벌컥 뛰쳐나온 리루타나의 모습에 니기트는 놀란 얼굴로 파르마에게 시선을 보냈다.

"모두 시험해보시면 대부분 그렇게 말씀하십니다……."

"니기트, 저택의 화장실을 모두 교환하도록 처리해. ……지금 당장."

니기트는 의아하게 여기면서도 "알겠습니다"라고 대답했다.

"파르마, 오늘은 좋은 물건을 잘 구입했어. 정말 오길 잘했어. 앞으로 학교에서도 잘 부탁해."

"저야말로 구입해주셔서 감사드립니다. 학교에서도 잘 부탁드리겠습니다."

정중하게 머리를 숙이는 파르마에게 리루타나는 부드러운 미소를 지었다.

파르마의 배웅을 받으며 쇼핑에 만족한 리루타나는 마차를 타고 저택으로 돌아갔다.

저택으로 돌아가 소파에서 쉬는 리루타나에게 니기트가 물었다.

"그 정도로 그…… 화장실이 마음에 드셨습니까……?"

아직 경험하지 못한 니기트는 리루타나의 그 기세가 전혀 이해가 되지 않았다.

"그건 혁명이야…… 그것을 경험하고 제국에 돌아가면 힘들어질걸……. 제국으로 돌아갈 때 그것을 대량으로 구입해서 가야겠어. 그만큼 대단한 물건이야."

강하게 주장하는 리루타나의 모습에 의구심을 품으면서도 니기트는 고개를 끄덕였다.

――그리고 며칠 뒤, 저택을 공사하여 새로운 변기가 설치되었다.

본래는 예약을 하고 좀 더 기다려야 하지만, 황녀를 기다리게 할 수는 없다며 파르마가 상회장인 타마니스를 설득하여 먼저 설치하게 되었다.

파르마의 열의와 바이서스 제국의 황녀가 상회에 직접 구매하러 온 것에 놀란 타마니스도 받아들일 수밖에 없었다.

"리루타나 전하! 그것은 대단하더군요. 저택 전체에 설치해주셔서 감사드립니다. 시녀들도 모두 전하께 감사드리고 있습니다."

니기트가 조금 상기된 얼굴로 리루타나에게 깊숙이 머리를 숙이며 흥분한 어조로 인사했다.

그 모습에 리루타나가 의기양양하게 팔짱을 꼈다.

"그렇지? 알아줄 거라 믿었어."

"리루타나 전하의 마음을 정말 잘 알겠습니다. 게다가 유리잔도 바로 입수하다니 과연 리루타나 전하이십니다."

"……그건……."

니기트가 테이블에 놓인 장식된 유리잔을 하나씩 들고 좋아하는 모습을 보며 리루타나는 학교에서 있었던 일을 떠올렸다.

――시간은 조금 거슬러 올라가 어느 날 학교에서.

리루타나는 평소 카인에게 직접 말을 거는 일이 없었다. 그것은 약혼자 두 사람이 항상 같이 있어서 직접 말을 걸기가 주저되었기 때문이다.

'이 정도는 스스로 부탁해야…….'

리루타나는 쉬는 시간에 카인에게 말을 걸었다.

"카인 님, 부탁이 있습니다만……."

드물게 리루타나가 직접 말을 걸은 것에 텔레스티아와 실크도 시선을 집중했다.

"리루타나 양, 무슨 일이죠?"

카인이 의아한 얼굴로 대답했다. 리루타나는 용기를 쥐어 짜내어 입을 열었다.

"실은 카인 님께 부탁이 있습니다만……. 저기…… 그 유리세공을 하나 가지고 싶습니다. 상회에 말하니 예약제라고 하여, 파르마가 직접 카인 님께 말하면 어떨까 조언해주어……."

카인은 갑작스러운 부탁에 무슨 일인가 했으나, 유리세공임을 알고 안심하여 리루타나에게 웃어 보였다.

갑자기 카인이 환한 미소를 짓는 바람에 리루타나는 볼을 붉혔다.

"그 정도라면 상관없습니다. 제국과 우호관계를 유지하기 위해 그냥 드려도 됩니다만——."

카인이 문득 시선을 느끼고 옆을 보자 텔레스티아와 실크가 뚫어지게 바라보고 있었다.

"그래도 그것은——. 이미 상회에 예약은 해두었으니까요."

"알겠습니다. 그럼 돌아가는 길에 파르마에게 들러 건네도록 하지요."

"그렇게 빨리?! 감사합니다."

리루타나는 자신도 모르게 카인의 손을 양손으로 감싸고 위아래로 흔들어 기쁨을 드러냈다.

카인은 그 정도로 기쁨을 표현하는 리루타나가 신기하여 가만히 하는 대로 두었다.

"──리루, 슬슬⋯⋯."

텔레스티아의 말에 리루타나는 문득 자신이 카인의 손을 잡고 있던 것을 깨닫고 더욱 볼을 붉혔다.

"앗⋯⋯ 이, 이것은⋯⋯ 죄송합니다⋯⋯."

리루타나는 카인의 손을 놓고 새빨간 얼굴로 미안한 얼굴을 했다.

"그럼 오늘 학교가 끝나면 사라칸 상회로 같이 갈까요? 거기서 드리겠습니다."

카인의 제안에 리루타나는 동의했지만, 텔레스티아와 실크는 떨떠름한 표정을 지었다.

"크으으⋯⋯ 이런 날에 내정과 수업이 있다니⋯⋯."

"나도⋯⋯ 텔레스, 오늘은 참자. 수업을 안 들을 수는 없으니까⋯⋯."

텔레스티아와 실크는 선택수업이 있어서 카인은 먼저 돌아갈 예정이었다. 리루타나도 귀족과만 선택하여 오늘은 더 이상 수업이 없다.

완전히 포기하지 못한 텔레스티아와 실크는 어깨를 축 늘어뜨렸다.

카인과 리루타나는 수업을 마치고 둘이서 학교를 뒤로했다.

평소 카인은 일이 있으면 마차로 통학하지만, 오늘은 도보로 왔다. 리루타나는 황녀라는 입장 때문에 마차로 통학하고 있다. 학교 입구의 마차 대기 대기장에는 니기트가 마차 옆에서 기다리고 있었다.

카인과 함께 건물에서 나오자 니기트가 조금 놀란 표정을 지었다.

"리루타나 전하, 어서 오십시오. ……실포드 백작, 리루타나 전하의 집사, 니기트라고 합니다. 잘 부탁드립니다."

자세를 바로하고 니기트가 카인에게 인사를 하고 미소를 지었다.

"카인 님, 저를 어릴 때부터 돌봐주고 있어요. 아무튼 사라칸 상회로 가. 카인 님에게 유리세공을 받기로 했으니까."

"카인 폰 실포드 드링털입니다. 처음 뵙겠습니다…… 어떻게 저를……?"

궁금해하는 카인에게 니기트가 환한 미소를 짓고 대답했다.

"그야 평소에 리루타나 전하가 늘 말씀──."

"니, 니기트! 쓸데없는 소리는 안 해도 돼!"

리루타나가 당황하여 니기트의 말을 가로막았다. 말이 지나쳤다고 느낀 니기트가 어색하게 웃으며 마차 문을 열었다.

"아, 이거 실례했습니다. 그럼 마차에 오르시죠."

리루타나는 얼굴을 붉히며 카인에게 마차에 타도록 권했다.

두 사람이 마차를 타자 마부를 맡은 니기트가 신호를 보내 출발하였다.

리루타나는 옆에 앉은 카인에게 곁눈질을 하며 목에 건 목걸이를 쥐고 한숨을 쉬었다.

'역시 카인은 기억하지 못하나……'

그런 리루타나의 마음과 달리 마차는 유유자적하게 사라칸 상회로 향했다.

사라칸 상회 앞에 마차를 세우자, 파르마는 이미 가게로 돌아와 교복을 입은 채 가게를 보고 있었다.

니기트가 마차 문을 열고 카인과 리루타나가 내리자 두 사람이 같이 있는 것에 파르마는 조금 놀란 표정을 지으면서도 머리를 숙였다.

"카인 님, 리루타나 전하, 어서 오십시오."

"파르마, 고생이 많네. 타마니스 씨는?"

"조금 전까지는 있었는데 상회 모임에 갔어요. 그래서 제가 가게를…… 황녀 전하와 카인 님이 오셨는데 점주가 인사도 하지 못하여 죄송합니다."

정중하게 사과하는 파르마에게 괜찮다고 전하고, 안쪽 응접실을 빌려달라고 부탁했다.

두 사람은 파르마의 안내로 가게 안쪽의 응접실로 들어가 마주앉았다.

앉은 두 사람에게 파르마가 홍차를 따랐다.

"그리 고급스러운 찻잎이 아니라 죄송합니다만……"

파르마가 송구해하며 두 사람의 앞에 홍차를 따른 찻잔을 놓고, 다시 가게를 보러 응접실에서 나갔다.

　두 사람은 홍차를 마시며 잠시 잡담을 하고 본론으로 들어갔다.

　카인은 딱히 조심하는 기색도 없이 아이템 박스에서 대충 유리잔을 하나씩 꺼내 놓았다.

　"——아이템 박스……."

　텔레스티아나 실크, 파르마를 포함한 사라칸 상회 사람들은 모두 카인이 아이템 박스를 가진 것을 알고 있다.

　알지 못했던 리루타나가 조금 놀란 표정으로 중얼거렸다.

　"아, 그렇구나……. 리루타나는 몰랐구나. 그리 공개하지 않았으니 일단 비밀로 해줘요."

　카인은 살짝 머리를 숙이고, 예약한 개수만큼 유리잔을 꺼냈다.

　세 가지 종류의 디자인당 네 개씩 내려놓자 리루타나는 유리잔의 아름다움에 푹 빠졌다.

　"주문한 것은 열 개입니다만, 개수를 딱 맞추기 위해 두 개는 제가 선물하겠습니다. 비밀로 해주는 대신에……."

　카인의 환한 미소에 리루타나는 볼을 조금 붉혔다.

　"카인 님, 감사합니다……. 그리고 절 '리루'라고 불러주세요. 텔레스와 실크도 그렇게 부르고 있으니까요. 다른 사람들처럼 편하게 대해주세요."

　"——리루……."

　카인은 문득 무언가를 생각하더니 곧 시선을 리루타나에게 되돌렸다.

"——그럼 좀 더 편하게 말하도록 노력할게……."

"네, 저도 그게 더 기뻐요. 그나저나 카인 님은 예술에 재능이 있군요. 이미 도시를 다스리고 있으면서 예술과 오락 도구에 관해서도……. 제국에는 그 정도의 인재가 없습니다. 왕국이 부럽네요."

"그렇지 않습니다. 주위의 인재들에게 도움을 받고 있을 뿐이니까요."

그 뒤로도 두 사람이 잡담을 나누던 중, 노크를 하고 파르마가 니기트를 안내했다.

"실례합니—— 이, 이거 대단하군요!"

니기트가 안으로 들어오자마자 테이블에 놓인 화사한 색깔의 유리잔에 눈을 크게 떴다.

테이블에 놓인 유리잔으로 성큼성큼 다가가 빠져들어 바라보는 니기트의 머리를 리루타나가 살짝 때렸다.

"니기트, 한심한 꼴 보이지 마."

맞은 니기트는 방금 전의 모습이 거짓말인 듯 절제된 태도로 "이거 실례" 하고는 리루타나의 뒤에 섰다.

"카인 님, 창피한 모습을 보여 죄송합니다."

머리를 숙이는 리루타나에게 카인은 괜찮다고 말하고 이야기를 진행했다.

추가로 조금 더 사고 싶다는 요망도 있었으나, 이번에는 특별히 파는 것으로 하고 다음부터는 순서를 기다려달라는 말에 리루타나도 동의했다.

파르마에게 넘기기 위한 유리잔도 차례차례 꺼내어, 테이블이 수십 개의 유리잔으로 꾸며졌다.

"이렇게나……."

눈앞에 놓인 유리잔에 침을 삼키는 리루타나는 내버려 두고, 다시 돌아온 파르마가 숫자 확인을 하고 가게 안쪽으로 운반했다.

모든 작업을 마치자 리루타나가 구입한 유리잔도 전용상자에 담았다.

"리루타나 전하, 이것이 구입하신 물건입니다. 확인해 보시죠."

"그래, 담는 모습을 확인했으니 문제없어. 니기트, 마차로 옮겨줄래?"

"네, 리루타나 전하."

니기트가 소중하게 상자를 안고 순서대로 마차로 옮겼다.

모든 짐을 싣고 나자 리루타나도 자리에서 일어났다.

"파르마 양, 고마워요. 덕분에 빨리 손에 넣을 수 있었어요. 앞으로 학교에서도 친하게 지내요."

"저야말로 잘 부탁드리겠습니다."

웃으면서 인사하는 리루타나에게 파르마가 긴장하면서도 미소를 지었다.

"저도 슬슬 돌아가겠어요. 중요한 상품이기도 하니. 카인 님…… 태워드리죠."

"어, 아니…… 응, 그럼 부탁하도록 할까. 파르마, 학교에서 만나자."

"카인 님, 감사합니다. 어서 예약한 분들에게 연락을 해야겠네요."

네 사람은 응접실에서 나와 마차에 올랐고, 파르마는 그 모습을 지켜보았다.

"내일부터 연락을 돌려야……."

눈앞에서 사라져가는 마차를 보며 파르마는 혼잣말을 하고 가게로 돌아갔다.

"카인 님…… 괜찮으시면 저택에 들르지 않겠어요? 중요한 상품도 있어서 니기트만으로는 걱정이 되거든요."

마차 안에서 리루타나가 카인에게 작은 목소리로 물었다.

"아무래도 그건……."

"아, 제국에서 가져온 찻잎도 있답니다. 괜찮으시면 그것도 대접하고 싶어요."

강하게 설득하는 리루타나에게 진 카인은 함께 저택으로 가게 되었다.

리루타나의 저택은 귀족 거리에서 카인의 저택과는 왕성을 끼고 반대편에 있었다. 그럼에도 걸어서 삼십 분 정도의 거리기는 했지만.

저택은 제국의 황녀가 왔으니 왕국으로서의 자존심을 지키기 위해 카인의 저택보다 웅장했다. 크기로 따지면 아버지인 가룸의 저택과 비슷하다. 물론 카인의 저택과는 달리 안을 다 뜯어 고치지는 않았다.

저택의 입구 앞에 마차를 세우고 두 사람이 내리자, 고용인 일동이 늘어서 있었다.

"어서 오십시오, 실포드 백작."

고용인 일동이 인사를 한 다음 머리를 숙이는 것을 본 카인은 약간 위축되면서도 리루타나의 뒤를 따라 안으로 들어갔다.

안내를 받은 응접실에서 리루타나와 카인은 소파에 마주앉았다.

구석에서는 메이드가 홍차와 다과를 준비하고 있다.

홀에서 응접실까지 오는 복도에는 고급스러운 장식품으로 꾸며져 있었다.

응접실의 소파가 편안하여 카인은 만족스러웠다.

"카인 님, 그렇게 두리번거리다니 왜 그러시죠?"

"아니, 아무것도 아니야. 나라가 다르니 장식도 느낌이 달라서……."

카인의 말에 리루타나가 작게 웃었다.

"기다리셨습니다. 제국의 찻잎으로 준비하였습니다."

메이드가 두 사람 앞에 잔을 놓고 홍차를 따랐다.

카인이 찻잔을 들어 입에 가까이 하자, 지금까지 마셔온 홍차와 조금 다른 향긋한 향이 느껴졌다.

그리고 한 모금 마시자 무심코 표정이 풀어질 법한 과일향이 퍼졌다.

카인의 미소를 확인하고 리루타나도 만족스럽게 잔을 입에 댔다.

"이 홍차 맛있네……. 처음 맛보는 맛이야."

"제국에서 가져온 것으로 나도 좋아해서 어린 시절부터 마시고 있어. 항상 니기트가 여러 가지를 찾아서 가져와줘서……."

둘이서 홍차를 즐기고 있는 사이, 짐을 모두 옮긴 니기트가 방으로 들어왔다.

"물건은 모두 옮겼습니다, 리루타나 전하."

"고마워. 카인 님도 네가 고른 홍차가 마음에 든 모양이야."

"니기트 씨, 홍차가 맛있네요."

카인의 말에 니기트가 만족스럽게 미소를 짓고 리루타나의 뒤에 섰다.

"실포드 백작이 기뻐하시는 것만으로도 영광입니다. 괜찮으시면 선물로 얼마 안 되는 양이지만 가져가시겠습니까? 아니면 이 찻잎은 제국산이므로 리루타나 전하와 약혼하여 함께 제국으로 가시는 방법도――."

"니기트!!!!"

리루타나는 새빨개진 얼굴로 쓸데없는 소리를 하는 니기트를 혼냈다.

니기트의 '약혼'이라는 말에 귀까지 빨개진 리루타나는 자리에서 일어나 그의 머리를 때렸다.

"이거 실례…… 말이 지나쳤습니다. 실포드 백작, 부디 용서를……."

니기트가 깊숙이 머리를 숙였으나, 리루타나는 더욱 볼을 붉힌 채 그 머리를 다시 때렸다.

"리루…… 그 정도로 해둬. 농담인 건 알고 있으니까. 제국의 황녀 전하가 그리 간단히 타국의 귀족과 혼약을 정하는 일은 불가능하고."

웃으면서 하는 카인의 말에 작은 기대감이 부서진 리루타나는 안색이 조금 흐려졌으나 그런 표정을 보이지 않도록 입을 열었다.

"──그래요……. 저는 여섯째라고는 해도 황녀였어요. 그리 간단히는……."

그러나 조금 어두운 얼굴로 꺼낸 리루타나의 말은 점차 작아졌다.

"아, 리루, 그리고 나는 '카인'이라고 불러도 돼. 나도 '리루'라고 부르니까. 공식적인 자리에서는 전하라고 부르겠지만, 이런 때에는 친구로서…… 응?"

카인의 다정한 말에 리루타나는 어두웠던 얼굴을 수줍음에 붉게 물들이면서도 고개를 끄덕였다.

리루타나는 어린 시절 카인과 만난 이후 몇 년 만에 본인을 앞에 두고 "카인"이라 부르기가 주저되었다.

철부지였던 시절과 달리 이제는 좋아하는 사람의 이름을 편하게 부르자니 부끄러웠다.

"그럼…… 카, 카, 카인이라 부르도록 하겠어요!"

리루타나가 수줍어하는 모습을 지켜보던 니기트는 평소 보이지 않는 태도에 뒤에서 웃음을 참으며 서 있었다.

두 사람은 그 뒤로 한 시간쯤 대화로 꽃을 피웠다.

"그럼 슬슬 돌아갈게. 학교에서 만나자!"

"그래, 카인. 내일 봐!"

"실포드 백작, 모셔다드리겠습니다."

카인은 니기트에게 마차로 안내를 받아 저택까지 타고 가기로 했다.

마부를 맡은 니기트는 마차에 달린 작은 창문으로 카인에게 말을 걸었다.

"실포드 백작, 리루타나 전하는 저렇게 보여도 무척 외로움을 많이 타시는 분입니다. 앞으로도 친하게 지내주십시오. 그리고 —— 왕국으로 편입한 것은 이유가 있는 모양입니다. 자세한 것은 말씀해주시지 않지만……. 제가 모시기 전, 어린 시절에 왕국에 한 번 온 적이 있습니다. 혹시 그것이 계기일지도 모르겠습니다……."

"응, 그건 리루에게 들었어. 우리 본가의 영지, 라메스터에 온 적이 있다고. 우리 왕국에 나쁜 이미지가 없으니까 왔을지도 모르겠네."

카인도 어린 시절 찾았던 라메스터에서의 일을 떠올렸다.

——그…… 끊임없이 반복된 기사들과의 훈련……, 그리고…….

"어라…… 그때 노점상에서 만난 애…… 이름이 분명——."

어렴풋하지만 기억 한 구석에 남은 노점상에서 어린 소녀와 목걸이를 서로 골라주던 일이 떠올랐다.

"설마……."

미소를 지은 카인을 태운 마차가 실포드 저택으로 향했다.

| 은밀하게 다가오는 마수 |

다음 날 수업이 끝나고 리루타나는 마중을 나온 마차에 올라 탔다.

"리루타나 전하, 어서 오십시오."

"응……."

리루타나는 조금 기운이 없이 창밖을 바라보았다.

마차가 나아가는데 앞에서 마차 세 대가 일렬로 늘어서서 천 천히 움직이고 있었다.

한 대가 조금 앞서서 나아가고, 그 뒤로 나란히 선 두 대의 마 차가 리루타나를 태운 마차를 방해하듯이 천천히 움직였다.

"앞의 마차가 느리군요……."

마부를 맡은 니기트가 불평하며 앞에서 느긋하게 나아가는 마 차를 보며 중얼거렸다.

그리고 마차의 앞쪽에 한 소녀가 걷고 있었다.

오전에 수업이 끝나 상회 일을 도우며 심부름을 나선—— 파 르마였다.

파르마는 카인에게 위탁받은 유리제품이 입고되었기에 예약 한 귀족에게 연락하기 위해 귀족 거리를 찾았다.

"으음…… 다음엔 코르지노 후작님인가……."

메모를 보며 걷는 파르마에게 한 마차가 다가갔다.

그리고——.

갑자기 뒤에서 나타난 남자 두 명이 파르마의 입을 막고 배를 한 대 때렸다.

"으윽……."

단련한 것도 아닌 파르마의 의식을 빼앗기에는 충분한 위력이었다.

남자들은 파르마를 안아 선두에서 달리던 마차 안으로 집어넣었다. 그리고 단숨에 속도를 올렸다.

그 뒤에서 달리던 리루타나를 태운 마차에서 니기트는 똑똑히 보지는 못했으나, 한 사람을 들어 올려 마차에 태우는 것을 확인했다.

"음?! 저건……."

니기트는 그 마차를 쫓으려고 하였지만, 마차에 태운 사람은 제국의 황녀다. 그런 위험을 지게 할 수는 없고, 또 이 사실을 지금 전달하면 정의감이 강한 리루타나는 "당장 쫓아가"라고 지시를 내릴 것이 분명하므로 니기트는 조용히 마차를 움직였다.

유괴한 마차의 특징을 머릿속에 새기며 보이지 않게 될 때까지 눈으로 쫓았다…….

저택에 도착한 뒤, 니기트는 소파에서 쉬고 있는 리루타나에게 아까 목격한 것을 말했다. 물론 질타를 받을 것은 알고 있지만, 이미 저택에 도착하여 리루타나의 안전은 지켜졌다.

"왜 그 자리에서 쫓아가지 않았어!"

역시 니기트의 상상대로 리루타나는 격앙했다.

"죄송합니다. 리루타나 전하를 태운 채 쫓아갔다 무슨 일이 생기면 전하의 안전을 혼자서는 지킬 수가 없습니다. 저의 역할은 전하의 안전을 지키는 것이니까요."

머리를 숙이는 니기트에게 리루타나는 테이블을 내리치고 일어나 "가자"라는 말만 하고 방에서 나갔다.

"네, 지금 당장. 그런데 행선지는……."

"물론 위병에게 가야지! 달리 갈 곳이 있어?!"

"그러나 이곳은 왕국입니다. 제국민인 저희가——."

"그런 말을 할 때가 아니잖아!"

"알겠습니다. 바로 준비를."

니기트가 호위로 제국에서 동행한 기사 두 명을 데리고 리루타나를 마차에 태워 위병의 대기소로 향했다.

리루타나를 태운 마차가 위병의 대기소에 도착했다.

호위를 데리고 갑자기 나타난 귀족의 마차에 위병들도 긴장했다.

마부를 맡은 니기트가 마차 문을 열자 리루타나가 화난 표정으로 마차에서 내렸다.

"이거…… 이곳에 무슨 일로……?"

질문한 위병을 노려보며 리루타나가 입을 열었다.

"귀족 거리에서 유괴가 일어났어!"

리루타나의 말에 위병들은 더욱 긴장했다. 귀족 거리를 경비하는 자에게 귀족 거리에서 유괴가 일어나면 완전히 경비에 문제가 있었다는 뜻이기 때문이다.

"네?! ……그, 그럼 안에서 말씀해주시겠습니까. 바로 책임자를 부르겠습니다."

위병이 선두에 서서 간이 응접실로 안내했다. 귀족 저택의 응접실과는 달리 장식품도 없고, 그저 대화를 하기 위한 방이었다.

불쾌한 표정의 리루타나가 안내받은 소파의 가운데에 앉고, 그 뒤에 니기트가 대기하듯이 섰다. 위병은 "바로 상사를 불러오겠습니다"라며 방에서 나갔다.

곧이어 다른 위병보다 조금 화려한 차림을 한 체격이 큰 위병이 들어와 리루타나의 앞에 앉았고, 서기를 하기 위해 또 한 명의 위병이 옆에 앉았다.

"리루타나 황녀 전하, 일부러 이런 장소까지 오시다니 송구합니다. 저는 대기소를 관리하는 바라타라고 합니다. 잘 부탁드립니다."

위병대장 바라타는 응접실에 오기 전 마차에 그려진 문장을 확인하여 누가 왔는지 이미 파악하고 있었다. 위병대장이 되기 위해서는 마차의 문장을 보기만 해도 어느 귀족인지 알지 못하면 안 된다.

때에 따라서는 불경죄가 될 경우가 있으므로 철저하게 외우도록 하고 있다.

리루타나의 마차는 이 나라의 어느 귀족에게도 없는 바이서스 제국의 문장이 걸려 있다. 타국에서 온 유학생인 만큼 바라타는 특히 주의를 기울이고 있었다.

바라타가 말을 이었다.

"그런데 황녀 전하…… 상황을 말씀해주시면 감사드리겠습니다."

"알겠어. 니기트, 네가 말해. 나에게 전달한 내용을 그대로 해도 좋아."

"네, 리루타나 님. 실은 아까 전에 일어난 일입니다만——."

니기트가 상황을 설명했다. 이야기가 진행되며 점차 바라타의 미간에 주름이 잡혔다.

"새까만 마차가 세 대……. 이봐, 그런 마차가 귀족 거리에 들어간 것을 본 자가 없는지 바로 조사해."

구석에 대기하고 있던 위병이 고개를 끄덕이고 방에서 나갔다.

"귀중한 정보, 감사드립니다. 지금부터 각 귀족의 저택에 확인하고, 동시에 왕성에도 보고하겠습니다. 이 뒤는 저희의 일이므로."

바라타는 손으로 테이블을 짚고 깊숙이 머리를 숙였다.

대장으로서 예절을 지키며 대응하는 바라타의 모습에 만족한 리루타나는 곧 대기소를 뒤로했다.

마차에 타자 니기트가 마부대에 올라 마차를 움직였다.

"그럼 저택으로 돌아가겠습니다."

리루타나는 조금 고민하고는 입을 열었다.

"——잠깐만……. 누군가에게 도움을……. 앗, 이대로 카인에게 가줘."

"그것은 좀…… 왜 실포드 백작의 집에? 아무 약속도 하지 않았습니다만…… 갑자기 리루타나 전하가 가시면 실포드 백작은 준비도 하지 못하고……."

리루타나의 지시에 니기트는 당황하였으나 그녀의 의사는 확고했다.

"카인의 저택은 알고 있지? 됐으니까 어서 가."

"——알겠습니다."

니기트는 한숨을 쉬고 리루타나를 태운 마차의 방향을 바꿔 카인의 저택으로 향했다.

리루타나가 대기소에서 떠난 것을 확인한 바라타는 비번인 위병까지 불러 긴급체제를 발동했다.

이 대기소에는 60명 정도가 교대로 근무하고 있는데 긴급한 경우에는 바로 소집할 수 있도록 되어 있다.

그만큼 왕도 귀족 거리의 수비가 중요한 임무라는 뜻이다.

한 시간도 지나지 않아 모든 위병이 집합했다. 그리고 대장인 바라타가 말했다.

"내가 위병 대기소의 대장이 되고 처음 생긴 대사건이다! 오늘 귀족 거리에서 유괴 사건이 일어났다는 보고를 받았다. 범인으로 예상되는 것은 세 대의 검은 마차라고 한다. 각자 3인 체제로 탐색에 나서라. 발견하더라도 두 사람은 그 자리에 남고, 한 사람만 대기소로 보고하러 오도록. 그럼 모두 가라!"

"""""""네!!""""""

각자 세 명씩 조를 짜 장비를 갖추고 대기소에서 나갔다.

탐색에 나서는 조와 영애가 있는 귀족 저택에 확인하러 가는 조로 나뉘어 움직이기로 했다.

물론 귀족 거리에 입성하기 위한 기록을 조사하는 조도 있었다.

바라타는 부대장을 불러 자신은 왕성에 보고하러 간다고 전하고 대기소에서 나갔다.

대기소에는 바라타가 없는 동안 부대장이 지휘하기로 했다.

모두 나가 혼자 남은 부대장은 아무도 없는 방에서 입을 열었다.

"이봐, 증거는 다 없앴겠지……?"

그 말에 반응하듯이 문이 열리며 위병 세 명이 들어왔다.

"……그야 물론. 귀족 거리로 들어간 마차의 기록은 처분했습니다. 다만 그 여자애의 출입기록은 없애지 않았습니다만? 행방불명자가 평민이라면 그리 열심히 수색하지 않으니까요. 그나저나 설마 황녀의 마차가 봤을 줄이야……. 그 녀석들도 그런 멍청한 실수나 하고."

한 위병이 의자에 앉아 테이블에 발을 올리며 욕설을 내뱉었다.

"뭐, 그렇게 말하지 마. 거기서 또 용돈을 듬뿍 뜯어낼 수 있잖아? 이걸로 바라타가 책임을 지게 되면 내가 대장이 될 테고.

평민 따위에게 대장을 시키니 이런 일이 일어난다는 걸 위에서도 알겠지."

마찬가지로 화를 내는 부대장은 귀족의 자제였다. 남작가의 셋째 아들로, 계승권이 없어서 앞으로 평민으로서 생활해야 하는 것에 불만을 품고 같은 처지의 사람들을 끌어들여 상회 등과 뒤에서 짜고 용돈을 벌고 있었다.

대장인 바라타는 평민이지만 성실한 성격에 요령도 좋아서 그 기량을 인정받아 대장으로 발탁되었다.

그것이 귀족인 부대장의 질투심을 더욱 자극하고 말았다.

네 사람은 테이블을 둘러싸고 잠시 의논한 뒤 각자 업무로 돌아갔다.

"평민 꼬마 하나 정도로 이런 큰 소란을 벌이다니……. 뭐, 두 번 다시 나타날 일은 없겠지만……."

혼자 남은 부대장은 창밖의 경치를 바라보며 음흉한 미소를 짓고 중얼거렸다.

마차가 곧 카인의 저택 앞에 도착했다.

문 앞에 있던 병사도 귀족으로 보이는 마차가 온 것에 긴장했다.

자세를 바로한 병사에게 니기트가 마차에서 내려 말을 걸었다.

"여기 탄 분은 바이서스 제국의 리루타나 황녀 전하시다. 약속은 하지 않았지만, 실포드 백작을 만나 뵙고 싶어. 전언을 부탁할 수 있겠나?"

"자, 잠시 기다려주십시오. 지금 저택에 확인하고 오겠습니다."

위병도 설마 바이서스 제국의 황녀가 직접 실포드 저택까지 올 줄은 몰라 당황한 얼굴을 애써 수습하여 저택으로 달려갔다.

위병이 콜란에게 이야기를 전하자, 바로 저택으로 안내하라는 지시가 내려져 병사는 다시 서둘러 마차로 돌아왔다.

"확인하였습니다. 안으로 들어오십시오."

니기트가 마차를 실포드 저택 안쪽으로 몰아 저택 앞에 세웠다.

이미 콜란을 비롯한 고용인 일동이 나란히 대기하고 있었다. 물론 가운데에는 카인의 모습도 있었다.

니기트가 마차 문을 열자 리루타나가 내렸다.

"리루, 안녕. 이런 시간에 웬일이야? 일단 안으로 들어와."

웃으면서 인사하는 카인과 달리 리루타나의 표정은 딱딱했다.

"이런 시간에 죄송합니다. 급히 할말이 있어서…… 실례하겠어요."

카인의 안내를 받아 저택으로 들어가자── 레드 드래곤의 박제가 눈에 들어왔다.

"힉……. 이것이 소문으로 듣던 레드 드래곤……."

"아, 미안해. 놀라게 했네. 요즘 아무도 신경 쓰지 않아서 설명하는 걸 잊었어……."

순간 주저앉을 뻔했으나 사전에 니기트에게 정보를 얻어두었기에 간신히 버틸 수 있었다.

리루타나는 살아 있다고 해도 이상하지 않을 만큼 잘 만들어진 드래곤 박제를 올려다보았다.

"……이걸 열 살도 되지 않은 나이에 쓰러뜨릴 수 있는 걸까……."

리루타나는 카인에게는 들리지 않도록 작게 중얼거렸다.

"일단 응접실로 안내할게. 이쪽으로 와."

리루타나의 말을 신경 쓰는 기색도 없이 카인이 응접실로 안내했다.

응접실에서 카인과 리루타나가 마주앉고, 각자의 뒤에 콜란과 니기트가 대기했다.

실비아는 구석에 있는 테이블에서 홍차를 준비하기 시작했다.

준비를 마치고 각자의 앞에 잔을 놓고 홍차를 따라주었다.

카인은 리루타나에게 홍차를 권하고 자신도 한 모금 마셨다.

"그런데…… 급한 일이라고 들었는데 무슨 일이야?"

"그게 말이야……."

리루타나가 뒤에서 대기하고 있는 니기트에게 시선을 보내자, 그가 알아채고 입을 열었다.

"제가 말씀드리겠습니다. 오늘 일어난 일입니다만──."

학교에서 돌아가는 길에 귀족 거리에서 유괴가 일어난 일을 설명해나갔다. 그리고 지금 위병 대기소에서 그 일을 신고하고 오는 참이라는 말로 끝을 맺었다.

카인은 그 이야기를 들으며 점차 인상을 찡그렸다.

에스포트 왕국의 귀족 거리에서 벌어진 일에 바이서스 제국에서 유학 온 황녀가 직접 나서고 있는 것이다.

문제가 있는 왕국 내부의 일에 수고스럽게 나서준 것에 카인은 머리를 숙였다.

갑자기 머리를 숙이는 카인을 보고 리루타나는 놀란 표정으로 어서 고개를 들도록 했다.

"카, 카인이 그렇게 머리를 숙일 일이 아니야."

"그래도 왕국을 위해 이렇게 리루가 움직여준 것은 변하지 않으니까. 이 나라의 귀족 중 하나로서 감사 인사를 할게. 고마워."

고개를 든 카인이 웃으면서 말하자, 그 웃음에 리루타나는 볼을 붉혔다.

그 모습을 뒤에서 보던 니기트는 '이것이 전하를 넘어가게 한 얼굴인가……'라고 생각하며 미소를 지었다.

"내 쪽에서도 조사해볼게. 무엇이 가능할지는 모르겠지만……."

카인의 말에 리루타나도 고개를 끄덕였다.

꼬르륵…….

"…………?!"

긴장이 풀렸는지 배가 꼬르륵거리는 소리가 울려 퍼졌다.

그 소리에 카인은 미소를 지었고, 리루타나는 더욱 얼굴이 빨개졌다.

"슬슬 저녁 시간이지. 여기서 먹고 갈래?"

"앗?! ……그래도 될까?"

"응, 물론이지. 콜란, 괜찮겠지?"

"네, 그렇습니다."

콜란의 대답에 카인이 만족스럽게 고개를 끄덕였다.

콜란이 실비아와 시선을 마주치자, 구석에서 대기하고 있던 실비아가 확인하기 위해 방에서 나갔다.

몇 분이 지나 방을 노크하고 실비아가 돌아왔다.

"식사가 준비되었습니다."

그 말에 카인이 말했다.

"슬슬 다이닝으로 갈까. 오늘 식사는?"

"오늘은 함박 스테이크입니다. 그 외에는——."

메뉴를 설명해주었지만, 리루타나는 처음 듣는 메뉴에 고개를 갸웃했다.

"카인, 그 '함박 스테이크'는 처음 들었는데…… 왕국의 명물 요리야?"

"아, 리루는 모를 거야. 요즘 왕국에서도 퍼지기 시작해서 먹을 수 있게 됐거든. 기대하고 있어."

카인은 리루타나를 다이닝으로 안내했다.

카인과 리루타나가 나란히 앉았고, 니기트도 손님으로서 자리가 준비되었다.

준비된 식사가 차려졌다. 그 그릇과 갖가지 요리를 리루타나는 흥미진진하게 바라보았다.

특히 '함박 스테이크'라 불리는 고깃덩어리는 대체 어떤 요리일지 궁금하여 참을 수가 없었다.

"오늘은 리루타나 황녀 전하가 오셨어. 그럼 식사를 시작할까."

카인은 주스가 따라진 잔을 들어 건배사를 말했다.

유리잔 하나하나며 요리를 담은 접시 등 바이서스 제국에는 없는 물건이라 리루타나는 집중하여 살펴보았다.

리루타나는 나이프와 포크를 들고 함박 스테이크에 나이프를 댔다.

"어머, 이런 고깃덩어리가 부드럽다니……."

한입 크기로 자른 함박 스테이크를 입에 넣었다.

입에 머금자── 표정이 점차 풀어졌다.

"맛있어! 이렇게 부드러우면서 육즙이 퍼지다니. 이게 뭐야?! 이런 건 먹어본 적이 없어."

아까까지 긴장했던 것이 거짓말인 듯 입으로 옮기는 속도가 빨라졌다. 리루타나가 퍼뜩 정신이 들었을 때에는 이미 함박 스테이크가 없어져 있었다.

다 먹은 것을 아쉬워하는 리루타나에게 카인이 말을 걸었다.

"맛있으면 더 먹을래? 바로 준비시킬까?"

카인의 말에 미소를 지으며 무심코 고개를 끄덕일 뻔했으나, 니기트가 "어흠" 하고 기침하자 그 얼굴이 단숨에 굳었다.

"……괜찮아. 다른 것도 먹어보고 싶고……."

미련이 남는 얼굴로 다른 음식에도 손을 댔다. 그러나 다른 음식도 예상 외로 맛있어서 리루타나는 다시 기분이 좋아졌다.

그 표정의 변화를 즐기며 카인도 식사를 계속했다.

"이제 학교에는 익숙해졌어?"

카인의 물음에 리루타나는 고개를 끄덕였다.

"텔레스와 실크가 잘해주니까. 카인도 있고. 다른 아이들도 먼저 다가와주는 일이 많아져서 괜찮아."

텔레스의 대답에 카인은 만족하여 미소를 지으며 고개를 끄덕였다.

말석이지만 동석한 니기트도 한 입씩 입에 넣을 때마다 감탄했다.

식사를 마치고 홍차를 즐기던 때에 콜란이 카인에게 다가와 귓속말을 했다.

"카인 님, 사라칸 상회의 회장이 급히 만나고 싶다고 합니다. 왠지 절박한 표정이었습니다. 어떻게 할까요."

"응, 알겠어. 잠깐 시간을 낼게. 응접실로 안내해둬."

"알겠습니다."

콜란이 바로 퇴실했다.

"리루타나, 잠깐 자리를 비울게. 식후 디저트를 준비시킬 테니까."

"……디저트……. 알겠어."

이미 배가 부를 터인 리루타나는 디저트라는 말에 침을 삼켰다.

실비아에게 자리를 맡기고, 카인은 자리에서 일어나 응접실로 향했다.

문을 열자 타마니스가 무릎을 꿇고 기다리고 있었다.

"카인 님! 부탁드립니다! 파르마가…… 파르마가 납치되었을지도 모릅니다!"

그 말에 카인은 눈을 크게 떴다.

"……혹시 파르마가 낮에 귀족 거리에……?"

"네……. 카인 님께 유리잔을 납품받았기에 예약한 귀족분들께 연락을 부탁했습니다만, 저녁이 되어도 돌아오지 않았고, 그 뒤에 상회로 위병이 확인하러 와서 돌아오지 않은 것을 전하자 혹시 파르마가 납치되었을지도 모른다고……. 귀족 거리로 들어가며 통행 신고는 하였지만 나간 흔적은 없다고 합니다. 신고가 들어와 조사하고 있다고 하더군요."

설명을 마친 타마니스가 머리를 바닥에 조아리며 애원했다.

"저는 독신이라 아이가 없습니다. 동생인 사비노스의 외동딸입니다. 무슨 일이 생기면 동생을 볼 면목이 없습니다…… 그러니…… 제발, 제발……."

카인은 눈물을 흘리며 애원하는 타마니스의 어깨에 살며시 손을 얹었다.

"타마니스 씨, 고개를 드세요. 저도 최선을 다해 찾겠습니다. 잠시 기다려주십시오."

카인은 뒤에서 대기하고 있는 콜란에게 리루타나를 부르도록 전했다. 콜란이 바로 방에서 나갔다.

얼마 지나지 않아 노크를 하고 콜란이 문을 열자, 그 뒤에 리루타나가 있었다.

"카인, 무슨 일이야? 갑자기 부르다니…… 손님이 오신 것 아니었어……?"

"그것 말인데…… 유괴된 사람이 ──파르마인 것 같아."

카인의 말에 리루타나도 깜짝 놀랐다.

카인이 말을 이었다.

"파르마네 집인 사라칸 상회의 회장 타마니스 씨야. 지금 그 일로 왔대."

"파, 파르마였다고?! 유괴된 것이…… 당장 구해줘야지."

당황한 리루타나를 카인이 진정시켰다.

"카인 님…… 이분은……?"

아직도 무릎을 꿇고 있는 타마니스가 갑자기 카인이 부른 귀족 영애를 보고 물었다.

"아, 타마니스 씨는 처음 본 건가……. 유괴를 신고한 사람이 여기…… 리루, 리루타나 반 바이서스 황녀 전하예요."

카인의 말에 이번에는 타마니스가 크게 놀랄 차례였다.

"헉, 화, 화, 황녀 전하아아아아아아아아아아?! 이거 실례했습니다!"

오늘 가장 큰 목소리라 할 수 있는 타마니스의 외침이 방 밖까지 울려 퍼졌다.

놀란 타마니스를 진정시키고 자리에서 일어나게 하여 옆에 앉혔다.

"타마니스 씨, 저도 최선을 다해서 찾겠습니다. 그러니……
기다려주십시오. 반드시 찾을 테니까요."

안심하도록 전하는 카인의 주먹이 강하게 쥐어져 있었다. 반
드시 찾아내겠다는 의지 표명처럼.

"리루, 고마워. 내 쪽에서도 움직일게. 뒤는 맡겨둬."

"카인, 내가 도울 수 있는 건……?"

유괴된 사람이 파르마였던 사실과 카인의 도움이 되고 싶은
마음에 리루타나가 제안하였지만 카인은 고개를 가로저었다.

"리루, 그 마음만으로 충분해. 고마워. 이제 나는……."

카인이 귀가를 재촉하는 것을 깨달은 리루타나는 니기트에게
시선을 보냈다. 니기트도 눈치채고 방에서 나가 마차를 준비하
러 갔다.

"카인, 무슨 일이 있으면 나도 돕게 해줘."

강하게 말하는 리루타나에게 카인은 웃으면서 고개를 끄덕였
다.

"리루타나 님, 마차가 준비되었습니다."

"알겠어. 카인, 오늘은 잘 먹었어. 다음에 '함박 스테이크'의
조리법을 알려줘."

"응, 알겠어. 준비해둘게."

타마니스에게는 방에서 기다리도록 하고, 리루타나를 배웅하
기 위해 저택에서 나갔다.

"그럼, 내일 학교에서 만나자."

"응, 안녕, 오늘은 고마워."

리루타나가 마차의 작은 창으로 고개를 내밀고 인사하고 나서 니기트의 신호로 마차가 나아가기 시작했다.

배웅을 나갔던 카인은 방으로 돌아와 타마니스가 기다리고 있는 곳으로 돌아가지 않고 자신의 집무실로 들어갔다.

"소환, 다르메시아."

소환마법을 외우자 마법진이 나타나고 그곳에서 다르메시아가 등장했다.

"카인 님, 무슨 일이십니까."

"다르메시아, 미안하지만 부탁이 있어. 아는 사람이 유괴를 당했어. 분명 왕도 안에 있을 거야. 찾을 수 있겠어?"

진지한 표정을 한 카인을 보고 덩달아 심각해진 다르메시아가 손을 턱에 대고 고민했다.

"찾는 것은 가능합니다만, 찾을 상대를 모르면 도저히……."

아무리 다르메시아라도 전혀 모르는 상대를 찾아내기란 불가능하다.

"얼굴을 알면 되겠어? 그럼……."

카인은 머릿속으로 파르마의 모습을 그리고, 한 손에 마력을 집중하여 다르메시아에게 보내도록 마력을 쏘았다.

다르메시아는 머릿속으로 들어온 이미지에 조금 놀라면서도 미소를 짓고 고개를 끄덕였다.

"오호라…… 이런 것까지…… 과연 카인 님. 알겠습니다. 이거라면 찾을 수 있겠지요."

만족한 표정을 한 다르메시아에게 카인은 말을 이었다.

"언제쯤이면 찾을 수 있겠어?"

"왕도라면 오늘 중으로 찾을 수 있겠지요. 저의 능력을 쓰면……."

카인은 전에 눈앞에서 능력을 쓰려던 다르메시아를 막은 적이 있다. 벌레를 부리는 다르메시아의 능력은 보통 사람에게는 정신적으로 도저히 버틸 수 있는 것이 아니다.

카인은 쓴웃음을 지으며 부탁한다고 전하고 타마니스에게 돌아갔다.

응접실에서는 초조해하는 타마니스를 실비아가 달래고 있었다.

"타마니스 씨, 카인 님이 실력을 발휘하면 반드시 파르마 씨를 무사히 구해낼 거예요. 그러니 저희는 기다리기만 하면 돼요."

"네……. 하지만 이러는 동안에도 파르마는……."

카인이 방으로 들어가자 타마니스가 자리에서 일어나 깊숙이 머리를 숙였다.

"카인 님, 잘 부탁드리겠습니다."

"파르마를 찾도록 시켰습니다. 오늘 중으로 찾아내겠습니다."

"오늘 중으로요?!"

"네, 오늘 중으로 구해내겠습니다."

생각도 못한 말에 믿기지 않아 타마니스는 깜짝 놀랐다.

"카인 님은 대체……."

항상 예상외의 제안을 하고, 상품도 이 세상의 물건이라 생각할 수 없는 예술품을 만들어낸다. 그런 카인에게 타마니스는 존경심을 품고 있었다.

사라칸 상회도 카인 덕분에 왕도에서도 손꼽히는 상회로 성장하였고, 유리세공은 국내에서 독점하고 있으며 오셀로는 외국에까지 수출하게 되었다.

타마니스는 '실포드 상회'라 불려도 이상하지 않을 만큼 카인에게 의존하는 상회가 된 것을 이해하고 있다. 다만 오래된 인연을 소중하게 여기는 타마니스는 각 마을마다 행상을 보내는 일은 꾸준히 이어지도록 하였다. 본래 생활 잡화부터 시작한 상회였기 때문이다.

타마니스에게 자택에서 기다리도록 한 카인은 방으로 들어가 아이템 박스에서 검을 꺼내 허리에 차고, 소파에 앉아 다르메시아로부터 보고를 기다렸다.

두 시간 뒤——.

"카인 님, 파르마 님을 발견하였습니다. 어떤 상회 지하에 잡혀 있었습니다. 현재 세 명이 감시하고 있는 상황입니다."

갑자기 방에 나타난 다르메시아가 보고하자, 그 말에 카인은 만족스럽게 고개를 끄덕였다.

다만 설명하고 있는 다르메시아의 표정은 굳은 채였다.

"실은…… 그 상회 말입니다만……. 방금 한 마차가 들이닥쳐…… 소녀가 호통을 치며 갔습니다만——."

카인은 그 말을 듣고 누가 호통을 쳤는지 짐작이 갔기에 쓴웃음을 지었다.

"바로 안내해줘! 무슨 일이 생기면 왕국으로서도 큰일이야!"

"알겠습니다. 근처까지 전이하지요."

카인과 다르메시아는 함께 전이하여 저택에서 사라졌다.

"".............""

그러나 그 방에는 카인만 있던 것이 아니었다.

방에는 콜란과 실비아도 있었다.

"저기, 실비아……, 드링털에 있어야 할 다르메시아 씨가 갑자기 나타나고, 카인 님과 함께 사라졌지요……. 어라, 내 눈이 이상해졌나?"

어리둥절한 콜란에게 실비아가 살짝 어색하게 웃었다.

"카인 님은 특별하니까요. 분명 무언가가 있겠지요. 신경 쓰면 안 돼요."

실비아가 새로 내린 홍차를 찻잔에 따라 콜란의 앞에 놓았다.

"……그래요. 일일이 신경 쓰면 앞으로 위에 구멍이 뚫릴 테니까요……."

콜란은 찻잔을 들고 한 모금 마시고는 한숨을 쉬었다.

"여기인가……."

카인의 눈앞에는 3층짜리 석조건물이 있었다.

건물은 외관이 화려하여 딱 보아도 졸부를 연상시키는 건물이었다.

'나르니스 상회'라 쓰인 간판을 보며 '역시나……' 하고 생각하며 출입문에 손을 댔다.

그러나 문은 굳게 잠겨 있었다.

카인은 당황하지 않고 팔에 마력을 집중하여 경첩을 뚝뚝 부숴버렸다.

쿠———웅.

문이 안쪽으로 쓰러지고, 카인이 건물 안으로 들어가자———.

그곳에는 제압당한 리루타나와 손을 들어 항복하는 자세를 취한 니기트, 그리고 검을 든 남자들이 아연실색한 얼굴로 있었다.

"앗…… 카인……?"

태연한 얼굴로 들어온 카인을 향해 리루타나는 놀란 표정을 지었다.

"리루…… 혼자 가면 안 되잖아? 알려주면 좋았을 것을……."

리루타나는 미소를 지은 카인에게 울먹이면서도 고개를 끄덕였으나 지금은 그럴 때가 아니었다.

"아니…… 이게 대체 뭐야? 이 꼬마도 그렇고, 너도 그렇고. 여기가 나르니스 상회인 건 알고 이러는 거냐!"

검을 쥔 남자들은 나르니스 상회의 경비일까. 다섯 명 중 한 명은 리루타나에게 검을 겨누고, 나머지는 카인을 향해 검을 들었다.

다르메시아가 니기트의 어깨를 붙잡고 카인의 뒤로 피신시켰다.

"카인 님, 리루타나 전하를!"

"응, 알고 있어. 이제 괜찮으니까."

카인은 초조해하는 니기트에게 미소를 짓고는 다시 경비들을 바라보았다.

"그런데…… 여기 있는 게 바이서스 제국의 황녀 전하인 건 알고 행동한 건가……?"

카인의 입에서 나온 충격적인 말에 호위들이 눈을 크게 떴다.

"황녀 전하?! 왜 그런 사람이 이곳에?!"

"너희가 파르마를 납치했잖아! 여기 마차와 똑같이 생긴 것에 태우는 걸 봤다고!"

검으로 위협을 당하면서도 주눅 들지 않은 리루타나를 보며 카인은 쓴웃음을 지었다.

"그런 건 모르는데…… 착각한 것 아닌가? 황녀 전하라고 해도, 남의 나라의 거대 상회에 이런 식으로 들이닥쳐도 되나? 거기 모험가 꼬마도 그렇게 생각하지?"

비열한 미소를 지으며 리더로 보이는 남자가 검을 어깨에 걸치고 앞으로 나서서 말을 이었다.

"내 이름은 겔터. 이곳의 전속 호위다. 모험가 랭크는 B. 너도 모험가라면 알겠지?"

모험가 길드 기준으로 B랭크라면 도적과 대치도 가능하다.

──사람을 죽인 적이 있다는 것과 같은 말이다.

그러나 카인의 표정은 변함이 없었다.

카인의 태연한 표정에 겔터는 조금 감탄했다.

"일단 리루부터. 풀어줄 수 있을까?"

카인이 한 걸음 앞으로 나서자 호위들이 긴장했다. 리루타나에게 검을 향하고 있던 남자가 검 끝을 리루타나의 목덜미에 댔다.

"다가오지 마! 이게 무슨 뜻인지 몰라?"

리루타나에게 검을 들이밀고 있는 남자가 하는 말은 신경 쓰는 기색도 없이 카인이 한 걸음 더 다가갔다.

──그리고 그 자리에서 카인이 사라졌다.

"헉?!"

"뭐야?!"

남자들이 놀란 순간 카인이 원래 자리에 나타났다.

──리루타나를 품에 안은 상태로.

그리고 리루타나에게 검을 겨누고 있던 남자의 검이 소리를 내며 바닥에 떨어졌다. ──검을 쥔 팔과 함께.

"아니……."

"앗……."

"파, 팔이…… 없어?! 내 팔이이이이이이이으아아아아앗!!"

순식간에 카인에게 팔이 잘린 남자가 바닥에 쓰러져 고통에 몸부림쳤다.

너무 찰나에 벌어진 일이라 니기트와 리루타나도 놀라움을 감추지 못했다.

리루타나의 입장에서 보면, 검이 자신을 노리는가 싶더니 어느새 카인에게 안긴 상태였으니 당연한 일이다.

"……카인…… 지금……."

동요하는 리루타나에게 카인은 부드럽게 미소를 지었다.

"리루, 이제 괜찮아. 하지만 무모한 행동은 하면 안 돼…… 여긴 왕국이니까…… 리루에게 무슨 일이 생기면…… 그야말로…… 알지?"

카인이 웃으면서 말하자 리루타나는 볼을 붉히며 고개를 끄덕였다.

"니기트, 리루를 부탁해."

카인의 말에 니기트는 놀라서 굳어 있던 표정을 다잡고 움직였다.

안고 있던 리루타나에게 니기트 쪽으로 가도록 했다.

리루타나는 조금 아쉬운 표정을 지으면서도 휘청거리며 니기트의 옆으로 이동했다.

"이제…… 인질이 없어졌네."

남자들에게 향한 얼굴은 리루타나에게 보여주던 다정한 얼굴과는 달리 눈을 조금 가늘게 뜨고 입꼬리를 올린 표정이었다.

그 얼굴에 남자들은 순간 오한이 느껴졌다.

"저 녀석 위험해…… 다들 방심하지 마라!"

"알겠어."

겔터를 필두로 남자들이 카인에게 검을 들었다.

"먼저 이 녀석들을……."

카인이 혼잣말을 함과 동시에 한 남자가 뒤로 날아가 벽에 몸이 박힌 채 그대로 의식을 잃었다.

"앗……."

"무슨 일이 일어난 거지??"

"아, 안 보였어……."

동요하는 남자들에게 카인은 미소를 지었다.

"어서 파르마를 데리러 가야 해."

그 말과 동시에 다른 한 사람이 벽으로 날아가 의식을 잃었다. 이어서 또 한 사람…….

마지막으로 겔터만 남았다.

"괴…… 괴물……."

겔터 역시 온갖 험난한 일을 경험한 몸이지만, 눈앞에 있는 것은 드래곤마저 압도하는 카인이다. 실력이 너무 차이 난다. 몸이 떨리는 바람에 쥐고 있던 검 끝까지 떨며 공포에 빠진 겔터에게 카인이 말했다.

"나머지는 위병과 차근차근 말하면 돼."

그 말이 끝나자마자 겔터도 다른 자들처럼 벽으로 날아갔다.

"큭…… 어떻게 이런 괴물이……."

그 말을 남기고 겔터의 의식은 어둠 속으로 가라앉았다.

팔이 잘린 남자도 카인에 의해 순식간에 의식을 잃었다. 잘린 부분에서 끊임없이 흐르는 피를 지혈만 해두기 위해 카인은 힐을 걸었다.

"일단 이 정도일까? 리루, 괜찮아?"

돌아보는 카인의 얼굴은 평소처럼 온화했다. 그러나 리루타나도 니기트도 카인의 실력에 놀라움을 감추지 못했다.

"카인은 대체……?"

궁금해하는 리루타나에게 카인은 그냥 웃기만 했다.

"일단 파르마를 데리러 가야지. 다르메시아, 여기서 이 녀석들을 감시하고 있어줄래?"

"알겠습니다. 카인 님."

지금까지 일어난 충격적인 장면에 딱히 놀란 기색도 없던 다르메시아는 평소처럼 우아하게 인사했다.

"그럼 리루, 같이 파르마를 데리러 갈까? 니기트도 같이 갈래? 리루 혼자 보내기는 걱정될 테니까."

"……네, 함께 하겠습니다."

리루타나와 함께 니기트도 카인의 뒤를 따랐다.

카인은 그대로 상회 안쪽까지 들어가 아무것도 없는 벽 앞에 멈췄다.

"카인, 그런 곳에서 멈추면……."

뒤에서 리루타나가 말했지만, 카인은 대답하지 않고 벽에 손을 대 살짝 밀었다.

그 순간 벽이 안쪽으로 무너졌다.

"헉?!"

"이런……."

놀라는 두 사람에게 카인은 미소를 지었다.

"비밀 문 같네. 자, 파르마에게 가자."

그러며 안으로 들어가 라이트를 외워 빛을 확보하고 곧장 지하로 가는 계단을 내려갔다.

"잠깐만, 나도 갈게."

리루타나가 카인의 뒤를 따랐고, 그 뒤로 니기트가 쫓아갔다.

지하로 내려가자 그곳에는 돌로 만든 통로와 양쪽으로 철창을 박은 방이 몇 개나 있었다.

그 방에는 어린아이가 몇 명이나 있었다.

인간, 수인 등의 아이가 방구석에서 몸을 떨었다.

카인은 그대로 지나쳐 가장 안쪽에 있는 철창 앞에 섰다.

"——파르마, 데리러 왔어."

다정하게 말하는 카인의 앞에서 힘없이 앉아 고개를 숙이고 있던 파르마가 살며시 고개를 들었다.

그러자 미소를 지은 카인이 서 있었다. 그리고 그 뒤로 가게에 와주었던 리루타나도 있었다.

두 사람이 이곳에 나타난 것이 파르마는 믿어지지가 않았다.

"파르마! 무서웠지! 무사해서 다행이야. 데리러 왔어."

리루타나가 웃으면서 말을 걸었지만, 파르마는 여전히 혼란스러웠다.

"카인 님…… 리루타나 전하…… 어, 어떻게 이곳에……."

"파르마가 유괴를 당했다며 타마니스 씨가 우리 집으로 달려왔어. 그 뒤로 바로 찾아다녔고. 다친 곳도 없고, 무사해서 다행이야.”

공포에서 해방되어 점차 마음이 놓인 파르마의 눈에 점차 눈물이 고였다. 그 눈물이 볼을 타고 흘러 바닥을 적셨다.

“흫쩍……, 가, 감사…… 하, 합니다……. 이제 가족들과 만날 수 없다고 생각했어요……. 납치한 남자가 저를 노예로 다른 나라에 팔겠다고…… 흫쩍.”

“이제 괜찮아. 일단 여기서 나갈까…….”

카인은 양손으로 철장을 살며시 잡고── 단숨에 벌렸다. 사람이 한 명 지나갈 만한 공간이 이토록 쉽게 만들어졌다.

뒤에서 보던 리루타나와 니기트가 믿기지 않는다는 얼굴을 했다.

카인은 딱히 개의치 않고 철장 사이로 들어가 파르마의 손을 잡아 일어켰다.

그리고 조심스럽게 파르마의 머리를 쓰다듬었다.

“이제 괜찮으니까.”

그렇게 웃는 카인의 품으로 파르마가 뛰어들었다.

“으아아아아아아아아아아아아아아아앙!! 무서웠어!! 이제 누구도 만날 수 없을 것 같아서!! 아빠와 학교 친구들과도 만날 수 없을 것 같아서!!”

엉엉 우는 파르마의 머리를 카인은 아무 말도 하지 않고 다정한 얼굴로 천천히 쓰다듬었다.

몇 분 동안 우는 파르마를 계속 쓰다듬자 점차 마음이 가라앉은 듯했다.

그리고 지금까지 쭉 카인에게 안겨 운 것을 깨닫고 귀를 축 늘어뜨리고 새빨개진 얼굴로 부끄러워했다.

"진정됐어? 슬슬 위로 갈까. 타마니스 씨도 집에서 걱정하고 있으니까."

카인은 아이템 박스에서 담요를 하나 꺼내 파르마의 어깨에 걸쳐주었다.

카인의 말에 파르마는 눈물을 닦고 그제야 웃기 시작했다.

"네!"

힘차게 대답하는 파르마에게 카인도 웃으면서 고개를 끄덕이고, 다 함께 지상으로 가는 계단으로 향했다.

시간은 잠시 거슬러 올라간다.

세 사람이 지하로 내려간 사이 다르메시아는 혼자 방에 서 있었다.

"이거야 원…… 이 타이밍입니까…… 하필 이런 때에……."

의식을 잃고 쓰러진 경비들에게 곁눈질을 하며 다르메시아는 한숨을 쉬었다. 그리고 슬쩍 그림자 속으로 들어가 사라졌다.

그때 상회 앞에 마차가 세워졌다.

그곳에서 빵빵하여 무거울 듯한 배를 흔들며 두 사람이 내려왔다.

"후작 각하, 이런 곳까지 발걸음을 해주셔서 감사드립니다.

덕분에 그 건은 잘될 것 같습니다. 여자애는 사로잡았으니 그것으로 권리와 교환하면……."

"그런 건 아무래도 좋아! 알고 있겠지? 잘되면……."

"물론입니다. 그를 위해 궂은일도 해주는 상급 모험가까지 고용했으니까요. 뭐, 일이 끝나면── 처리하겠지만."

히죽히죽 웃는 코르지노 후작과 나르니스 상회 회장 마티어스가 상회로 돌아왔다.

손을 비비며 아첨하는 마티어스와 기분이 좋은 코르지노 후작.

그리고 마티어스는 상회의 간판이라고도 할 수 있는 커다란 문이 없는 것을 깨달았다.

"음?! ……무슨 일이 있었나?!"

마티어스가 안으로 성큼성큼 들어가고, 그 뒤로 코르지노 후작이 따라갔다.

두 사람이 본 것은 쓰러져 의식을 잃은 모험가들이었다. 한 사람은 팔이 절단되었고, 그 절단된 팔이 바닥에 떨어져 있다.

"이럴 수가!!"

그 상황을 본 두 사람은 눈을 크게 떴다.

"얘들아, 후작 각하를 지켜라!"

마차를 호위하던 병사들이 코르지노 후작을 에워쌌다.

"이게…… 뭐지? 무슨 일이 있었지…… 마티어스…… 이게 어떻게 된 일이냐?"

"……저도 뭐가 뭔지……. 이봐! 겔터를 깨워. 무슨 일이 있었는지 알아내!"

마티어스가 한 호위에게 명령하자, 그 호위가 겔터를 일으켰다.

"——으……."

의식을 되찾은 겔터가 천천히 몸을 일으켜 주위를 둘러보았다.

"겔터! 어떻게 된 거야??"

아직 의식이 몽롱한 겔터가 서서히 입을 열었다.

"——괴물……."

그 말과 동시에 리루타나와 집사 니기트가 나타났다.

"너희냐! 이 참상을 일으킨 사람이!!"

리루타나와 니기트도 홀로 돌아오자마자 많은 병사가 검을 들고 경계하던 것에 동요하였으나, 리루타나가 곧 반론했다.

"너희가 파르마를 유괴한 진범이구나! 바로 위병에게 연락하겠어! 기다리고 있어!"

리루타나가 강하게 나섰지만, 마티어스는 아무렇지도 않게 웃었다.

"이거 건방진 아가씨로군. 노예가 또 하나 늘었을 뿐……. 얘들아, 남자는 필요 없어. 이 여자를——."

"——여자만 어쩔 거라고……?"

두 사람의 뒤에서 계단을 모두 올라온 카인이 끼어들었다.

"이놈…… 네가 저지른 짓이냐……?"

마티어스의 말에 카인이 고개를 갸웃했다.

"놈……? 마티어스 씨, 그거 저에게 하는 말입니까……. 그런 가요, 코르지노 후작 각하?"

카인의 말에 마티어스를 비롯하여 검을 들고 있던 병사들이 인상을 찌푸렸다.

코르지노는 지하실에서 뒤늦게 올라온 소년을 호위하는 병사들 틈으로 엿보고 놀란 눈을 했다.

"……실포드…… 백작…… 어째서…… 이런 곳에……?"

실포드 백작이라는 코르지노의 말에 병사들도 놀랐지만, 가장 놀란 사람은 마티어스였다.

"시, 시, 실포드 백작?!"

"마티어스 씨, 오랜만이네요…… 제 피로연 이후로 처음이던 가요?"

카인이 야릇한 미소를 짓자 마티어스는 얼굴을 굳혔다.

"얘들아, 검을 거둬! 이, 이거 실포드 백작…… 어떻게 이러한 곳에……?"

목소리를 떨며 묻는 마티어스에게 카인이 냉정하게 대답했다.

"먼저…… 사죄하지 않는 겁니까. 젊다고 해도 일단 귀족 당주인데요. 다른 귀족분이 계시는 앞에서 당주에게 '이놈'이라고 부르다니 저의 체면이 말이 아니군요. '불경죄'를 묻지 않으면 안 되겠습니다만……?"

그 말을 들은 마티어스는 몸을 떨며 코르지노 후작에게 시선을 보냈다. 아무리 코르지노 후작이라도 귀족 당주가 그렇게 말하면 동의할 수밖에 없다.

마티어스는 그 자리에서 무릎을 꿇고 머리를 숙였다.

"이, 이거…… 실포드 백작…… 알아 뵙지 못하였다고 해도 실례를 저질러 사죄드립니다. 용서하여주십시오……."

머리를 숙인 마티어스를 카인이 재차 몰아붙였다.

"저는 그것으로 괜찮습니다만……. 방금 여기 있는 영애에게 '아가씨'라고 말하지 않으셨습니까? 게다가 '노예가 한 명 늘었다'고 들었습니다만……."

"아니…… 그것은……."

"여기 계시는 영애는 귀족 당주는 아닙니다만…… 바이서스 제국의 제6황녀 리루타나 황녀 전하이십니다. 이웃 나라의 황녀 전하께 폭언을 하시다니요? 코르지노 후작."

카인의 말에 코르지노 후작과 마티어스는 놀라움에 안색이 창백하게 질렸다.

리루타나는 너무 요란한 것이 싫어서 왕국에 도착하여 면담할 때, 직접 만난 사람은 국왕을 비롯하여 마그나 재상, 에릭 공작 뿐이라 리루타나의 얼굴을 아는 사람은 거의 없다.

코르지노 후작도 리루타나의 얼굴을 보는 것은 처음이었다.

"그, 그런…… 황녀 전하라고……?!"

"서, 설마……."

놀란 두 사람을 무시하고 카인이 리루타나에게 시선을 보내자 그녀는 크게 고개를 끄덕였다.

그리고 품에서 바이서스 제국의 문장이 박힌 호화로운 플레이트를 꺼냈다.

"바이서스 제국 제6황녀, 리루타나 반 바이서스야. 당신들의 악행은 모두 확인했어. 나의…… 친구, 파르마를 유괴한 일도 국왕에게 직접 전하겠어!"

강한 어조로 리루타나가 말하자, 마티어스는 몸을 떨었다.

"그, 그럴 수가?! 제가 무슨 짓을 했단 말씀입니까?! 전혀 기억이 없습니다만……."

모른 척하는 마티어스의 태도에 카인은 물론 리루타나도 인상을 찌푸렸다.

"파르마를 유괴해놓고 잘도 그런 말을 하는구나! 지하 감옥도 확인했어. 다른 아이들이 더 있다는 것도 알아."

"으으윽……. 코르지노 후작……."

마티어스가 코르지노 후작에게 애원하는 눈빛을 보냈으나, 돌아온 것은 예상 밖의 말이었다.

"마티어스! 넌 유괴까지 가담한 것이냐?! 믿기지 않군! 난 모르는 일이다!!"

"엇…… 아니……."

도와주길 바라던 사람에게 버림받는 바람에 마티어스가 놀란 표정을 지었다.

그때였다.

문이 열리며 많은 위병이 저택으로 우르르 들어왔다.

"이곳에서 사로잡힌 소녀가 발견되었다는 정보가!"

선두에 선 위병이 검을 뽑은 채 들어왔으나, 홀의 이상한 광경에 움직임을 멈췄다.

소년과 소녀를 향해 무릎을 꿇은 회장 마티어스, 귀족으로 보이는 인물을 지키듯이 선 호위, 그리고 쓰러진 모험가.

들어온 위병 중 어느 누구도 이 상황을 이해하지 못했다.

그리고 어느새 카인의 뒤에 나타난 다르메시아가 카인에게 얼굴을 가까이하여 작은 목소리로 말을 걸었다.

"일단 위병을 불러두었습니다."

"다르메시아, 잘했어. 고마워."

위병을 부른 사람이 다르메시아임을 알고 고개를 끄덕인 뒤 입을 열었다.

"위병 여러분, 수고가 많으십니다. 이곳 상회에서 유괴가 벌어졌습니다. 뒤에 있는 소녀가 그 피해자입니다. 우리는 그녀를 구하러 왔습니다. 그리고 지하에 사로잡힌 것으로 보이는 아이가 더 있습니다. 확인해주시죠."

카인의 말에 위병들이 인상을 찌푸렸다. 먼저 온 자들은 카인의 정체를 알고 있지만, 지금 온 위병들은 아직 모른다.

"너희는……. 여기 쓰러져 있는 자들은…… 너희가 한 건가?"

"제가 했습니다. 저쪽이 먼저 검을 뽑아서요."

"그런가…… 그런데…… 넌 저기 영애의 호위……?"

리루타나는 한눈에 귀족 영애임을 알 수 있지만, 같이 있는 카인은 호위라고만 생각했다.

"저는 카인 폰 실포드 드링털 백작입니다. 옆에 있는 사람은 바이서스 제국 황녀, 리루타나 황녀 전하십니다."

"리루타나 반 바이서스야."

두 사람의 말에 위병들은 굳어버렸다. 곧 말뜻을 이해한 위병은 바로 한쪽 무릎을 꿇었다.

위병 모두가 검을 거두고 한쪽 무릎을 꿇자, 가장 선두에 있던 위병이 머리를 숙였다.

"죄송합니다. 황녀 전하, 실포드 백작……. 상황이 아직 이해되지 않습니다. 설명해주실 수 잇겠습니까?"

"그러죠. 사라칸 상회의 소녀가 귀족 거리에서 유괴된 것은 알고 있지요? 리루타나 황녀 전하가 귀족 거리의 대기소에 보고하러 갔다고 하니까요."

"네, 그 이야기는 들었습니다. 따라서 평민 거리의 위병들도 찾으러 다녔습니다."

카인은 그 말에 말을 이었다.

"그 소녀는 이곳 상회의 지하에 있는 감옥에 사로잡혀 있었습니다. 저는 그 정보를 알고 이렇게 온 것입니다. 사라칸 상회는 제가 만든 상품을 유통하고 있는 곳이니까요…… 찾는 것도 당연하지 않습니까?"

"실포드 백작이 직접…… 말입니까……?"

위병은 카인이 직접 찾는 것이 이해가 되지 않았다. 당주는 보통 지시를 내리기만 하지 스스로 움직이지 않는다.

하물며 직접 움직이며 벌어진 전투까지 대응하다니 상상도 할 수가 없다.

"이상한가요……? 참, 이거면 어떻습니까."

카인이 품에서 백금색으로 빛나는 길드 카드를 꺼냈다.

"이래 봬도 일단 S랭크 모험가이므로."

"앗?!"

카인이 제시한 길드 카드에 의식을 되찾은 겔터가 경악했다.

겔터는 오랜 시간 동안 모험가 생활을 한 끝에 B랭크까지 올라갔다. 그 고생은 자신이 가장 잘 알고 있다.

그리고 S랭크가 되기 위해 필요한 실력도…….

A랭크를 넘어 S랭크 영역에 도달한 모험가는 주위에서 '괴물'이라 뭉뚱그려 취급하고 있다.

물론 위병도 그 길드 카드의 색에 눈을 크게 떴다.

"그렇습니까…… 알겠습니다. 그럼 확인을 위해 여러분은 이곳에 남아주시겠습니까? 얘들아, 지하를 조사하고 와!"

대장의 말에 위병 몇 명이 안으로 들어갔다.

그 와중에 딱 하나, 돌아가려는 사람이 있었다.

"난 돌아가겠어. 상관없으니까."

"죄송합니다. 이곳에서 잠시 기다려……."

"에잇! 시끄럽다! 나는 코르지노 후작이야. 이 사건과는 상관없어! 지금 막 왔으니까. 실례하겠네!"

위병대장의 말도 듣지 않고 코르지노 후작이 마차에 올라 상회에서 떠났다.

"카인…… 괜찮겠어?"

리루타나가 불안한 목소리로 카인에게 물었지만, 카인은 어쩔 수 없다는 얼굴로 고개를 끄덕였다.

"……이 상황에서는 막을 수가 없어. 코르지노 후작은 나보다도 작위가 높으니까. 게다가 이 나라의 대신이야. 아무 증거도 없이 잡아 두진 못 해."

카인의 말에 리루타나도 분한 얼굴을 했다.

"하지만…… 마티어스가 모두 말하면 달라지겠지……."

카인은 무릎을 꿇고 있는 마티어스를 내려다보며 히죽 웃었다.

그 시선에 마티어스는 살찐 몸을 흔들며 식은땀까지 흘리면서 고개를 숙였다.

"마티어스…… 지금부터 대기소에서 찬찬히 이야기를 해볼까."

"나는 상관없어!! 거기 있는 모험가들이 멋대로 저지른 짓이야!!"

카인의 말에 마티어스가 발뺌하려 했지만, 겔터가 먼저 입을 열었다.

"내가 전부 털어놓지. 거기 회장에게 의뢰를 받아 저 아이를 납치했어. 어차피 노예로 떨어지든가 사형이 확실하니까. 귀족님에게 검을 겨눴으니 다 포기했어. 여기서 도망치려고 해도 어차피 저 도련님에겐 이기지 못할 테니까."

"앗?! ……으윽……."

마티어스도 고용한 모험가가 자백하고 마니 포기할 수밖에 없었다.

힘없이 주저앉아 체념한 마티어스에게 곁눈질하며 카인은 위병에게 말을 걸었다.

"이것으로 되겠습니까? 밑에 남은 아이들은 여러분께 맡기겠습니다. 마티어스와 모험가도요. 다만 파르마는 저희가 데리고 돌아가겠습니다. 그래도 괜찮겠습니까?"

카인의 말에 남아 있던 위병은 그저 받아들일 수밖에 없었다.

"여기 아이들이 있습니다!"

먼저 지하에 내려간 위병들이 외쳤다. 그리고 감옥 문을 열어 위병이 아이들을 데리고 올라왔다.

위병이 아이들에게 시선을 맞추기 위해 무릎을 꿇고 부드럽게 말을 걸었다.

"너희는 언제부터 이곳에……?"

아직 열 살도 되지 않은 아이들은 모두 몸을 떨었으나, 그 중 한 소녀가 기어들어가는 목소리로 말했다.

"열흘쯤 전부터 온 것 같아…… 하지만 계속 어두운 곳에 있어서 몰라…… 집에 갈 수 있어……?"

"괜찮아, 아저씨들은 이 도시를 지키는 위병이야. 모두 집까지 무사히 데려다줄게."

위병의 말에 안심했는지 아이들이 울기 시작하자 그는 한 사람, 한 사람 머리를 살며시 쓰다듬어주고 일어났다.

그리고 지금까지 보여준 다정한 미소를 지우고 엄한 눈빛으로 마티어스를 바라보았다.

"유괴는 중죄다. 각오해둬. 이런 어린 아이들을…… 잘도…… 이 녀석과 모험가들을 체포해!"

위병의 말에 다른 위병들이 밧줄을 준비하여 몸을 묶고 밖으로 끌고 나갔다.

그리고 대장은 카인에게 정중하게 머리를 숙였다.

"실포드 백작, 감사합니다. 서류를 정리하면 왕성에 제출하겠습니다. 그리고—— 황녀 전하도 이 나라를 위해 힘써주셔서 깊은 감사를 드립니다. 저는 지금부터 저택을 조사하겠습니다. 그 외에도 무언가 숨기고 있을지도 모르니까요……."

대장의 말에 카인과 리루타나는 잘 부탁한다고 전했다.

"뒤는 맡기고 우리는 돌아갈까. 파르마, 데려다줄게."

다 같이 나르니스 상회를 뒤로했다. 그리고—— 다르메시아가 카인에게 얼굴을 가까이하고 귓가에서 속삭였다.

"카인 님…… 마차를 타고 오지 않았습니다만……."

그 말에 카인은 전이로 온 것을 떠올리고 쓴웃음을 지었다. 리루타나도 그 말을 들었는지, 그녀의 마차를 타고 가게 되었다.

마부대에 니기트와 다르메시아가 타고, 안에는 카인과 리루타나, 그리고 파르마가 탔다.

파르마는 황녀의 마차를 타게 되어 황송함과 긴장감에 사양하였으나, 리루타나가 손을 잡고 마차에 태웠다.

곧 마차가 사라칸 상회를 향해 달리기 시작했다.

사라칸 상회까지 마차로 십 분쯤 걸린다. 역시 상회는 도시 한 구획에 모여 있는 법이라 금세 도착했다.

상회 앞에는 타마니스가 안절부절못하며 우왕좌왕하다 그 앞에 호화로운 마차 한 대가 서자 얼른 자세를 바로 했다.

니기트가 마부대에서 내려 문을 열었다.

마차에서 파르마가 울먹이며 내려 그대로 타마니스에게 안겼다.

"큰아버지————!!"

"파르마아아아아아아아!!"

파르마를 안고 무사한 것을 실감한 타마니스를 보며 카인과 리루타나도 마차에서 내렸다.

"무사히 데려왔습니다."

카인의 목소리에 타마니스가 고개를 들고, 카인과 그 옆에 리루타나가 있는 것에 안색이 창백하게 질렸다.

"카인 님?! 게다가…… 화, 화, 황녀 전하까지?!"

타마니스는 마차에 그려진 바이서스 제국 황실의 문장을 보고 크게 긴장했다.

기쁜 마음도 잠시, 바로 무릎을 꿇는다.

"이, 이거 실례했습니다. 혹시 두 분이 파르마를……?"

두 사람이 조용히 고개를 끄덕이자, 타마니스는 바닥에 머리가 닿을 듯이 조아렸다.

"파르마는 학교 친구니까요. 무사해서 다행입니다."

리루타나가 아무 일도 아니라는 듯 미소를 지었으나, 타마니스로서는 황녀 전하가 직접 구하러 갈 줄은 몰랐기에 황송할 따름이었다. 일개 평민으로서 고개를 들지도 못 했다.

"타마니스 씨, 이제 고개를 드세요. 이렇게 무사히 돌아왔잖아요. 이따 위병도 여기 올 겁니다."

"카인 님…… 정말 하나부터 열까지 감사드립니다."

"아닙니다. 파르마는 저에게도 친구니까요. 저희는 이만 가보겠습니다. 집에서 걱정하고 있을 것 같고요."

미소를 짓는 카인에게 타마니스와 파르마가 다시 정중하게 고개를 숙였다.

"그럼 카인, 저택까지 데려다줄게."

"아니…… 여기서는 그냥 걸어서——."

"데려다주겠습니다."

조금 목소리 톤이 달라진 리루타나의 제안에 거절하기란 불가능함을 깨달은 카인은 바로 고개를 끄덕였다.

"그럼 파르마, 내일 학교에서 만나자!"

"안녕."

두 사람은 마차에 올라 니기트에게 신호를 보냈다. 마차가 보이지 않게 될 때까지 타마니스와 파르마는 계속 고개를 숙이고 있었다.

"그나저나…… 카인, 오늘은 고마웠어. 혹시 카인이 오지 않았다면……."

리루타나는 자신이 한 일을 돌이켜보고, 조금 몸을 떨며 옆에 앉은 카인의 옷소매를 붙잡았다.

"맞아. 위험할 뻔했으니까. 도착이 늦어졌다면…… 황녀 전하니까 자중해야지."

"하지만…… 마차를 발견하니 나도 모르게……. 그래도 구해

쥐서 정말 고마워."

리루타나와 카인의 거리가 조금씩 가까워졌다.

어깨가 닿을 듯한 거리까지 다가간 리루타나가 볼을 붉혔다.

"카인…… 실은——."

"실포드 백작, 저택에 도착했습니다."

"…………."

"도착했네. 그럼, 내일 보자."

"——응…… 안녕."

카인은 마차에서 내려 리루타나의 마차를 배웅했다.

"그나저나 카인 님은 정말 강하군요……. 움직임이 전혀 보이지 않았습니다."

"…………."

"리루타나 전하도 너무 무모한 행동은 하지 마십시오."

"…………."

마부대에서 웃으면서 말하는 니기트와 달리 리루타나는 주먹을 쥐고 부들부들 떨었다.

"어라, 리루타나 전하? 혹시 잠이 드셨습니까?"

앞을 보며 말을 부리는 니기트에게 리루타나의 표정은 보이지 않았다.

카인과 둘이 보내던 시간을 방해받은 리루타나는 눈치도 없이 말을 거는 니기트를 향해 인상을 찡그렸다.

　──그리고 폭발했다.

　"……니기트…… 바보오오오오오오오오오오오!!!!!!"

　"네에에에에에에에에에?!"

　뒤에서 갑자기 자신을 나무라는 소리에 니기트는 그저 놀라기만 했다.

　사건으로부터 며칠이 지나 카인은 왕성의 알현장에서 무릎을 꿇고 머리를 숙이고 있었다.

　"고개를 들라."

　국왕의 말에 카인은 고개를 들었다.

　"이번에 왕도에서 일어난 유괴사건이 두 사람의 활약으로 해결되었다. 이에 상을 내리겠노라. 카인 폰 실포드 드링털, 그리고 리루타나 반 바이서스 황녀. 그대들에게 백금화 스무 개씩을 상으로 내리겠다. 리루타나 황녀는 타국임에도 협력해주어 감사하군."

　국왕의 말에 다른 자리에 앉아 있던 리루타나가 잠깐 일어나 살짝 머리를 숙였다.

　"감사히 받겠습니다."

　"감사드립니다. 전하."

　두 사람은 다시 머리를 숙였다.

　"그럼 이것으로──."

"잠시 기다려주십시오!"

알현의 끝을 선언하려던 마그나 재상의 말을 한 귀족이 가로막았다.

"뭔가…… 코르지노. 무슨 의견이라도 있는 건가……?"

옥좌에 앉은 국왕이 코르지노 후작을 노려보았다.

코르지노 후작이 한 걸음 앞으로 나와 무릎을 꿇었다.

"실은 제가 왕실로부터 받은 저택이 어제 동트기 전쯤…… 완전히 두 개로 갈라지고 말았습니다…… 이것은 타국이나 마족의 짓이 분명합니다!"

""으헙.""

옥좌에 앉아 있던 국왕과 마그나 재상이 동시에 소리치려던 것을 참았다.

참석한 다른 귀족들 중에서도 성에 오며 코르지노 후작 저택을 지나간 사람은 알고 있었다.

무릎을 꿇고 있던 카인은 어깨를 떨며 아래를 내려다보았다.

국왕은 카인을 노려본 뒤 다시 코르지노 후작에게 시선을 보냈다.

"그 건에 대해서는 소문 수준이기는 하지만 이야기를 들었다. 힘들겠지만 바로 수리하도록……. 왕성에 있는 상급귀족의 저택이 반파되어서야 보기도 안 좋으니."

"전하…… 저기…… 보조금은……?"

"그대도 후작 아닌가. 상급귀족으로서 물론 스스로 지불하게나."

"……그럴 수가…….."

"──이것으로 끝내겠다. 재상, 부탁하네."

국왕의 말에 마그나 재상이 알현 종료를 선언했다.

국왕이 퇴실한 뒤, 상급귀족들도 나가기 시작했다.

카인도 리루타나와 함께 나가려고 하였으나 바로 제지당했다.

"실포드 경, 전하께서 부르십니다."

"앗…… 정말로요?"

"네…… 마그나 재상과 함께 기다리고 계십니다."

카인은 어깨를 축 늘어뜨리고 안내하는 시종의 뒤를 따라갔다. 그리고 익숙한 응접실로 향했다.

시종이 문을 노크하고 열자 이미 국왕과 마그나 재상이 기다리고 있었다.

"전하, 기다리게 하여 죄송합니다."

카인은 시키는 대로 자리에 앉았다.

"그래, 카인. 내가 무슨 말을 하려는지 알고 있겠지…….."

"아니요, 무슨 일인지 전혀…….."

"───뭐, 됐다. 코르지노는 어려웠으니까…… 그렇지, 카인?"

"무슨 말씀이신지 모르겠습니다만…… 천재지변이란 무서운 것이로군요. 전하도 고생이…….."

"음…… 특히 그대 탓이지."

"……네?"

"증거가 없으면 문제가 없다고 생각하는 것은 코르지노도, 그대도 똑같지 아니한가……? 뭐, 됐네…… 오늘은 기분이 좋거든. 물러가도 돼."

"네, 그럼 전하, 실례하겠습니다."

카인은 인사를 하고 방에서 나왔다.

"―――역시 너무 지나쳤나……."

그런 말을 중얼거리며 왕성을 뒤로했다.

시간은 시간이 일어난 직후로 거슬러 올라간다.

의혹으로부터 도망친 코르지노 후작은 한 저택에 들렀다.

그곳은 하급귀족인 블리드 남작의 저택으로, 그는 코르지노 후작의 수하이기도 했다.

"코르지노 후작?! 이런 시간에 무슨 일이십니까?"

코르지노 후작의 일그러진 표정을 본 블리드는 바로 저택에서 가장 좋은 응접실로 후작을 안내했다.

그리고 다른 사람들을 내보낸 뒤, 아무도 없는 것을 확인한 코르지노 후작이 퉁명하게 입을 열었다.

"블리드, 바로 '그것'을 준비해줬으면 해. 지금 당장."

"네?! '그것' 말입니까…… 알겠습니다. 바로 준비하지요."

그 자리에서 손가락을 튕기자 바로 검은 옷을 입은 남자가 나타나 무릎을 꿇었다.

"부르셨습니까."

"윽, 항상 대기시키고 있는 건가…….

"물론이죠. 무슨 일이 생길 때도 있으니까요."

"그런가, 사실은——."

오늘 일어난 일을 설명했다. 그리고 발견되면 신분을 박탈당해도 이상하지 않을 증거품까지 있을지도 모른다고.

"——전부 처리할 수 있겠나?"

"맡겨주시기를. 다만 이쪽에 전부 맡겨주실 수 있겠습니까?"

"음. 나에게 불씨가 튀지만 않으면 문제없어. 맡기겠네."

"네, 그럼 바로 시작하겠습니다. 실례를."

검은 옷을 입은 남자가 그 자리에서 사라졌다.

"신기하기도 하군…… 일을 그르치지 말게."

"네, 물론입니다."

두 사람은 음흉하게 웃었다.

그리고 심야——.

저택의 간단한 수색을 마치고 다음 날부터 본격적인 수색에 들어갈 예정이라 아무도 없을 터인 나르니스 상회 안에 복면을 쓴 남자 몇 명이 움직이고 있었다.

"증거는 모두 불태워라. 무엇 하나 남기지 마."

리더격인 남자가 지시를 내렸다. 상회 지하부터 최상층까지 기름을 부었다.

기름을 모두 끼얹은 남자들이 창문으로 탈출했다. 그리고 한 남자가 불마법을 날렸다.

"이것으로 문제없겠지."

아무도 없는 나르니스 상회 안에서 기름 때문에 불이 삽시간에 퍼졌다.

돌로 지은 상회이기는 하지만, 내부는 기본적으로 목제이다. 기름을 붓고 불을 붙이면 기세를 막을 수가 없다.

위병이 달려와 바로 진화 작업에 들어갔지만, 불이 꺼질 즈음에는 이미 모두 재로 변해 있었다.

다음 날, 그 화재를 들은 카인은 다르메시아를 불러 대응책을 생각했다.

"나르니스 상회와 코르지노 후작의 연결고리는 모두 재가 되었나……."

"네…… 죄송합니다. 설마 곧바로 그런 수단을 쓸 줄은…… 인간이란 참으로 탐욕스럽군요."

마족은 보통 뒤에서 음모를 꾸미지 않는다. 그런 자가 없는 것은 아니지만, 기본적으로는 정정당당하게 맞부딪혀 강함을 겨루는 쪽을 선호한다.

다르메시아가 인간의 본질까지 꿰뚫어 보지 못한 것은 어쩔 수 없는 일이었다. 카인도 거기까지는 예상하지 못했기에 다르메시아를 책망하지는 않았다.

"오늘이라도 저의 곤충들을 코르지노 후작의 집에 풀어놓겠습니다. 다만…… 엿듣기는 가능하지만 증거가 되기는 힘들 듯합니다."

"알고 있어. 하지만 정보는 필요해. 조사해줄래?"

"알겠습니다. 그럼……."

다르메시아는 인사를 하고 그림자 속으로 사라졌다.

정보는 바로 모였다.

역시 코르지노가 손을 쓴 것임은 바로 알 수 있었다. 다만 사역마가 모은 정보이므로 증거는 되지 않는다.

심야, 카인과 다르메시아는 코르지노 후작의 저택 상공에서 밑을 내려다보고 있었다.

"무언가 좋은 방법이 없을까……."

팔짱을 끼고 생각에 잠긴 카인에게 다르메시아가 조언했다.

"조금 소란을 일으킨 틈을 타 잠입하는 것은 어떨까요. 잠입은 제가 하겠으니……."

다르메시아의 제안에 카인은 고개를 끄덕였다.

"그럼 마법을 쓸 테니 소란스러운 틈을 타서 부탁할게. 문을 부수는 정도면 되겠지."

"그것이 괜찮을 듯합니다. 그럼 저는 그사이에……."

화재가 일면 큰 소란이 벌어지고 만다. 카인은 바람마법을 골라 날렸다.

『에어 커터』

카인의 오른손에서 쏘아진 마법이 진공 칼날이 되어 저택의 문을 향해 날아갔다.

그러나 그 칼날은 저택으로 향하며 점차 거대해졌다.

그리고———— 저택이 통째로 분단되었다.

분단된 부분부터 집이 점차 무너지기 시작했다.

카인은 그 참상을 보고 말을 잃었다.

"…………."

"——카인 님…… 그것은 너무 지나친 것 같습니다만…… 확실히 문은 파괴되었습니다만, 저택이 둘로 갈라지는 것은…….."

초급마법을 날릴 생각이었으나, 자중을 모르는 마력과 파르마가 유괴된 것 때문에 분노한 마음 탓에 대참사가 일어나고 말았다.

파괴의 규모가 커지면 소리도 커진다. 그 소리는 다른 저택까지 울리 퍼질 정도였다.

"——다르메시아…… 오늘은 돌아가자…….."

"——네…… 알겠습니다."

두 사람은 전이마법으로 그 자리에서 사라졌다.

나르니스 상회의 모든 자산은 바로 나라에 몰수되었다. 국내 거점은 모두 나라가 관리하게 되었다.

그리고 마티어스도 체포된 날 밤에 암살당했다. 물론 같이 수감되어 있던 모험가들도 사망했다.

위병 대기소의 감옥에 수감되어 있었으나, 누군가가 침입하여 경비하던 위병과 함께 아침에 사체가 되어 발견되었다. 또한 부대장을 포함하여 위병 몇 명이 자택에서 암살된 사건이 일어나 대장인 바라타는 크게 분주해졌다.

"——범인은 알고 있는데…….'"

카인은 왕성에서 집으로 돌아가는 마차 안에서 혼잣말을 했다.

그러나 국왕은 코르지노 후작의 저택을 파괴한 사람이 카인임을 알고 있어도 죄를 묻지 않았다.

그것과 같은 일이었다. 다만 평민에게 일어난 사건보다도 상급귀족의 저택이 파괴된 쪽이 더 인상적이므로 귀족들 사이에서는 유명한 이야기가 되었다.

"스트레스 해소를 위해 의뢰라도 받을까…….'"

카인은 저택에 도착하자마자 모험가 차림을 하고 다시 나와 모험가 길드로 향했다.

왕도 길드는 역시 직원도 많았다.

"지금까지는 레티아 씨가 맡아줬지만…… 담당이…….'"

의뢰표를 보았지만 게시판에는 B랭크까지만 붙어 있었다. A랭크 이상의 의뢰는 직접 직원에게 확인해야 한다.

카인은 모르는 여자 직원이 있는 창구에 서서 순서를 기다렸다.

오 분쯤 기다리자 카인의 차례가 되었다.

"어서 오십시오. 모험가 길드 왕도 본부에 오신 것을 환영합니다. 의뢰를 원하십니까? 아니면 모험가 등록……?"

아직 십 대인 직원은 카인을 보고 아직 어린 것과 의뢰표를 갖고 있지 않은 것에 상담이나 등록을 하러 왔다고 생각했다.

"아니요. 의뢰를 받고 싶은데요, 에딘 씨에게 묻는 게 나을 것 같아서요. 저기…… 놀라지 마세요."

"앗…… 무엇에 놀라는데요……?"

카인은 살며시 모험가 길드증을 테이블에 놓았다. 물론 백금 S랭크 모험가증이다.

그 길드증을 보고 직원이 비명을 참으려 양손으로 입을 막았다.

"자, 잠시 기다려주십시오. 바로 길드 마스터에게 말씀드리겠습니다."

직원이 허둥지둥 일어나 안으로 들어갔다. 그리고 몇 분 뒤에 당황한 듯 돌아왔다.

"길드 마스터가 만나시겠다고 합니다. 안내하겠습니다."

"고마워요."

카인은 직원의 뒤를 따라 길드 마스터의 방으로 향했다.

문을 노크하고 카인이 온 것을 알리자 바로 입실 허가가 떨어졌다.

"오오, 카인 군, 잘 왔어. 자네는 이제 나가도 좋아. 둘이서 얘기하고 싶으니까."

"네! 실례하겠습니다."

카인이 들어가자 직원이 긴장한 얼굴로 문을 닫았다.

카인이 소파에 앉자 에딘이 홍차를 두 잔 따라 테이블에 놓았다.

"갑자기 와서 죄송합니다. 가끔은 의뢰를 맡고 싶어서요……
전에는 레티아 씨가 있었으니까……."

"하긴 그러네. 레티아는 잘하고 있어? 리키세츠를 보좌하는
것도 힘들 텐데."

에딘이 웃으며 홍차를 마셨다.

"잘 돌아가고 있는 것 같아요. 알렉 형님도 아무 말이 없으니
문제없는 듯합니다."

"그렇구나, 그거 다행이네. 레티아는 우수하니까. 오히려 우
리는 인재가 없어져서 큰일이야. 아무튼 의뢰말이지…… 카인
군, 호위 같은 거 해볼 생각 없어?"

"호위라고요……?"

카인은 학교를 다니고 있으므로 장기간 왕도를 비우는 의뢰는
맡지 않는다.

게다가 귀족 당주이자 상급귀족인 백작이 따라다니는 것이 드
러나면 문제가 발생한다. 그렇기에 귀족이 얽힌 호위를 맡을 생
각이 없었다.

"아니, 재미있는 의뢰가 있어서 말이야. 카인 군이라도 문제
가 없을 것 같아. 물론 혼자 맡는 것이 아니라고? 호위들 속에
슬쩍 섞이는 형태를 취해줬으면 해."

"재미있는 의뢰라니…… 조금 궁금하네요."

"사실은 호위 대상이 귀족 영애인데 여러 가지가 있어서……
가야 할 곳은──."

에딘이 의뢰에 대해 설명했다.

진짜 목적을 들은 카인은 **음흉한** 미소를 지었다.

전 생 귀 족 의

이세계
모험록

| 호위 의뢰 |

이른 주말 아침, 호화로운 마차를 몇 명의 사병과 모험가가 둘러싸고 있었다. 카인도 모험가들 틈에서 다른 네 모험가와 함께 있었다.

네 명의 모험가는 이제 성인이 된 지 얼마 안 된 듯 보였다. 성비는 남녀가 두 명씩이다.

그중 리더로 보이는 남자가 불평했다.

"왜 이런 어린애까지 돌봐야 하는 거야. 나 참, 길드도 무슨 생각인지……."

"그런 말 하지 마. 우리도 처음 도시로 가는 거잖아. 도시를 아는 사람이 있어야지. 얘, 이름이 뭐야? 나는 니나리야. 저 시끄러운 사람은 리더 라게트, 그리고 크로스와 마인이야."

"안녕하세요, 카인이라고 합니다. 이틀뿐이지만 잘 부탁합니다."

카인은 호위 네 명에게 머리를 숙여 인사했다.

라게트가 혀를 차고 의뢰주에게 갔다.

"기다리셨습니다. 준비를 마쳤습니다. 지금부터 출발하겠습니다."

라게트의 말에 마차의 작은 창문이 열렸다.

"네, 출발해주십시오. 잘 부탁드리겠습니다."

창문으로 어린 소녀의 목소리가 들렸다. 마부가 신호를 보내자 선두에서 말을 탄 사병이 출발했고, 그 뒤로 마차가 움직이자 이어서 짐마차가 따라갔다.

그러자 라게트가 외쳤다.

"그럼 간다. **드링털**을 향해!"

마차는 카인이 다스리는 드링털을 향해 출발했다.

카인이 에딘과 상담하여 받은 의뢰는 왕도에서 드링털까지 길 안내 겸 호위로 이틀에 걸친 일이었다.

선두에 선 사병의 뒤로 귀족 영애를 태운 마차가 나아가고, 카인은 뒤에서 짐마차를 타고 따라갔다.

"앞으로 이틀은 가야 목적지인가. 왕도는 잠깐밖에 즐기지 못했네."

4인조 파티는 영애가 사는 도시부터 호위를 맡아 벌써 열흘간 함께 하고 있었다.

"어디서부터 왔는데요?"

카인이 묻자 라게트가 시선을 돌렸고, 대신 니나리가 대답했다.

"왕도에서 훨씬 남쪽에 있는 미신가라는 도시야. 근처에 바다가 있어. 해산물이 맛있는 좋은 도시야."

"해산물…… 꼭 가보고 싶네요!"

카인은 미신가에 가본 적이 있지만 그 사실을 입 밖으로 내지 않고 니나리의 말에 귀를 기울였다.

왕도와 드링털, 그라시아에서는 마물의 소재가 많이 채취되므로 보통 고기요리가 많다.

해산물은 시간 정지 기능이 있는 아이템 박스에 넣어도 된다고 해도, 아이템 박스 자체가 희귀한 능력이므로 왕도까지 유통할 만한 사람이 거의 없다.

"카인 군은 쭉 왕도나 드링틸에 있어?"

"네, 자란 곳은 그라시아지만 열 살부터 계속 왕도에 있어요. 요즘에는 드링틸과 왕도를 오가고 있습니다."

"아직 성인도 되지 않았는데 모험가라니 힘들겠네. 마물이 나와도 우리가 지켜줄 테니 안심해."

"──네…… 그때는 잘 부탁드리겠습니다."

이 상황에서 S랭크라고 말할 수도 없으므로 카인은 순순히 고개를 끄덕였다. 왕도에서 드링틸 사이는 철저하게 경계하고 있으므로 도적 등이 나오는 일은 없다.

오히려 숲에서 나온 마물과 조우하는 일이 많을 정도지만, 상인들의 안전한 왕래를 위해 정기적으로 토벌을 행하고 있다. 게다가 중간지점에는 숙박이 가능한 마을까지 만들어져 있다.

카인과 알렉이 의논하여 공공사업으로 교통편을 개선하여 더욱 유통이 발전하였다.

가는 동안에도 상회의 마차와 스쳐 지나가는 일이 많았다.

"그런데…… 왜 귀족 영애가 굳이 드링틸에?"

"우리도 자세한 내용은 몰라. 다른 사람과 만날 때마다 묻고 있지만……."

'에딘 씨에게 진짜 목적을 들었지만 말할 수는 없으니…….'

짐마차를 타고 잡담을 하는 사이 점심 휴식처에 도착했다.

짐마차에서 테이블과 의자를 꺼내자 하인이 설치하러 갔다.

호위 모험가들은 흩어져서 주위를 확인했다. 준비를 마치자 마차에서 한 영애가 내렸다.

니나리와 파티원은 바다와 가까운 도시를 거점으로 삼은 모험가답게 건강한 느낌으로 햇볕에 그을렸지만, 그 영애는 금발 생머리에 햇볕에 타지도 않고 아직 십 대로 보이는 미소녀였다.

영애가 카인이 있는 곳까지 다가와 말을 걸었다.

"호위, 수고하십니다. 여러분의 식사도 준비시켰으니 잠시 기다려주세요. 드링털까지 잘 부탁드리겠습니다."

귀족답지 않게 평민 모험가들에게도 친절하게 말을 거는 드문 영애라 카인도 감탄했다.

그리고 영애가 카인에게 시선을 보냈다.

"왕도에서 이틀간 잘 부탁해. 나는 레리네 폰 레건트야. 저기……."

"카인입니다. 왕도에서 드링털까지 길 안내를 맡게 되었습니다. 저야말로 잘 부탁드리겠습니다."

카인도 백작 당주이다. 간단한 인사이기는 했지만, 그 우아한 몸짓은 보는 사람으로 하여금 그가 평민이 아니라는 것을 알려주었다. 레리네도 역시 카인의 인사를 받고 바로 눈치챘다.

"——카인 님이로군요. 카인 님은…… 저기…… 어떤……."

레리네의 물음에 카인이 미소를 지었다.

"지금은—— 그냥 모험가 카인이니까요."

카인의 말에 레리네는 무언가를 깨달은 듯한 미소를 짓고 천천히 고개를 끄덕였다.

"──그렇군요……, **그냥** 모험가 카인 님, 잘 부탁해요."

레리네는 우아하게 몸을 돌려 하인이 준비한 테이블로 돌아갔다.

"카인 군, 대단하네. 귀족 앞에서도 주눅 들지 않다니."

"어리니까 그런 거 아냐? 하룻강아지 범 무서운 줄 모르고……."

라게트가 한심해하며 자신의 몫으로 나온 식사에 손을 댔다.

"정말이지…… 라게트도 참. 카인 군, 신경 쓰지 마. 맨날 저런 식이니까. 하지만 전투에 관해서는 안심해도 돼."

"네! 전 신경 쓰지 않으니 괜찮아요."

카인도 식사를 먹기 시작했다.

식사를 마치고 조금 휴식을 취한 뒤 출발하기로 했다.

"저녁까지는 숙소에 도착할 겁니다. 숙소 준비는 해두었으니까요."

"중간에 숙소가 있다고?!"

"네…… 왕도에서 이틀이나 걸리는 곳에 있고, 모두 머물만한 장소는 한정되어 있으니까요……."

"왠지 의욕이 생기는데! 또 야영을 할 줄 알았거든."

짐마차를 타고 출발하여 저녁이 되기 전에 숙소에 도착했다.

숙소에는 간이 나무 울타리가 주위를 감싸고 있어서 마물의 습격을 피할 수 있게 되어 있었다. 게다가 드링털에서 의뢰를 받아 항상 모험가 몇 명이 순찰을 돌며 마물이 나오면 바로 대처할 수 있다고 한다. 안전을 확보해야 더욱 유통이 활발해진다는 카인의 요망 때문이었다.

숙소도 등급을 나누어 설치하여 그중에서 가장 안쪽에 있는 고급 여관을 미리 예약해두었다.

카인은 울타리 사이의 문을 지나 선두에 서서 그 장소까지 안내했다.

"오늘 숙소는 이곳입니다. 숙박만 가능한 마을이므로 목욕탕은 없지만 따뜻한 물이 제공됩니다. 모험가 여러분은 옆의 여관으로 가시면 되는데요……."

카인이 앞장서서 하인과 함께 절차를 마쳤다.

그리고 레리네를 가장 좋은 방으로 안내하도록 했다.

"카인 님, 배려해주셔서 감사합니다. 덕분에 편안히 쉴 수 있겠어요."

"아닙니다, 내일도 잘 부탁드리겠습니다."

카인은 인사를 하고 숙소에서 나와 라게트의 파티에 합류했다.

"여러분은 옆 건물입니다. 귀족과 같이 머무는 것은 피해야 할 것 같아서……."

카인의 말에 모두 고개를 끄덕였다.

"카인, 너 눈치가 좋구나. 좋아, 가서 밥이나 먹자!"

기분이 좋아진 라게트가 카인의 어깨를 잡고 옆 건물로 향했다.

각자 체크인을 한 뒤 식당에서 모이기로 했다.

"그럼 한 시간 뒤에 식당에서 만나."

니나리의 말에 모두 동의하고 각자 방으로 들어갔다. 카인도 예약된 방으로 들어갔다.

"이대로 저택까지 전이해도 되지만…… 가끔은 모험가 기분을 맛볼까."

장비를 벗고 아이템 박스에 넣은 다음 느긋하게 쉬다가 시간에 맞춰 식당으로 향했다.

식당에 가자 이미 모두 모여 카인을 기다리고 있었다.

"카인, 늦었잖아. 먼저 먹어버릴까 하던 참이라고."

"죄송합니다. 이것저것 하다보니……."

"아직 약속시간 전이잖아! 네가 '배가 고프니 얼른 가자'라고 말했으면서."

니나리에게 혼나는 라게트를 힐끗 보며 자리에 앉았다.

"그럼 내일이면 목적지인 드링털이야. 수고했다! 건배!"

"""건배!!"""

카인은 미성년자이므로 주스지만, 다른 사람들은 술이 들어간 잔을 부딪쳤다.

그리고 차례차례 나온 요리에 모두 감탄했다.

"여기 음식이 맛있는데! 술도 맛있고, 도시에 있는 게 아니라고 무시했는데 말이야."

맛있는 요리와 술에 점점 술잔이 늘어갔다.

만족스럽게 식사를 마치자 뒤에서 누군가 말을 걸었다.

"저기, 실례합니다. 식사 다 하셨나요?"

돌아보자 레이네의 하인이 있었다.

"레이네 님께서 카인 씨를 부르십니다만……."

미안한 듯 전하는 하인에게 라게트가 끼어들어 말했다.

"카인, 다녀와! 어차피 술도 못 마시잖아!"

"──네……. 다녀오겠습니다……."

카인은 하인과 함께 레이네가 묵고 있는 여관으로 향했다.

레이네도 이미 식사를 마쳤는지 방으로 안내를 받았다.

특별실이라 불리는 방은 침실과 하인의 침실, 그리고 응접실로 이루어져 있다. 또 옆방에는 경비가 머물 수 있게 되어 귀족이 이용할 수 있는 구조로 지어졌다.

카인은 안내하는 대로 레이네가 앉은 소파의 맞은편에 앉았다.

"갑자기 불러서 죄송합니다. 이처럼 근사한 방을 준비해주셔서 감사드리고 싶어서……."

머리를 숙이려는 레이네를 카인은 손으로 제지했다.

"괜찮습니다. 저는 의뢰를 수행하고 있을 뿐이니까요……네?"

"역시 카인 님은……."

"모험가 카인입니다. 그 외에는 아무 존재도 아닙니다."

"──그랬었지요…… 제가 실수를……. 그럼 잠시 상담에 응해주십시오."

"저로도 괜찮다면…… 아직 어려서 죄송합니다만……."

카인의 말에 레이네가 하인을 물러가도록 했다.

하인들은 당황하였지만 문제없다고 일축하고 모두 내보냈다.

그리고 진지한 눈으로 카인을 응시했다.

"실은 이번에 드링털로 가는 이유는──."

카인이 웃는 얼굴로 레이네가 묵고 있는 여관에서 나와 라게트 파티가 묵고 있는 숙소로 향했다.

그리고 문을 열자 그곳에는—— 다른 모험가와 시비가 붙은 라게트가 있었다.

드링텔에서 온 모험가일까, 그 모험가와 라게트가 서로 멱살을 잡고 있었다.

"시골의 D랭크가 무슨 건방진 소리야? 우리는 드링텔에서 살아남은 D랭크라고?"

"같은 D랭크에 시골이고 드링텔이고 하는 게 어디 있어?! 엉?"

니나리도 말리고 있지만 라게트는 진정될 기미가 보이지 않았다. 둘 다 술에 취한 모양이다.

카인은 한숨을 쉬며 안으로 들어가 두 사람에게 말을 걸었다.

"슬슬 그만두는 게 어때? 다른 손님에게도 폐를——."

"어린애가 시끄럽게 뭐야?! 넌 가만히 있어!"

"카인은 끼어들지 마! 이쪽 문제니까."

카인의 말에 귀를 기울이지 않고 두 사람은 일단 떨어지더니 칼자루에 손을 댔다.

혹시 검을 뽑는다면 그야말로 큰 문제가 일어난다.

카인은 크게 한숨을 쉬고——.

"——둘 다…… 그만하지……."

말과 동시에 카인에게서 나온 살기가 단숨에 식당 안에 퍼졌다.

서로 검을 뽑으려던 두 사람은 그 살기를 직접 느끼고 공포에 이를 딱딱 부딪치며 몸을 떨었다.

그리고 말리던 니나리뿐만 아니라 식당에서 식사를 하던 다른 모험가도 역시 공포로 몸을 떨었다.

"뭐, 뭐야, 너……."

라게트가 창백하게 질린 얼굴로 말하자, 고개를 돌린 드링털의 모험가는 카인의 얼굴을 보고 바로 몸을 굳혔다.

"————시, 실버 데빌."

드링털에 소속된 모험가 중 그 이름을 모르는 사람은 없다.

길드 훈련장을 박살 내고, 모의전을 벌인 상급 모험가를 은퇴까지 몰아넣은 은발의 악마.

다만 그 정체가 영주임을 아는 사람은 이 자리에 없다.

'실버 데빌이라니…… 너무 심한 별명을 붙였잖아…….'

카인이 한 걸음 다가가자 드링털의 모험가가 바닥에 주저앉아 뒤로 물러났다.

카인이 웃으면서 말했다.

"이곳은 여관의 술집입니다. 싸우면 가게에 민폐 아닙니까? 모험가라면 그 정도는 아시겠지요…… 네?"

카인의 말에 공포에 떨고 있던 식당 안의 사람들이 고개를 힘

차게 끄덕였다.

그리고 살기를 거두고 웃으면서 라게트에게 말을 걸었다.

"드링털은 모험가가 많으니까요. 조심하셔야죠? 아, 실례합니다. 과일주스 하나 주세요."

술집에 일하는 웨이트리스도 살기에 놀라 카운터 뒤로 도망쳐 무릎을 안고 떨고 있었으나, 카인의 말에 정신을 차리고 "네! 바로 준비하겠습니다!"라며 뛰어갔다.

번개처럼 준비하여 카인의 앞에 음료수가 놓였다.

라게트에게 싸움을 건 모험가도 일행이 계산을 마치고 도망치듯이 가게에서 나갔다.

카인은 아까 앉았던 자리에 앉아 주문한 음료를 마시며 식사를 마저 하였으나, 같은 테이블의 사람들은 아무도 손을 대지 않았다.

"왜 안 드세요?"

입을 우물거리며 묻는 카인에게 조금 거리를 둔 니나리가 작은 목소리로 말했다.

"──카인 군은…… 대체…….".

그 물음에 카인은 미소를 짓고 한 마디로 대꾸했다.

"……그냥 드링털의 모험가인데요?"

그곳에 있는 누구나 할 것 없이 같은 생각을 했을 것이다. '그런 말을 누가 믿냐'라고…….

그러나 아까 두려움을 맛본 자들이 대놓고 말할 수 있을 리가 없다.

초상집처럼 조용해진 술집 분위기에 조금 미안해진 카인은 일찍 방으로 돌아갔다.

"좀 지나쳤나…… 그 정도로 강하게 살기를 내뿜은 것 같진 않은데……."

카인은 한숨을 쉬고 침대로 파고들었다.

다음 날 아침 식사를 마친 호위 일동은 레리네가 묵은 숙소 앞에서 마차를 준비하고 대기했다.

어제 일 때문인가 네 사람은 카인과 조금 거리를 둔 상태로 기다렸다.

'어제 괜히 그랬나…….'

그런 생각을 하며 레리네가 나오기를 기다리자 잠시 뒤 레리네가 일행과 함께 나왔다. 그녀가 우아하게 인사하고 마차에 오르자 바로 출발했다.

가는 길은 어제까지와 달리 조용했다. 라게트도 어제 카인의 다른 모습에 역시 조심하는 듯 보였다.

휴식 시간에도 네 사람은 카인과 약간 거리를 두고 앉았다.

그러던 중 니나리가 카인에게 말을 걸었다.

"카인 군, 카인 군은 사실── 꽤 유명한 편이야……?"

조금 긴장하고 묻는 니나리에게 카인이 웃으면서 대답했다.

"그렇진 않을 것 같은데요……. 드링털의 길드에서는 잠깐 있었지만……."

얼버무리는 듯한 카인의 대답에 니나리는 안도하여 가슴을 쓸어내렸다.

실제로 카인이 저지른 짓을 아는 사람은 시선을 마주치려고 하지 않고, 영주임을 아는 사람은 쉽게 말을 걸지 않는다.

"그렇지? 이렇게 귀여운데 어제 그 사람들은 이상한 이름으로 부르고…… '실버 데빌'이라니 무섭잖아?"

그 말에 카인은 어색하게 웃으며 고개를 끄덕였다. 니나리가 웃는 얼굴로 "다른 사람들의 오해도 풀어야지"라며 다른 멤버에게 돌아갔다.

그리고 니나리의 설명 덕분인가 점심 휴식 때는 약간 풀어진 모습을 보였으나, 라게트만은 여전히 거리를 두었다.

점심을 먹고 조금 나아가다 숲에서 나온 고블린과 마주치는 일이 있었으나 가장 먼저 라게트가 돌격하여 대처했다.

해가 기울어질 무렵 드링털이 보이기 시작했다.

드링털은 카인의 마법으로 믿기지 않을 만큼 훌륭한 외벽으로 둘러싸여 있다. 몇 킬로미터에 걸친 외벽을 처음 본 동행자들이 감탄했다.

"우와……. 여기가 드링털인가……."

"정말 대단해……."

도시의 출입문은 상인들의 마차로 붐볐다. 검문 순서를 기다리다가는 해가 질 것이 눈에 보였다.

카인은 먼저 들어갈 수 있게 교섭하겠다고 전하고 혼자 그 자리에서 이탈했다.

줄에서 빠져나와 젊은 위병에게 말을 걸었다.

"호위를 맡은 사람입니다만, 귀족 영애가 지나가므로 보내주실 수 있겠습니까?"

"귀족?! 어느 분이십니까?"

"미신가의 레건트 백작 영애입니다."

"백작가의…… 일단 신분증을——."

"됐다. 그분의 일행이라면 바로 통과시켜도 돼."

젊은 위병의 말을 가로막은 것은 장년의 위병이었다.

"그냥 들어가셔도 괜찮습니다. 그나저나…… 모험가 일이십니까…… 카인 님……."

마지막은 작은 목소리로 속삭이는 장년의 위병에게 카인은 웃으면서 살짝 머리를 숙였다.

"고마워. 이번엔 호위야. 나에 대해선 비밀로 해줘! 그럼 마차를 불러오겠습니다!"

카인은 그 말을 남기고 마차로 달려갔다.

장년 위병의 행동에 젊은 위병이 고개를 갸웃하며 질문했다.

"대장, 그냥 보내도 되겠습니까? 아무 확인도 하지 않았습니다만."

"음?! ……잘 기억해둬. 저분은——."

위병대장이 젊은 위병에게 귓속말로 카인의 정체를 알려주었다.

"네?! 영주님?! 세상에……. 저 사람이 소문의……."

"너도 이 도시에서 일할 거면 잘 기억해둬."

"네!!"

그런 대화가 오가는 것도 모르고 카인은 마차로 돌아가 바로 통과할 수 있다고 전했다.

"이 지역에서 활동하는 모험가라 그런가……."

라게트도 그 대우에 놀랐다.

마차가 입장을 위해 늘어선 줄 옆으로 나와 앞으로 가자, 문 입구에서는 위병들이 양쪽으로 줄을 지어 그 사이로 지나가게 되었다.

모험가들조차 VIP 대접과 같은 환영에 당황했다.

그리고 일행이 도시로 진입하자 바닥에 깔린 돌이며 널찍하게 만든 길 등에 놀라움을 감추지 못했다.

"이거…… 왕도보다 더 화려하게 꾸민 것 같은데……."

"정말로…… 영주가 새로 온 뒤로 이렇게 됐다고 했지……."

짐마차에서 주위를 구경하던 니나리와 마인이 소곤거렸다.

라게트와 크로스도 깔끔하게 정비된 거리에 긴장한 듯했다.

카인은 딱히 신경 쓰지 않고 가장 앞에 나서서 드링털에서 가장 고급스러운 숙소로 안내했다.

레리네와 그 하인들은 이곳에 머물지만, 라게트 등 호위 네 명은 다른 숙소에서 묵을 예정이다.

하인이 마차에서 내려 먼저 체크인을 마치고, 그 뒤에 레리네가 마차에서 내렸다.

"카인 님, 이렇게 준비해주셔서 감사드립니다."

"이것도 호위의 역할이니까요. 저는 여기까지이므로 의뢰표에 사인해주십시오."

카인이 품에서 꺼낸 의뢰표를 하인에게 건네자, 하인이 사인을 하여 되돌려주었다.

"감사합니다. 저의 일은 여기까지입니다만, 라게트 씨 파티가 묵을 숙소로는 안내해드리겠습니다."

라게트 파티를 숙소로 안내하려는데 레리네가 말을 걸었다.

"저기, 카인 님…… 사실은 이 뒤로——."

레리네의 말에 카인은 웃으면서 고개를 끄덕였다.

레리네와 숙소에서 일단 헤어져 카인 일행은 다른 숙소로 향했다.

행선지는 '고양이 쉼터'다. 사건이 일어났을 때 크게 수리하여 식당이 깔끔해졌다.

밥도 맛있으니 이곳으로 정해도 문제없다.

카인은 모두를 데리고 고양이 쉼터의 문을 열었다.

"안녕하세요!"

카인의 인사에 몸을 돌린 에낙이 카인임을 알자 환한 미소를 지었다.

"카인 오빠! 와줬구나?! 오늘은 밥? 숙박?!"

카인은 꼬리를 흔드는 에낙의 머리를 쓰다듬었다.

"내가 아니라 손님을 데려왔어. 네 사람이 쓸 방 두 개가 있을까?"

"응, 괜찮아!!"

"그거 다행이네. 여러분, 괜찮대요."

카인의 말에 네 사람이 홀을 둘러보며 만족스러워했다.

"여기 깨끗하고 괜찮네! 그리고 이 애는 누구야?! 엄청 귀여운데!!"

니나리가 카인을 밀어내고 에낙을 끌어안았다.

"아앗, 언니?!"

갑작스러운 행동에 에낙도 놀랐으나, 니나리에게 안겨 꼼짝하지 못했다.

떠들썩한 목소리에 궁금해졌는지 히미카도 주방에서 나왔다.

"아, 카인 님. 어서 오십시오. 여러분, 이곳에서 묵으시는 건가요?"

"저는 아니지만, 네 사람을 부탁해요."

카인이 전하자 히미카가 체크인을 맡았다. 방 두 개의 열쇠를 건네며 주의사항을 설명했다.

"카인 군도 같이 묵으면 좋을 텐데…… 아, 여기에 집이 있던가……"

"네, 맞아요. 또 용건도 있고요. 일단 짐을 두고 모험가 길드로 갈까요."

카인도 의뢰표를 제출해야 하므로 길드에 가야한다. 라게트 파티도 목적지까지 일을 완수한 것을 보고해야 한다.

일단 네 사람은 계단을 올라가 방을 확인하러 갔다.

"에낙, 네 사람을 부탁할게. 그리고―― 영주인 건 비밀로 해줘."

"응! 알겠어! 모두에겐 비밀로 할게. 또 밥 먹으러 와야 해……

알았지?"

카인이 애교를 부리며 말하는 에낙의 머리를 쓰다듬자 에낙이 기쁜지 만족스러운 표정을 지었다.

네 사람이 방에서 내려왔기에 인사를 하고 길드로 향했다.

"그나저나 좋은 숙소더라. 맡기길 잘했어! 방도 깔끔해서 만족스러워."

니나리가 웃으면서 말하자 다른 세 명도 동의했다. 네 사람은 카인의 뒤에서 활기찬 거리를 흥미진진하게 구경하며 따라갔다. 얼마 지나지 않아 일행은 길드에 도착했다.

"여기가 길드예요."

""""오오…….""""

드링털의 길드 회관은 왕도에 필적할 만큼 크다. 네 사람은 저절로 건물을 올려다보았다.

카인이 바로 문을 열고 들어가자 단숨에 시선이 쏠렸다.

─────그리고 길드에 있던 대부분이 시선을 피했다.

개중에는 몸을 떠는 사람도 있었다.

카인을 모르는 모험가도 있지만, 신기한 광경에 주위에 물어본 뒤로 안색이 달라졌다.

그런 사실을 모르는 네 사람은 조용한 홀을 둘러보며 고개를 갸웃했다.

"카인 군, 여기 길드는 원래 이렇게 조용해……? 다들 바닥만 보고 있고……."

"……아니요…… 그럴 리가 없을 텐데……요…….”

이 상황에 카인도 쓴웃음을 지을 수밖에 없었다. 지금까지 스스로 저지른 짓 때문이니 어쩔 수 없다.

얼굴을 아는 여성 직원 앞에 바로 가서 서자 고개를 든 직원——츠바키 또한 놀란 표정을 지었다.

"실례합니다, 의뢰를 완료하였으니 확인해주십시오."

카인이 사인을 받은 의뢰표를 내밀었지만, 예상외의 대답이 돌아왔다.

"헉?! 카인 님?! 길드 마스터를 불러올까요?! 아니면 레티아 씨?! 혹시—— 제 몸을 원하시나요?!"

무심코 머리를 때리고 말았다.

"아야?!"

아픔에 머리를 감싼 직원에게 의뢰표를 내밀었다.

"……의뢰 완료했습니다…….”

"——드래곤을 쓰러뜨리는 의뢰는 내지 않았는데……요?"

아무 말 없이 다시 머리를 때렸다.

그 모습에 뒤에서 놀란 목소리가 들렸다.

"카인 군! 힘없는 직원을 때리면 안 되지!"

"——그러네요……. 미안해. 그리고…… 레티아 씨를 불러줄 수 있을까?"

"네! 다녀오겠습니다!"

직원이 벌떡 일어나 카운터 안쪽으로 사라졌다. 그리고 일 분도 지나지 않아 돌아왔다.

"방으로 안내하겠습니다. 이쪽으로 오시지요."

직원의 뒤를 따라 카인과 함께 네 사람도 따라갔다. 그러나 네 사람은 의뢰를 보고하기 위해 방으로 안내를 받은 일이라고는 지금까지 한 번도 없었다. 이상하게 여기며 카인의 뒤를 따랐다.

안내를 받은 방은 열 명 정도가 들어갈 수 있는 곳으로, 직원은 "곧 올 테니 잠시만 기다려주십시오"라고 말하고 나가버렸다.

"여기 길드 좀 이상하지 않아? 홀은 다들 조용했고. 의뢰 보고 따위에 방으로 안내하고……."

"맞아…… 지금까지 방에 따로 들어간 적은 없었는데?"

각자 느낀 바를 말했지만, 카인은 그저 식은땀을 흘리며 가만히 있었다.

아직 영주인 사실은 들키지 않은 것이 그나마 다행인지도 모른다.

곧 누군가 방을 노크하고 문을 열었다.

레티아, 그리고 그 뒤로—— 리키세츠도 들어왔다.

"…………."

""""엥…….""""

카인이 불러달라던 직원이 들어오는 줄 알았더니, 그 뒤로 무섭기만 한 거한이 들어왔으니 누구나 놀랄 것이다.

카인으로서도 뜻밖의 일이었다.

네 사람은 리키세츠의 오라에 압도되어 그 자리에 굳어버렸다.

"길드 마스터, 오랜만입니다…… 하지만 의뢰를 보고하는 것뿐인데요……?"

"아니…… 카인 씨…… 군……의 얼굴을 오랜만에 보려고……?"

어색한 태도에 카인도 애매하게 웃었다. 그것을 눈치챈 레티아가 끼어들었다.

"길드 마스터는 일이 있으니 방으로 돌아가세요."

"그것도 그런가……."

레티아의 재촉에 리키세츠가 떨떠름하게 나갔다.

리키세츠가 사라지자 라게트 등 네 명도 긴장이 풀려 크게 한숨을 쉬었다.

다소 진정되자 레티아가 자기소개를 했다.

"카, 카인…… 군은 알고 있지만, 다른 사람들은 처음이지? 이 도시의 서브 길드 마스터인 레티아야."

"""""엇…….""""""

길드 마스터의 위압감에도 놀랐지만, 설마 같이 들어온 여성이 서브 길드 마스터일 줄은 상상도 못 했기 때문이다.

긴장한 얼굴로 네 사람도 자기소개를 했다.

이어서 테이블에 놓인 의뢰표를 레티아가 하나씩 확인했다.

"레건트 백작이라……."

카인의 얼굴을 힐끗 본 레티아가 다시 서류로 시선을 옮겼다. 그리고 사인을 하여 라게트에게 되돌려주었다.

"편도 호위 수고했어. 얼마간 체재하게 될 테니 편안히 지내도록 해. 의뢰표를 접수하면 지금까지 일한 의뢰비를 받을 수 있을 거야.”

“네, 넵!”

“카인…… 군도 접수처에 내줘.”

“레티아 씨, 고마워요.”

긴장한 태도로 의뢰표를 받은 라게트 파티는 카인과 함께 방에서 나와 접수처로 가서 보수를 받았다.

방에서 나왔을 때에는 떠들썩하던 홀도 카인 일행이 오자 다시 조용해졌다.

이유를 모르는 네 사람은 이상하게 느꼈지만, 카인은 얼굴을 굳히고 가만히 있었다.

라게트가 보수를 받고 “카인, 어서 가자”라고 말하자 주위에 있던 모험가들의 안색이 창백해졌다.

길드에서 나온 카인과 라게트 파티는 숙소로 돌아가면서도 방금 일어난 일을 이야기했다.

“역시 아까 그 길드 뭔가 이상했어…….”

“대체 무슨 일일까……, 카인, 넌 알아?”

“——아니요…… 전혀……?”

“그렇겠지…….”

의아해하는 네 사람의 뒤에서 카인은 쓴웃음을 지으며 따라갔다.

고양이 쉼터에 도착한 일행은 각자 방으로 돌아갔고, 카인은 에낙에게 그들을 부탁한 뒤 밖으로 나와 뒷골목으로 들어가 아무도 없는 곳에서 저택으로 전이했다.

저택으로 돌아간 카인은 다르메시아와 의논한 뒤, 그대로 저택에서 나와 레리네가 묵고 있는 숙소로 향했다.

숙소 직원에게 부탁하여 레리네에게 도착한 것을 전해달라고 하자 곧 레리네와 호위기사가 내려왔다.

레리네는 여행복에서 예쁜 드레스로 갈아입었는데 그 모습이 귀족 영애답게 우아하여 카인도 무의식중에 탄성을 터뜨렸다.

"카인 님, 여기까지 호위하는 것이 일이었는데 죄송합니다. 이 도시는 익숙하지가 않아서…….

"아니요, 이 정도라면 문제없습니다. 그나저나…… 정말 아름다우시네요."

카인의 말에 호위기사가 인상을 찌그렸다.

"──모험가 주제에 불경하다."

기사의 말에 레리네가 손을 제지했다.

"괜찮습니다. 카인 님이 그렇게 말해주시니 기뻐요."

레리네는 웃으면서 말하고 준비된 마차로 향했다.

마차에 타자 기사 두 명이 선두에 서고, 카인은 마부대에 앉았다.

그리고 영주의 저택── 카인의 저택으로 향했다.

"그런데 영주님도 바로 만날 수 있다니……. 며칠은 기다릴 것이라 생각했는데…….

"면회를 희망하는 편지를 보내니 시종이 당장이라도 문제가 없다고 했으니까. 정말 잘됐지."

"실포드 백작은 아직 어리니까 그런 건 신경 쓰지 않을 거야."

"그것도 그래. 아직 왕도에 있는 학교에 다니고 있다고 들었어."

말에 탄 두 기사의 대화에 카인은 쓴웃음을 지었다.

곧이어 영주의 저택에 도착하자 문 양옆으로 위병이 서 있었는데, 그들에게 호위기사가 말을 걸었다.

"미신가의 레건트 백작 영애, 레리네 님이십니다만, 영주님과 만날 약속을 하였습니다. 안에 전해주시죠."

"레리네 님이시군요. 사전에 들었습니다. 안으로 들어오십시오."

"그럼 실례하지."

기사가 먼저 문을 지났고, 그 뒤로 마차가 따라갔다.

마차가 문을 지날 때 마부대에 앉아있던 카인과 위병의 눈이 마주쳤다.

"어?! 앗?!"

카인은 웃으면서 입가에 슬쩍 손가락을 하나 세워 비밀임을 어필하자 위병은 입을 뻐끔거리며 놀란 표정을 지으면서도 고개를 끄덕였다.

그대로 마차가 저택 앞에 세워졌다.

이미 저택 앞에는 다르메시아를 필두로 메이드 몇 명이 서 있었다.

말에서 내린 기사가 마차 문을 열자 안에서 레리네가 천천히 내렸다.

다르메시아가 대표로 입을 열었다.

"레리네 님, 먼길 오시느라 고생하셨습니다. 실포드 백작도 곧 올 테니 먼저 방으로 안내해드리겠습니다."

우아하게 인사를 하자 그에 맞춰 메이드들도 머리를 숙였다.

"갑작스럽게 찾아와 죄송합니다. 잘 부탁드리겠습니다."

카인도 마부대에서 내려 바로 옆에 서 있었는데 다르메시아의 대응에 만족스럽게 고개를 끄덕였다.

"넌 여기서 기다려줘. 여기서부터는 우리가 따라갈 테니까."

"──네……."

기사들은 카인에게 이 자리에서 마부와 함께 기다리도록 했다.

다르메시아는 카인에게 힐끗 시선을 보낸 뒤, 레리네와 두 기사를 저택으로 안내했다.

카인은 그들의 모습이 보이지 않게 되자 뒷문으로 돌아가 집무실로 전이했다.

집무실에는 이미 카인의 예복이 준비되어 있어서 카인은 얼른 옷을 갈아입었다.

준비를 마치자 문을 노크하는 소리가 들렸다.

"카인 님, 준비는 마치셨습니까. 그건 그렇고…… 여전히 장난이 지나치시군요……."

그러나 다르메시아도 그런 태도가 싫지 않았고, 오히려 호의적이라고 할 수 있었다.

"자주 그러진 않아. 일단 모험가로서 움직인 거고. 그리고──

있지?"

"네. 지금도 집무실에 틀어박혀 계십니다."

"그럼 시간을 봐서 불러주겠어? 타이밍은 맡길게."

"알겠습니다. 최고의 순간에 부르도록 하지요."

카인과 다르메시아는 나란히 미소를 지었다.

"너무 기다리게 하면 미안하니 슬슬 갈까."

"네, 가장 좋은 응접실로 안내하였습니다."

"응, 고마워."

카인은 미소를 지으며 집무실에서 나갔다.

레리네가 있는 응접실 문을 노크하는 소리가 들렸다.

레리네는 물론이고 뒤에서 대기하고 있는 기사들도 순간 긴장했다.

문이 열리고 다르메시아가 들어온 다음, 그 뒤로 옷을 갈아입은—— 카인이 들어왔다.

들어온 인물이 너무 낯익어서 두 기사는 아연실색했다.

"어?! 어?!"

"어, 어째서?!"

레리네도 조금 놀란 눈을 하였으나, 곧 미소를 짓고 자리에서 일어나 인사했다.

카인은 웃으면서 레리네에게 앉도록 권유했다.

"카인 폰 실포드 드링털입니다. 먼길 오시느라 수고하셨습니다."

"다시 인사드립니다…… 레리네 폰 레건트입니다. 갑작스러운 방문에 응해주셔서 감사드립니다."

"아니요, 반쯤 속인 셈이라 죄송합니다. 다만── 레리네 님은 어렴풋이 눈치채셨지요?"

카인의 말에 레리네는 미소를 지었다.

"네…… 아버지에게 들었으니까요. 은발도 그렇고 평범한 모험가와 다른 분위기도 그렇고, 카인 님의 이름에 혹시나 하고 생각하였습니다."

두 사람이 대화하는 동안 뒤에서 대기하던 기사는 식은땀을 흘렸다. 왕도부터 드링털까지 이틀간 쭉 호위로 같이 온 어린 모험가가 실은 영주였기 때문이다.

당초에는 귀족 호위에 왜 어린애가 따라오는지, 왕도 길드의 행동에 의구심을 품었다. 혹시 문제가 생기면 왕도 길드에 클레임을 걸 생각도 있었다.

그렇게 생각했더니 사실은 영주였다. 그런 일은 상상도 하지 못했다.

완전히 굳어버린 호위 두 사람에게 카인은 말을 걸었다.

"기사 여러분도 수고하셨습니다. 속이는 꼴이 되어 미안하군요."

기사들은 살짝 머리를 숙이는 카인에게 놀라면서도 자세를 바로했다.

"이쪽이야말로 불경하게 행동하여 죄송합니다."

"죄송합니다……."

깊숙이 머리를 숙이는 기사에게 카인은 고개를 들도록 했다.

"그럼 본론으로 들어가지요……."

카인이 그렇게 말한 순간, 문을 노크하는 소리가 났다.

문이 열리며 안으로 들어온 것은 알렉이었다.

"카인…… 갑자기 돌아와서 불러내다니 무슨…… 일……."

알렉이 카인의 눈앞에 앉은 영애를 보고 굳어버렸다.

"알렉 형님, 옆에 앉으시죠……."

"카인?! 이게 대체?! 왜 레리네 님이 이곳에?!"

놀란 알렉에게 카인이 대답했다.

"그러니까…… 모셔왔습니다. 알렉 형님의── 맞선 상대를."

카인은 환하게 웃으며 그렇게 대답했다.

| 어른들의 생각 |

카인의 말에 알렉은 경악했다.

남작 작위를 받고 드링털의 대관으로서 일하며, 책상에 산이 생길 만큼 맞선을 원하는 편지가 와 있었다.

그러나 빠르게 변하고 있는 드링털을 관리하는 이상, 쉽게 왕도로 가서 맞선을 볼 수도 없으므로 편지를 확인하는 것도 게을리했다.

게다가 레리네 양은 학교에 다닐 때 만난 후배로 예쁜 데다 실력까지 겸비한 것으로 유명한 사람이다.

대화할 기회도 몇 번쯤 있었고, 외모도 알렉의 이상형에 성격은 말할 것도 없이 좋아서 한때는 연심을 품기도 했으나, 장래에 장남 진이 변경백을 물려받은 뒤 한 도시의 대관으로서 보낼 생각이었기에 평민이 될 자신이 귀족 영애와 결혼할 일은 없을 것이라 생각했다.

특히 레리네는 상급귀족인 백작 영애이므로 어떤 상급귀족의 적자와 결혼하는 것이 일반적이기에 더욱 그랬다.

또한 레리네가 사는 영지는 에스포트 왕국에서도 가장 남쪽의 바닷가 근처에 있는 미신가라는 곳이라 이곳 드링털까지는 마차로 열흘쯤 걸리기에 쉽게 만날 수도 없다.

알렉으로서는 설마 이곳까지 올 것이라고는 생각도 못 했다.

얼떨떨하게 옆에 앉은 알렉에게 카인이 설명을 시작했다.

"왕도에서 에딘 씨로부터 의뢰를 받아 여기까지 호위하였습니다. 그랬더니 알렉 형님을 만나러 간다고 하니까……. 저는 이미 약혼자가 있지만, 알렉 형님은 없잖아요? 슬슬 때가 된 것 같아서…….”

설명하며 카인이 히죽 웃었다.

남의 연애 이야기는 흥미진진하다. 카인 본인도 단단히 포위를 당하여 도망칠 수 없는 상태에 약혼하게 되었다.

귀족으로서 남작이 된 알렉도 같은 처지가 되는 것을 기대해 왔다.

“알렉 님, 오랜만입니다. 편지를 보내도 답장을 받지 못하여…….”

미안해하며 머리를 숙이는 레이네에게 알렉은 당황하여 얼른 고개를 들도록 했다.

“레이네 님, 고개를 드십시오. 모처럼 이 도시로 왔으니 느긋하게 지내다 가십시오. 저도 가능한 한 함께 하도록 하겠으니.”

알렉의 말에 레리네는 고개를 들고 부드럽게 미소를 지었다.

“아, 아버님께 편지를 받아왔습니다. 영주 카인 님과 알렉 님에게.”

레리네가 시선을 보내자 뒤에 있던 기사가 매직 백에서 두 통의 편지를 꺼내 레리네에게 건넸다.

레리네는 그 편지를 테이블 앞으로 내밀었다.

두 사람은 봉납된 인장을 확인한 뒤, 봉투를 열고 안에 든 편지를 꺼냈다.

내용을 읽어나가며 카인은 미소를 지었고 알렉은 창백하게 질렸다.

"──알겠습니다. 다만…… 잠시 생각할 시간을 주십시오. 급하게 결정하는 것은 저로서도……."

모두 읽은 편지를 테이블에 놓으며 알렉이 말했다.

"네, 알고 있습니다. 2주쯤 이 도시에 머물 예정입니다. 그때까지 대답을 해주신다면."

레리네가 정중하게 머리를 숙였다.

"그럼 오늘은 도착한 참이라 피곤하실 테니 내일 환영회를 하도록 하지요."

카인은 그렇게 말하며 다르메시아에게 시선을 보냈다.

다르메시아가 모든 것을 아는 듯 머리를 숙였다.

잠시 잡담이 이어졌으나, 알렉은 레리네의 말에 그저 고개를 끄덕이기만 할 뿐이었다.

학창시절의 일부터 졸업한 뒤로 미신가에서 생활한 이야기.

미신가에 대한 이야기 등 레리네는 기쁜 얼굴로 말해주었다.

그러나 즐거운 시간이 끝나고 레리네가 숙소로 돌아갈 시간이 되었다.

"알렉 님, 카인 님, 오늘은 감사했습니다. 내일 기대하고 있겠어요."

환한 미소를 지으며 레이네가 돌아가자, 배웅을 나갔던 카인과 알렉은 집무실에서 다시 의논하기로 했다.

"알렉 형님, 레이네 씨를 왕도부터 호위하며 왔는데 무척 좋은 분인 것 같던데요. 이것으로 형님도 반려가 생기겠네요."

웃고 있는 카인과 달리 알렉은 한숨을 쉬었다.

"보아하니 아버님과 이미 이야기를 끝낸 모양이야. 샌즈 백작도 승낙하였으니 이미 도망칠 길은── 없으려나……. 아무튼 잠시 생각하고 올게."

알렉은 편지를 들고 어깨를 늘어뜨렸지만 다소 풀어진 얼굴로 집무실을 뒤로했다.

알렉을 배웅한 카인은 자신에게 보낸 편지를 다시 확인했다.

"설마…… 이런 것일 줄이야……."

편지는 이렇게 쓰여 있었다.

『친애하는 카인 경에게.

먼저 백작이 된 것을 축하해. 그리고 오랜만이군. 그 바다에서 같이 쓰러뜨린 어문은 잊을 수가 없어. 그때는 고마웠어.

그리고 본론이다만, 그때 자네에게 시집을 못 보내겠다고 했는데 우리 딸이 알렉 경을 쭉 좋아해 온 모양이야.

여러 곳과 혼담이 오갔지만 완고하게 거절하더군. 아내가 이유를 물으니 그렇다고 하더군.

하지만 백작가로서 설령 변경백이라고 해도 상속권이 없는 차남에게 시집을 보낼 수는 없거든.

하지만 자네 덕분에 알렉 경도 남작이 되었지.

그러니 시집을 보내기로 했어. 자네의 아버지, 가룸 경과는 이미 이야기를 마치고 승낙을 받은 상태야.

본인의 의향도 들어봐야겠지만 일단은 뒤엎을 수 없다고 생각해줘.

　자네도 에딘 공에게 의뢰를 받아 우리 딸을 호위하고 있겠지. 아까울 만큼 괜찮은 애지?

　자네 쪽에서도 알렉 경을 설득해줘.

　또 영지로 놀러 오면 환영하겠네.

　그럼 잘 부탁해.

　샌즈 폰 레건트 미신가』

"전부 어른들의 손바닥 위였다는 거구나……."

카인은 크게 한숨을 내쉬었다.

카인이 자작이었을 때 해산물이 먹고 싶어서 주말을 이용하여 남쪽으로 날아간 적이 있다.

그때 미신가의 해안가에 나타난 마물과 조우하였다. 함께 싸운 남성과 의기투합하여 그의 집에 머물게 되었으나, 그 남성이 영주이자 레리네의 아버지 샌즈 폰 레건트 미신가 백작이었다.

게다가 아버지 가룸과 학교 동창이었던 터라 혼담은 알렉이 남작이 된 후 바로 정해지게 되었다. 샌즈 백작의 자식은 아들이 한 명, 딸이 두 명 있는데, 레리네 외의 다른 딸도 카인과 동급생이라 학교 입학식 때 카인의 수석 인사를 보았기에 모험가로 나갔어도 바로 신분을 들키고 말았다.

레리네가 그런 샌즈 백작의 딸임을 알고 있기에 카인도 알렉과의 혼인에 협조적이었다.

2주일간 체재하면서 시간이 있을 때마다 알렉과 레리네는 식사를 함께 하였다.

라게트 파티도 짧은 기간 동안 드링털에 머무는 것이 정해져 길드에서 간단한 의뢰를 받기로 했다.

아침 일찍 카인은 네 사람과 함께 길드로 향했다.

"카인이 소개해준 숙소, 괜찮던데. 방도 식사도 깔끔하고, 에 낙은 귀엽고! 완전 최고야!"

니나리가 웃으면서 한 말에 세 사람도 동의했다.

"카인은 여기 모험가지? 이 도시엔 어떤 의뢰가 많아?"

"의뢰는 토벌과 호위가 많아요. 왕도에서 온 상인의 의뢰나 동문 앞에 숲이 있는데 거기서 마물이 나와요. 그리고 안쪽으로 가면 던전도 있습니다."

"던전인가……, 아직 간 적은 없지만 언젠간 도전해보고 싶군. 그때에는 안내해줄래?"

라게트의 말에 카인은 조금 복잡한 표정을 지었다.

"빈 시간이라면 문제없습니다만, 거의 왕도에 가 있거든요. 일단…… 아직 학생이라……."

"그러고 보니…… 아직 학교에 다닐 나이였지. 뭐, 시간이 있을 때 부탁하마. 그때까지는 숲에서 사냥이라도 할 테니."

그 말에 카인은 고개를 끄덕였다. 던전 안쪽에는 블랙 드래곤이 있다.

네 사람의 실력으로는 가장 안쪽까지 갈 수는 없을 테고, 드래곤에게는 인간에게 공격하지 말라고 전해두었지만 자신의 몸을 지키기 위해서라면 반격은 해도 된다고 전했다.

다 같이 숲의 마물에 대해 이야기하다 보니 길드에 도착했다.

문을 열고 홀로 들어가자 역시 아침이라 길드는 모험가로 북적였다.

의뢰 게시판을 보며 상담하는 사람, 접수처에 상담하는 사람. 도시가 번영하며 다른 도시에서 온 모험가도 늘어났다.

홀로 들어간 카인에게 순간 시선이 쏠렸지만 그 뒤의 반응은 둘로 나뉘었다.

아직 어린 모험가가 껴 있어서 흥미를 잃고 시선을 돌리는 최근 드링털로 온 모험가들.

그리고 카인의 행위를 알기에 두려워서 바로 땅을 보며 시선을 마주치지 않도록 하는 모험가들.

그중에서도 전에 카인의 실력을 직접 본 사람은 공포로 몸을 떨었다.

카인은 그런 모습을 못 본 척하며 게시판으로 향했다.

라게트 파티는 아직 D랭크이다. 맡을 수 있는 의뢰도 한정되어 있다.

넷이서 의논하여 게시판에서 한 의뢰표를 뜯어 확인했다. 카인은 그 모습을 뒤에서 바라보았다.

"비켜, 꼬마. 이런 곳에 있으면 방해되잖아!"

카인이 돌아보자 인상을 쓴 모험가 세 명이 서 있었다. 아직 20대 중반일까. 검사가 두 명에 마법사가 한 명. 덥수룩하게 수

염을 기르고, 전날 술을 퍼마셨는지 숨을 쉴 때마다 술 냄새가 진동하는 남자가 카인에게 시비를 걸었다. 카인을 모르는지 돌아본 카인의 얼굴을 보고도 표정 하나 바뀌지 않았다.

"뭘 봐⋯⋯? 꼬마는 얌전히 시궁창 청소라도 해."

"시궁창 청소라, 그거 걸작인데. 아하하하하하!"

카인도 무심코 쓴웃음을 지었다. 카인을 모르는 사람이 본다면 아직 어린 아이가 '실버 데빌'이라 불리며 이 도시에서 최악의 존재로 인식되는 것을 상상도 하지 못할 것이다.

카인은 "보시죠"라고 한 마디만 하고 옆으로 피했다.

카인을 아는 모험가들은 그 광경에 "아, 저 녀석들 죽었다"라고 소곤거렸다.

기분이 좋아진 세 사람은 게시판 앞에서 의논하는 라게트 파티로 시선을 보냈다.

네 사람은 이미 성인이 되었다. 아직 10대지만 니나리도 마인도 매력적인 여성이다.

그 두 사람에게 눈독을 들인 세 사람은 마찬가지로 시비를 걸었다.

"이봐, 거기 아가씨들. 그런 애송이는 상대하지 말고 우리와 의뢰를 맡자고. 낮이고 밤이고 돌봐줄 테니까?"

남자의 말에 니나리가 인상을 찡그렸다. 그러나 바로 라게트가 니나리의 앞으로 나서 두 사람을 지키듯이 섰다.

"아저씨는 안 불렀는데? 두 사람은 우리 일행이야. 남자 셋이 사이좋게 사냥이나 다녀와. 그게 더 어울리겠는데?"

라게트는 싸움을 걸어오면 맞서 싸우는 타입이었다. 그 때문에 왕도에서 드링털로 가던 도중에도 싸움을 벌였었다.

그러나 남자들은 라게트의 말에 격앙했다.

"애송이들이…… 감히 어디서 그딴 말을. 봐주는 대신 거기 두 사람은 우리가 잘 써주마……."

조금씩 다가가는 모험가들을 향해 다른 곳에서 말을 거는 사람이 나타났다.

"거기까지 하시죠! 그 이상 길드 내에서 소란을 피우면 처벌을 피할 수 없습니다!"

여성의 목소리가 울려 퍼지자 그 목소리 쪽으로 시선이 쏠렸다.

그곳에는 양손을 허리에 대고 화가 난 듯한 레티아가 있었다.

그러나 레티아는 서브 길드 마스터지만, 모르는 사람이 보면 그저 미인 직원으로 보인다.

물론 그 사실을 모르는 남자들은 레티아의 말에 물러날 마음이 없었다. 그들은 레티아의 전신을 위아래로 훑어보았다.

"뭐야. 그럼 누나가 우리 셋을 상대해줄래? 우리는 그래도 괜찮은데."

"와하하, 그거 괜찮네. 이 누나, 나이는 먹었지만 생긴 건 나쁘지 않으니."

남자들의 말에 레티아의 표정이 달라졌다.

"──누가 나이를 먹었다고……?"

레티아가 가장 싫어하는 말인 모양이다.

레티아의 표정을 보니 수습이 될 것 같지 않아서 카인은 한숨을 쉬고 제지하러 갔다.

짝, 짝.

서로 으르렁대는 와중에 카인은 크게 손을 마주쳤다.

"슬슬 끝내시죠. 이 이상은 길드 카드를 박탈하거나 막사의 감옥에서 머리를 식히도록 해야 할걸요?"

그러나 아직 성인도 되지 않은 소년의 말 따위를 남자들이 들을 리가 없다.

그럼에도 달라지지 않는 남자들의 태도에 카인은 한숨을 쉬고 레티아에게 시선을 보냈다.

"카인 님, 상관없습니다. 이 녀석들은 다소 따끔한 맛을 볼 필요가 있으니까요."

카인의 말에 침착함을 되찾은 레티아가 말했다.

그 말에——— 주위에서 긴장하여 숨을 죽이고 있던 모험가들이 일제히 길드에서 도망치기 시작했다.

"도망쳐! 여기 있으면 위험해."

"저 녀석들 눈치도 없이…… 어서 가자!"

직원들도 모두 업무를 중단하고 카운터 밑으로 숨기 시작했다.

상황 파악을 못 한 모험가들은 도망치는 모험가들을 가리키며 웃었다. "왜 이런 재미있는 이벤트를 안 보는 거야"라며.

그리고 그 모험가들은 곧 다른 사람들이 왜 도망쳤는지 몸으로 직접 깨닫게 되었다.

카인은 고개를 끄덕이자 홀에 온통 살기가 퍼지기 시작했다. 본래 힘을 내면 이 홀에 있는 모든 사람이 기절하고 만다. 적당한 강도로 조절하여 퍼뜨렸다.

시비를 걸던 모험가들도 그 살기를 눈앞에서 맞고 맥이 풀렸다. 웃고 있던 모험가들 역시 공포로 몸을 떨었다.

"……그러니 슬슬 그만두라고 말했잖아요……."

"뭐, 뭐야, 뭐야 이거……."

"이 꼬마는 대체……?"

바로 살기를 거둔 카인은 웃으면서 말했다.

"레티아 씨는 이 길드의 서브 길드 마스터입니다. 아시겠습니까? 그 의미를……."

엉덩방아를 찧은 모험가들은 살기가 사라져 일어나서도 방금 한 말의 뜻을 모르는지 이제는 카인을 향해 화를 냈다.

"조금 시비가 붙었다고 살기를 내뿜다니 무슨 짓이야!!"

"서브 길드 마스터라니 월권행위야!!"

"맞아! 이 꼬마를 처벌해!!"

세 사람이 소리 높여 비난했지만, 레티아는 그런 어리석은 행위에 한숨을 쉬었다.

"카인 님, 길드 카드를. 누구를 상대하고 있는지 알려주지 않으면 안 되겠군요. 이런 바보는 이 도시에 필요 없습니다."

카인은 시키는 대로 품에서 길드 카드를 꺼내 레티아에게 건넸다. 백금으로 빛나는 S랭크의 증표를.

"그럼 당신들은 ──S랭크 모험가에게 싸움을 건 것으로 보면 될까?"

레티아의 말이 결정타였다.

아무리 이해력이 없는 모험가라도 랭크에 따른 실력 차이는 안다.

S랭크라고 하면 나라에서 인정받은, 천재지변급 마물과도 싸울 수 있는 실력을 지닌 자를 말한다.

남자들은 눈을 크게 뜨고 네발로 기어 허겁지겁 도망쳤다. "죄, 죄송합니다——아!" 하고 외치며.

"……호, 혹시…… 저게 이 도시에 있다는 '실버 데빌'인가……."

주위에서 떨고 있던 모험가들이 입을 모아 소곤거렸다.

"카인 님, 감사합니다. 그 녀석들은 오늘이라도 도시를 떠나겠지요. 정말이지……."

아직 화가 가라앉지 않은 레티아를 보며 카인은 쓴웃음을 지었다.

"————어, 어째서 카인 군이…… S랭크……?!"

그 말에 카인은 목소리가 들린 쪽으로 시선을 옮겼다.

그곳에는 라게트를 비롯한 네 사람이 여전히 엉덩방아를 찧고 있었다.

"아, 있는 걸 깜빡했네……."

카인은 비밀로 하던 일을 떠올리고 실수했다는 생각에 이마를 짚고 천장을 올려다보았다.

카인을 추궁하려는 네 사람을 레티아가 제지하여 방으로 안내했다.

열 개쯤 되는 의자가 테이블을 둘러싸고 있는 방으로, 카인과 레티아가 나란히 앉고 그 맞은편에 라게트 등 네 사람이 앉았다.

"──그런데 왜 카인이 S랭크지……?"

라게트가 믿을 수 없다는 표정으로 입을 열었다.

레티아는 그 말에 한숨을 쉬고 설명하기 시작했다.

"카인 님은 일부 극비사항인 부분도 있습니다만, 실력을 포함하여 S랭크임이 확실합니다. 나름대로 실적도 쌓았고, 왕도에서도 인정하였습니다."

"……그렇다고──."

"라게트, 믿기지 않는 건 알겠지만 그건 길드가 정한 일이잖아. 아까 살기도 그렇고, 카인 군은 조금 남과 다른 게 느껴져."

"그런 S랭크 '괴물'이 왜 호위 같은걸……?!"

납득이 가지 않는 얼굴로 라게트에게 니나리가 끼어들어 말했다.

부정을 저질러 S랭크가 된 것이 아님은 알지만 그래도 믿기지 않는 모양이다.

'괴물' 취급에 얼굴을 굳히며 카인이 입을 열었다.

"랭크에 관해서 입을 다문 것은 사과하겠습니다. 미안합니다. 하지만 이쪽에도 여러 가지 사정이 있으므로 양해해주기를 바랍니다."

순순히 머리를 숙이는 카인을 보며 라게트도 마음이 가라앉았다.

"사정이 있는 건 알겠어……. 하지만 납득하기 위해 나와, 아니, 우리와── 모의전을 해줘."

라게트 파티도 지금까지 모험가로서 다양한 경험을 해왔다. 몇 번이나 사선을 넘나들며 간신히 D랭크까지 올라왔다고 자부한다.

눈앞에 있는 자신보다 어리고 성인도 되지 않은 소년이 S랭크인 것을 확실하게 납득하기 위해서는 실제로 싸울 수밖에 없다고 느꼈다.

"——알겠습니다. 훈련장을 이용하지요. 실제로 모의전을 치르면 그 실력도 알게 될 테니까요. 실력 차가 어느 정도인지도……."

레티아의 제안에 다른 사람들도 모두 동의했다.

다 같이 레티아의 안내를 받아 훈련장으로 이동했다.

전에 파괴되었던 훈련장은 이미 수리를 마치고 원래대로 돌아와 있었다.

"——카인 님…… 아시겠지만 시설의 파괴는……."

"안 부술 거라고요!!"

레티아의 주의에 바로 부정했다.

그때는 길드, 모험가의 대응에 짜증이 나서 일으킨 참상이다.

지금은 리키세츠, 레티아가 운영하고 있는 길드에 민폐를 끼칠 마음은 없다.

나아가 자신이 다스리고 있는 도시니까.

"——그럼 사망에 이를 만한 공격은 금지하겠습니다. 카인 님에게는 시설을 파괴할 법한 마법을 금지하겠습니다."

"————시, 시설 파괴……?"

레티아의 말에 니나리가 굳은 표정으로 중얼거렸다.

그 말에 레티아가 설명해주었다.

"전에 제가 이곳에 오기 전에 말이죠, 모험가가 카인 님에게 시비를 건 일이 있는데, 여기서 모의전을 했습니다만 그때……."

레티아는 끝까지 말하지 않았다. 선배 모험가의 '신고식'이라면 네 사람도 알고 있었다.

자신들은 받은 적이 없지만, 그런 이야기는 들은 적이 있다. ——그러나 시설이 파괴되었다는 이야기는 못 들어봤다.

레티아의 말에 네 사람은 무의식적으로 침을 삼켰다.

"아, 한꺼번에 공격해도 돼요. 한 사람씩이면 바로 끝나고 말 테니까."

카인이 여유로운 미소를 지으며 목도를 어깨에 걸쳤다.

"그럼, 시작!"

"————꽤나 여유로운데. 아무리 D랭크라고 해도 넷을 상대로 너무 얕보는 거 아냐. 너희도 준비해."

레티아의 신호에 맞춰 라게트가 지시를 내리자 세 사람이 포메이션을 짰다.

라게트가 선두에 서고, 조금 뒤로 궁수인 크로스. 니나리는 지팡이를 쥐고 마법 영창을 시작했다. 마인은 사제이기 때문에 가장 뒤에서 지팡이를 들고 있다.

"좋아, 애들아. 카인에게 우리의 실력을 보여————."

그 말과 동시에 눈앞에 있던 카인이 사라졌다.

"앗……."

그 순간 뒤에 서 있던 마인과 니나리가 쓰러졌다.

""아니?!""

라게트와 크로스가 몸을 돌려 서서히 쓰러지는 두 사람을 보고 아연실색했다.

——그리고 크로스도 역시 쓰러졌다.

혼자 남은 라게트는 원래 위치에 나타난 카인을 경악한 눈으로 바라보았다.

"——이 정도로 차이가 나는 건가…… S랭크라는 건……."

그 말과 동시에 라게트도 의식을 잃었다.

"끝났군요…… 이것으로 카인 님의 실력을 알았을 겁니다."

쓰러진 네 사람을 내려다보며 레티아가 말했다.

"이렇게까지 할 필요는 없었던 것……."

"아니요, 압도적인 차이를 보여줘야 합니다. 그것이야말로——국가가 인정한 S랭크니까요."

카인은 기절한 네 사람을 들어 나란히 눕혔다.

"좋아, 이걸로 됐나…… 나머지는——."

"윽……."

곧 라게트가 눈을 떴다. 쓰러져 있는 세 사람을 본 다음, 카인에게 시선을 맞추고 한숨을 쉬었다.

"……이것이 S랭크의 실력인가……. 카인 너 대단하구나……. 눈으로도 움직임을 파악하지 못했어……."

"이것이 이 도시에서 가장 강한 모험가의 실력입니다."

카인이 대답하기 전에 레티아가 대답했다.

카인은 라게트에게 손을 뻗어 일어나는 것을 도왔다.

"힘 조절을 하긴 했는데…… 문제가 있으면 말해주세요. 회복 마법도 쓸 수 있으니까요."

"……회복마법도 쓸 수 있는 데다 이렇게 강하다니……."

"뭐…… 나름대로 경험을 쌓아왔으니까요……."

"아으……." "으윽……." "……어라."

먼저 눈을 뜬 라게트와 대화를 나누는 사이 나머지 세 사람도 깨어났다.

세 사람은 무슨 일이 일어났는지도 몰라 혼란스러워했다.

"……왜 자고 있지……? 혹시……."

"그래, 순식간에 모두 의식을 잃었어. 물론 나도……."

"그래……, 완패했구나……."

네 사람은 완패한 것에 조금 아쉬운 표정이었으나, 그보다도 후련한 느낌이 더 강했다.

S랭크 모험가의 실력을 직접 맛보았기 때문인 모양이다.

"이것으로 S랭크의 실력을 아셨으리라 믿습니다. 여러분도 앞으로 노력을 게을리 하지 않고 더욱 높은 곳을 목표로 삼아 주십시오. 카인 님처럼 되지 못하더라도 A랭크로 올라가는 것은 가능할 테니까요."

레티아의 설명에 네 사람은 고개를 끄덕였다.

그때 니나리가 손을 들고 질문했다.

"레티아 씨…… 생각해봤는데요, 왜 카인 군에게 '님'을 붙이는 거죠……? 다른 사람에게는 '님'을 붙이지 않잖아요?"

"앗…… 그 부분은…….''

"…………."

레티아가 카인에게 아차 하는 시선을 보냈다.

카인도 시선을 피하고 못 들은 척했다.

그러나 S랭크였다는 충격적인 사실을 안 네 사람은 이 이상 놀랄 일은 없다……고 생각했다.

"카인, 이제 놀랄 일은 없을 테니 괜찮아. S랭크라는 충격적인 사실을 들었으니까.''

카인은 체념하는 한숨을 내쉬고 레티아에게 시선을 보내며 살짝 고개를 끄덕였다.

그 태도로 눈치챈 레티아가 무겁게 입을 열었다.

"카인 님께 허가를 받았으니 가르쳐주겠습니다만, 다른 곳에 발설하지 마십시오. 경우에 따라서는…….''

레티아가 한 손으로 목을 긋는 시늉을 하자 네 사람은 긴장하여 침을 삼켰다.

"……카인 님은—— 카인 폰 실포드 드링털 백작, 그라시아를 다스리는 실포드 변경백의 아드님이자—— 이 도시의 영주이기도 하십니다.''

"""…………뭐?"""

S랭크 이상의 충격적인 사실에 네 사람은 굳어버렸다.

그 표정에 카인은 쓴웃음을 지었지만, 네 사람에게는 그것을 신경 쓸 때가 아니었다.

네 사람은 로봇처럼 어색하게 움직여 카인을 바라보았다.

"뭐…… 그렇게 됐네요. 모험가로 있을 때에는 편하게 카인이라고 불러주세요."

볼을 긁으며 카인은 편하게 이야기했지만, 네 사람의 표정은 굳은 채였다.

모험가로서 아직 젊은 나이라도 귀족 제도에 대해서는 어느 정도 이해하고 있다.

'백작'이라는 직위는 상급귀족에 해당하며, 에스포트 왕국에서도 유수의 귀족이라는 뜻이다.

게다가 변경백의 자식이면서 백작으로 독립했다고 한다. 우수하지 않을 리가 없다.

나아가 실력은 S랭크.

네 사람의 머릿속에 정보가 마구 뒤섞였다.

그리고 나온 대답은――.

"카인…… 님, 미안했어……."

"카인 군이……."

"설마 카인이……."

"정부가 될 수는 없을까……."

세 사람은 지금까지 별로 말하지 않았던 마인의 입에서 나온 말에 충격을 받았다.

물론 카인도 깜짝 놀랐다.

"카인 님은 이미 약혼자가 있으므로 그런 것은 만들지 않는다고요. 그렇게 쉽게 될 수 있다면…… 저도…….”

“저기, 레티아 씨! 무슨 말을 하는 거예요!”

카인은 바로 레티아를 제지했다.

물론 레티아는 예쁘지만, 카인에게는 길드에서 의지가 되는 누나 같은 존재이다.

그런 대상으로 본 적은 없다.

“앗, 저도 참…… 실례했습니다.”

자신의 말에 화들짝 놀란 레티아가 볼을 붉혔다.

“풋…… 이게 뭐야…….”

레티아와 카인의 대화에 그 자리에 있던 사람들의 웃음소리가 울려 퍼졌다.

모험가 길드를 뒤로한 그들은 고양이 쉼터까지 같이 갔다.

네 사람이 도저히 의뢰를 받을 기분이 나지 않는다고 했기 때문이다.

함께 호위를 하던 소년이 S랭크 모험가이자 이 영주라는 말까지 들었다.

그런 충격적인 사실을 알고 나서 “그럼 이제 의뢰를 맡을까” 라는 말이 나올 리가 없다.

게다가 여러 가지 일이 있느라 벌써 점심시간이 되었다.

“저도 가끔 여기서 먹곤 해요.”

카인의 말에 네 사람은 크게 놀랐다.

네 사람에게 귀족이란 호화로운 저택에서 호화로운 요리를 먹는다는 이미지밖에 없기 때문이다.

아무리 고양이 쉼터의 요리가 맛있다고 해도 귀족 당주가 먹는 것은 상상이 되지 않는다.

——아니, 네 사람이 사는 미신가의 영주도 그랬던 것이 떠올랐다.

네 사람이 사는 도시 미신가도 항구 마을로 활기가 넘치며, 마물이 나오면 영주가 전선에 나서서 싸웠다.

그것은 미신가만의 '특별함'인 것을 호위하며 여러 도시를 방문한 네 사람은 알고 있었다.

"크크큭, 카인도 그런 영주였나……."

라게트가 자신이 사는 도시를 떠올리며 흐뭇한 표정을 지었다.

이미 길드에서 "모험가 차림을 하고 있을 때에는 지금까지처럼 대해줬으면 한다"는 말을 들었기에 편안한 말투를 쓰고 있다.

"이 도시에 처음 와서 먹은 곳이 고양이 쉼터였거든요. 묵은 적도 있고요."

카인의 서민적인 발언에 라게트 외의 세 사람도 함께 웃었다.

"그럴 만해. 요리도 맛있고, 방은 청결해서 여기라면 살 수 있을 정도야."

"맞아. 지내기도 편하고. 생선요리가 없는 게 아쉽지만……."

네 사람은 바닷가에 위치한 미신가 출신이라 주로 생선요리를 먹어왔다.

대화를 나누며 일행은 고양이 쉼터에 도착했다.

문을 열고 가게로 들어가자 에낙이 명랑하게 인사했다.

"어서 오십시오! 아, 카인 오빠!! 니나리 씨, 그리고 여러분도 어서 오세요!"

"에낙, 우리 점심 먹으러 왔어."

안내를 받아 여섯 명이 앉을 수 있는 커다란 테이블에 앉았다.

"오늘 점심은 오크 스테이크야."

"응, 그걸로 할게. 그리고 과일주스도."

"나도 같은 거." "나도~."

에낙이 추천메뉴를 설명하고, 모든 주문을 받은 다음 주방으로 갔다.

"에낙은 기특하네. 저렇게 어린데 가게를 돕다니."

니나리의 말에 카인은 과거에 일어난 습격 사건을 떠올리며 고개를 끄덕였다.

"그나저나 카인…… 군? 님? 왠지 정체를 알고 나니 뭐라고 불러야 좋을지 고민되네. 아직 학생인데 영주이기도 하고, 게다가 백작님이라니. 게다가 S랭크 모험가잖아. 보통은 아무도 안 믿을걸."

"카인이라 불러도 돼요. 모험가일 때에는 신분을 감추고 있는 일이 많아서요. 저도 그쪽이 편하니까요."

잠시 뒤 뜨거워서 지글거리는 철판 위에 담긴 스테이크가 나왔다.

두꺼운 스테이크에서 구운 고기의 고소한 냄새와 맛있는 소스

냄새가 어우러지며 식욕을 돋아 절로 침이 흘렀다.

기다릴 수 없다는 듯 모두 나이프로 고기를 썰기 시작했다.

"으——음, 맛있어!!"

"여기 음식은 정말 맛있는걸."

모두 한 마디씩 칭찬하는 말을 들으며, 카인도 역시 그 맛에 감탄했다.

식사를 마치고 인사를 한 뒤 저택으로 돌아갔다.

——2주일 뒤.

"카인 님, 감사했습니다. 그리고—— 알렉 님, 잠시 만날 수 없는 것은 아쉽지만, 조만간 이쪽으로……."

레리네가 미신가로 돌아가게 되어 인사를 하러 왔다.

이미 여행용 복장을 갖추고 있어서 알렉과 함께 배웅하기로 했다.

볼을 붉히면서도 조금 쓸쓸한 표정을 짓고 있지만, 이 2주일간 당사자끼리 의논하여 경사스럽게도 결혼하기로 했다.

귀족끼리의 결혼이므로 가족이 모여 정식으로 이야기를 해야 하고, 나라에도 보고할 의무가 있다.

가룸은 왕도에 있지만 미신가의 영주인 샌즈 백작은 영지에 있다.

일단 돌아가서 보고할 필요가 있다.

앞으로 집안끼리 날짜도 잡아야 하기 때문이다.

마차 주위에는 호위를 위해 기사와 라게트 파티가 대기하고 있었다.

오늘은 영주로서 행동해야 하므로 그들에게도 쉽게 말을 걸 수가 없다.

"레리네 양, 이제 곧 누님이라 부르게 되겠군요. 돌아가는 길, 조심해서 가십시오. 돌아가실 때에는 호위할 수 없습니다만……."

카인은 모험가로서 드링털까지 호위한 일을 떠올렸다.

"아니요, 카인 님의 배려에 감사드립니다. 이렇게 사병까지 붙여주셨잖아요."

미신가까지 호위하도록 병사를 열 명 준비했다.

모험가를 고용해도 좋겠지만, 라게트 파티가 호위로서 의뢰를 맡은 이상 끼어들 수는 없으므로 다르메시아와 상담하여 사병을 붙이기로 했다.

그리고 카인은 라게트의 앞으로 다가가 말을 걸었다.

"다들, 레이네 양을 부탁해."

"알겠어, 아니, 알겠습니다. 제대로 의뢰는 수행할게, 하겠습니다."

"카인 구……님, 그런 차림을 하니 정말 영주 같네요……."

라게트는 어색한 존댓말로 대답했고, 니나리는 카인의 모습에 미소를 지었다.

"그럼 나중에 다시."

레리네를 태운 마차가 드링털을 떠났다.

"가버렸네."

"그래…… . 설마 이렇게 갑자기 혼인이 결정될 줄은 몰랐어."

"이제 다른 곳을 거절할 수 있으니 좋지 않나요? 솔직히 그렇게 많이 편지를 보낸다고 해도…… ."

카인과 알렉은 잠시 마차가 떠난 방향을 바라보다 저택으로 돌아갔다.

그리고 등교하기 위해 카인은 왕도로 전이했다.

왕도로 돌아간 카인은 평소처럼 등교하여 수업을 마치고도 아무 일도 없는 생활로 돌아갔다.

방과 후, 쇼핑을 가자는 말에 카인은 텔레스티아, 실크, 그리고 리루타나와 함께 거리를 걸었다.

사이좋게 대화를 나누던 중, 그들 옆에 한 마차가 섰다.

그 마차의 호위들이 카인을 믿기지 않는다는 얼굴로 바라보고 있었다.

"어, 어, 어째서 카인…… 님이 왕도에?! 드링털에서 우리를 배웅해줬을 터인데……?"

카인과 재회한 것에 아연실색한—— 라게트 파티였다.

전이마법으로 이동한 카인은 딱히 신경 쓰지 않았지만, 시간을 따져보면 남들에게는 이상한 일이었다.

"앗…… ."

카인은 그저 어색하게 웃었다. 리루타나도 있는 앞에서 전이마법으로 왕도까지 이동한 것은 입이 찢어져도 말할 수가 없다.

마차에서 내린 레리네도 뜻밖의 재회에 놀랐지만, 카인과 같이 있는 여성들을 보고 얼른 머리를 숙였다.

"──오랜만에 인사드립니다. 텔레스티아 왕녀 저하, 실크 님, 샌즈 폰 레건트 미신가 백작의 딸 레리네입니다."

"아아, 레리네 님, 오랜만입니다."

"레리네 님, 반가워요."

레리네의 말에 텔레스티아와 실크가 예의바르게 인사했다.

이 부분은 과연 왕족, 상급귀족의 영애답게 똑 부러졌다.

"저기, 그쪽 분은……."

"처음 뵙겠습니다. 리루타나 반 바이서스입니다. 지금은 에스포트 왕국에 유학을 왔습니다. 잘 부탁드리겠습니다, 레리네 님."

그 말에 레리네도 놀란 표정을 지었다.

"황녀 전하셨습니까. 실례했습니다. 저야말로 잘 부탁드리겠습니다."

레리네가 스커트 끝을 잡고 우아하게 머리를 숙였다.

레리네도 상급귀족인 백작의 영애다. 그러나 눈앞에 에스포트 왕국의 왕녀, 공작 영애, 그리고 바이서스 제국의 황녀가 같이 있는 것이다. 어떻게 처신해야 할지는 자명하다.

"카인 님께는 얼마 전 2주일쯤 드링털에 머물며 신세를 졌거든요."

레리네의 말에 텔레스티아와 실크가 금시초문이라는 듯 카인에게 따졌다.

"카인 님……? 그런 말은 못 들었는데요. 왜 레리네 님이 드링털에……. ──혹시…… 또 약혼자를 늘릴 생각이신가요?!"

"카인 군……, 멋대로 늘리는 건 좀……. 불평하진 않겠지만 상담은 해줬으면 하는데?"

"카인, 아직 성인이 되지 않았으니 조금 더 자중하는 편이……. 나도 되고 싶은데……."

그리고 옆에 있는 리루타나도 마지막은 기어 들어가는 목소리였지만 따라서 비난했다.

"아니, 잠깐만! 그게 아니야!"

"……왕녀 저하, 실크 님, 혼약은 아직 당사자끼리 결정했을 뿐이므로, 앞으로 집안끼리 정해나가기로 했습니다."

레리네의 말에 **알렉**이라는 단어가 빠져 있었다.

더욱 착각한 두 사람이 카인의 멱살을 잡고 울먹이며 계속 따졌다.

"봐요! 레리네 님도 그렇게 말하고 있잖아요!"

"카인 군, 숨기고 있었다니 너무해……."

"카인, 그렇게 여성을 좋아한다면…… 나도……."

따지는 두 사람과 우물쭈물하며 작은 목소리로 혼잣말을 하는 리루타나.

카인은 굳은 얼굴로 변명했다.

"그러니까…… 약혼자는 우리 형인 **알렉 남작**이야!!"

""…………어?""

"네, 그래요. 알렉 님과 혼약을 위해 드링털로 찾아갔습니다."

카인과 레리네의 말에 텔레스티아는 카인의 멱살을 잡고 있던 손을 놓고 어색하게 웃었다.

"오호호호, 그러셨군요……. 완전히 카인 님이 저희 이외의 약혼자를 늘리는 것이라고만……."

"──왕녀 저하와 실크 님은 카인 님의 약혼자셨죠."

"네, **지금은** 티파나 님을 포함하여 저희 세 명입니다만……."

귀족에게는 이미 카인과 텔레스티아, 실크, 티파나가 약혼자인 것이 공표되었다.

텔레스티아가 카인에게 시선을 보냈지만, 성녀의 일도 있어서 카인은 무심코 시선을 피했다.

"──그렇습니까, 카인 님은 멋지니까요. 알렉 님도 드링털에 있으니 앞으로 잘 부탁드리겠습니다."

"그래요. 카인 님과 결혼하면 형님이 될 테니 앞으로도 잘 부탁드려요, 레리네 님."

"사이좋게 지내요, 레리네 님."

레리네의 말에 결혼 후에는 친척이 되는 것을 깨달은 텔레스티아와 실크가 다시 인사했다.

그리고── 지금까지 같이 있는 인물들의 대단함에 경악했지만, 더욱 충격적인 말에 무심코── 라게트가 불쑥 소리내어 말했다.

"헉…… 왕녀님의 약혼자가…… 카인…… 님……?"

'S랭크'와 '백작이자 영주'라는 사실만으로도 벅찬 상태였던 라게트 파티는 '왕녀님의 약혼자'라는 더욱 비상식적인 진실을 알게 되는 바람에 그저 경악할 수밖에 없었다.

　그 뒤, 카인이 라게트 파티에게 일일이 설명한 것은 말할 것도 없다.

새로운 불씨

　드링털은 공적 자금을 투입하여 단숨에 개발을 진척시켰기에 다른 마을까지 소문이 나 인구가 꾸준히 늘어갔다.

　건축붐도 여전히 이어지고 있고, 건축 인력도 드링털의 살기 편안함에 가족을 데리고 이주하는 사람이 많아졌다.

　그러나 인구가 늘어나는 도시가 있으면 줄어드는 도시도 있다.

　드링털은 인구를 늘리기 위해 다른 도시에 비해 세금을 낮게 책정하였다. 물론 나라가 정한 규정 내이기는 하지만, 허용되는 범위 내에서 가장 낮은 수치를 유지하고 있다.

　기본적으로 사치를 부릴 마음이 없는 카인은 모험가로서 번 것과 사라칸 상회로부터 입금된 금액을 합쳐 막대한 자산을 모았지만, 자신의 재산을 도시의 발전시키는 데 아낌없이 투자하였다.

　세금이 평균보다 무거운 도시에서 드링털의 소문을 듣고 이주하는 사람이 끊이지 않은 것이 당연하다.

　그러나 도시의 인구가 줄면 세수도 줄게 되므로 사치를 당연시하던 귀족에게는 참을 수 없는 일이 아닐 수 없다.

　그런 영주가 자신이 소속된 파벌의 상급귀족에게 연락을 취했다.

　"이 이상 인구가 줄면 도시로서 나라에 세금을 낼 수 없게 되고 맙니다."

가운데에 앉은 코르지노 후작이 자신의 파벌에 속한 하급귀족의 설명에 신음하며 생각에 잠겼다.

"그 밉살맞은 실포드 녀석인가……. 드링털에서 망했으면 좋았을 것을……."

코르지노 후작 파벌의 귀족들이 저택에 모여, 그중 인구가 줄어든 도시의 영주가 코르지노 후작에게 애원하였다.

코르지노 후작도 자신의 파벌을 돕고 싶지만 거듭된 실책에 따른 벌금, 그리고 저택의 재건 등으로 재산이 크게 줄어들었다. 뒤에서 벌이던 인신매매로 얻던 이익도 상회가 망하는 바람에 감소하여 큰 타격을 입었다.

"어떻게든 망자로 만들어……, 아니, 아무것도 아니야."

생각한 바를 무심코 입 밖으로 내뱉은 코르지노 후작은 곧 말을 얼버무렸다.

그리고 떠올렸다.

"혹시나……, 자네들, 잠시 기다리게. 내가 더 생각해보지."

"잘 부탁드리겠습니다."

파벌 귀족들이 물러나자, 코르지노는 히죽 웃었다.

"조금 더 가면 '그것'이 있었지. 거기라면 눈에 띄지 않을 거야……. 어이, 누구 있나."

코르지노 후작이 혼자 남은 방에서 말했다.

"——네, 여기."

"자네에게 부탁할 게 있어. 실은————."

코르지노 후작이 자신의 생각을 말해주었다. 그저 가만히 듣기만 하던 검은 그림자는 코르지노의 말이 끝나자 조용히 머리를 숙였다.

"……알겠습니다."

검은 그림자는 그 말을 남기고 사라졌다.

"……이것으로 해결되겠지. 두고 보자, 카인 폰 실포드."

집무실에서 코르지노는 혼자 분을 삭였다.

"엇, 호위 말입니까……?"

카인은 왕성 응접실에서 눈앞에 앉은 국왕의 말에 질문했다.

"음, 왕립 학교의 S클래스는 매년 일스틴 공화국에 연수라는 명목으로 견학을 가는 것은 들었겠지. 우수한 학생에게는 견문을 넓히기 위해 국외로 나갈 기회를 주고 있네. 그러나 보통 왕족이나 공작의 자식은 가지 않아. 무슨 일이 생기면 문제가 되니까. 헌데…… 텔레스가 가겠다고 하지 뭐냐. 게다가 올해는 바이서스의 황녀도 있네. 동행시킬 기사의 인원수에도 국제법으로 상한이 정해져 있으니 모험가의 호위를 추가하겠네만 그것만으로는 걱정이 돼. 하지만 그대가 있으면 다소 거친 일은 알아서 해결할 수 있겠지."

카인은 수업 중에 그 이야기를 들었다. 이웃나라인 일스틴 공화국은 여러 도시가 모여 이뤄진 나라로, 각 도시의 영주가 협의하여 운영하고 있다.

선생님은 타국의 학생과 만나서 견문을 넓히려는 의도 때문이라고 설명하였다.

"뭐, 가는 것은 변함없으니까요……. 가는 길이 위험하다면 먼저 가서 전이마법으로——."

"——카인, 전이마법은 전설이라 일컬어지는 마법일세. 그렇게 빈번히 사용하다 들키기라도 해봐. 각국에서 그대라는 전력을 서로 차지하기 위해 싸울 것이 뻔하지 않나."

"……그렇겠군요."

나라끼리 의논하여 타국으로 이동할 때 동행시킬 수 있는 기사의 상한선이 정해져 있다. 너무 많으면 타국에 침략하는 것으로도 보일 수 있고, 너무 적으면 안전을 지킬 수 없을 가능성이 있다.

상한선보다 많은 기사가 국경을 넘는 것은 전쟁을 거는 것과 같은 뜻이라고 동석한 마그나 재상이 설명해주었다.

"그리고…… 우리가 없다고 해서 텔레스를 건드리기만 해 보게나? 카인, 알고 있겠지?"

"카인 군, 실크도 마찬가지라고? 솔직히 이제 일 년만 지나면 정식으로 결혼할 테니 사실은 괜찮겠지만 일단은 말이지?"

국왕과 에릭 공작이 단단히 주의를 주었다.

"그런 짓은 하지 않습니다!!"

카인은 바로 부정했다.

약혼하고 알고 지낸 지 몇 년이 지났고, 두 사람 모두 미소녀에서 더욱 어른스럽게 성장하고 있기는 하다.

카인은 머릿속에 두 사람의 모습을 떠올리고는 바로 고개를 흔들어 그 모습을 지웠다.

"보낼 생각은 전혀 없었네. 다만…… '보내주지 않으면 평생 대화하지 않겠습니다'라고 하니 어쩔 수 없지 않나……. 게다가 리루타나 황녀도 가겠다고 하니…… 그것까지는 막을 수도 없고."

힘없이 설명하는 국왕을 보며 카인은 쓴웃음을 지었다.

"알겠습니다. 학생으로서 가겠지만, 호위도 맡겠습니다. 그 대신 지명하고 싶은 모험가가――."

카인이 희망 사항을 전하자 국왕이 만족스럽게 고개를 끄덕였다.

"그 정도라면 문제없겠지. 마그나, 그대에게 맡기겠네."

"알겠습니다."

"그리고 카인. 알고 있겠지만…… 이번에는 타국으로 가는 거야. ――자중하는 것을 잊지 말게나, 알겠지……?"

국왕의 말에 카인은 쓴웃음을 지으며 대답했다.

"이제 열네 살이 됩니다. 그 정도 상식은 갖추고 있다고요."

"그렇다면 좋겠지만…… 그대가 마음만 먹으면…… 아니, 그 이야기는 그만두지."

이야기를 마친 카인은 저택으로 돌아가 콜란에게 사정을 설명했다.

"그렇습니까……, 왕녀 저하와 황녀 전하까지 동행을……."

일스틴 공화국의 수도까지는 에스포트 왕국에서 마차를 타고 2주일쯤 걸린다.

왕도부터 몇 개의 도시와 마을을 경유하여 일주일쯤 간 곳에 위치한 관문을 지나 일스틴 공화국에 진입하여 일주일을 더 가야 하는 것이다.

따라서 철저한 준비가 필요하다.

식재료 등은 왕국이 준비한 매직백에 넣어 교사가 관리하고, 호위도 많은 인원이 따라간다.

국내 최고봉이라 일컬어지는 왕립 학교 S클래스 학생에게 무슨 일이 생기면 왕국으로서도 큰 손실이기 때문이다.

카인은 필요하다고 생각되는 물건을 콜란과 의논하여 상회에 주문하도록 부탁했다.

방에 혼자 남은 카인은 그 외에도 여행에 편리할 듯한 물건을 창조마법으로 만들어냈다.

방에서 만들 수 있는 크기의 물건은 방 안에서 그리고 방에 들어가지 않을 물건은 뒷마당에서.

카인은 머릿속에 떠오른 물건을 만들어나갔다.

──이 세계에서 누구도 창조하지 못한 편리한 물건을…….

그렇다. 국왕이 한 '자중'이라는 말은 이미 카인의 기억에서 사라져있었다.

순식간에 날짜가 지나 일스틴 공화국으로 출발하는 날이 찾아왔다.

| 자중할 줄 모르는 드링털 |

"카인 님, 안녕하세요."

"카인 군, 안녕!"

"텔레스, 실크, 안녕."

교복을 입은 텔레스티아와 실크가 카인에게 손을 흔들며 인사했다.

"카인, 안녕."

"리루, 안녕."

그 옆에서 리루타나도 웃고 있었다.

S클래스는 스물한 명이지만 최종적으로 일스틴에 가는 학생은 열여섯 명이 되었다.

한 달 이상의 장기 연수이기 때문에 집안 사정 등으로 못 가는 사람도 있기 때문이다.

마차는 학교용으로 다섯 대가 준비되었고, 각 마차에 학생이 네 명씩 타기로 했다.

나머지 한 대에는 동행하는 교사 세 명이 탈 예정이다.

"——왜 내가 여기야……?"

카인은 텔레스티아, 실크, 리루타나와 같은 마차를 타게 되었다.

"그건 말이지……."

텔레스티아와 실크가 눈을 마주치며 웃었다.

'둘이 분명 손을 쓴 거군…….'

아무리 학교 안에서 귀족의 상하 관계가 없다고 해도 왕족이 부탁하면 교사도 거절할 수 없을 것이다.

그러나 국왕에게 직접 세 사람의 호위를 의뢰받은 카인으로서는 동행할 수 있는 것이 오히려 다행이라고도 할 수 있다.

마차 준비가 끝날 때까지 카인 등 네 사람이 잡담을 나누는데 뒤에서 누군가 말을 걸었다.

"어—이! 카인, 오랜만이구나!"

카인이 돌아보자 그리운 얼굴이 웃고 있었다.

"오랜만입니다. 여러분, 잘 지내셨나요?"

그곳에는 클로드, 리나, 미리, 니나가 서 있었다.

"그래! 잘 지냈다고? 나라에서 긴급 지명의뢰를 받아 들어보니…… 널 지키는 거라며? 나도 모르게 웃음을 터뜨렸다니까."

따———악.

뒤에서 리나가 클로드의 머리를 때렸다.

"그러니까 카인…… 님은 귀족이라고 말했잖아! 게다가 백작님에게 무슨 소리야!"

그 두 사람의 대화에 미리와 니나는 쓴웃음을 지으면서도 카인의 앞에 섰다.

어린 시절 올려다보던 두 사람의 키에 어느새 카인의 키가 따라잡고 있었다.

"카인, 잘 자랐구나. 그렇게 작았는데 이제 우리보다 커질 것 같아."

"응, 카인, 근사해졌어. 이것으로 애—."

끝까지 말하기 전에 카인은 니나의 입을 막았다. 니나는 기회가 있을 때마다 '애인'이라는 말을 꺼내기 때문이다.

끝까지 말하기 전에 막은 것에 안심했지만 등줄기가 오싹했다.

조심스럽게 뒤를 돌아보자—— 그곳에는 무섭게 화가 난 두 사람이 있었다.

게다가 리루타나까지 카인에게 차가운 시선을 보내고 있다.

"카인 님, 잠시 이야기 좀 할까요."

"카인 군, 일단 정좌부터 할까?"

"나도 차분하게 이야기를 듣고 싶네."

무슨 까닭인지 마차 뒤로 끌려가 카인은 정좌를 하고 앉아야 했다.

"저분들은 전에 학교에 선생님으로 온 사람들이지요? 왜 카인 님과 그렇게 친한 거죠?"

카인은 정좌한 채 어린 시절 가정교사였던 것 등을 설명했다.

"——그렇습니까. 이 건에 대해서는 알겠습니다. 하지만 카인 님, 지금부터 타국으로 갈 거예요. 충분히 조심하시지요."

"——네……."

세 사람은 카인의 필사적인 변명에 내키지 않기는 하지만 일단 납득했다.

"그런데 아까 호위인 사람이 '애인'이라고 말하려고 했지? 카인 군."

실크의 말에 다시 설교가 처음으로 돌아가 마차가 출발하기 직전까지 이어졌다.

마차는 6인승으로 여유롭게 만들어진 것이다.

안쪽에 텔레스티아, 실크, 리루타나가 앉고, 카인은 맞은편에 혼자 앉았다.

처음에는 카인의 양 옆으로 텔레스티아와 실크가 앉으려고 했지만 카인이 단호하게 거부했다.

리루타나의 입장도 있고, 두 사람도 그 부분을 바로 이해하였기에 안심하였다.

"하지만 앞으로 카인 님과 한 달 이상 같이 보낼 수 있다니 꿈만 같아요."

"맞아, 카인 군, 항상 없으니까."

"그건…… 일단 영주니까 드링털도 챙겨야지."

"그러고 보니 첫 도시가 드링털이었던가. 카인의 도시. 기대돼."

일스틴 공화국은 에스포트 왕국의 북쪽에 있다. 그곳으로 가기 위해서 몇 개의 도시를 지나쳐야 하는데 이번에는 무슨 까닭인지 조금 멀리 돌아서 드링털에 들르게 되었다.

에스포트 왕국에서 발전이 현저한 드링털을 보게 하는 것이 장래에 도움이 될 것이라는 학교 측의 통달이 있었으나, 카인은 드링털에서 평복이나 귀족의 옷, 아니면 모험가 차림을 하고 돌아다니곤 했다.

아는 사람이 많지만 교복 차림은 보인 적이 없었다.

중간에 숙박 시설을 모아둔 마을에서 하룻밤을 보내고, 다음 날 오후에 아무 일도 없이 멀리 드링털이 보이기 시작했다.

최근 일주일쯤 카인은 영주로서 의뢰를 하여 도시 근방의 마물을 사냥하도록 하였기에 마물과 마주치는 일은 없었다.

"이제 곧 드링털이다. 도시가 보이기 시작했어."

호위가 큰소리로 알려주었다.

텔레스티아 등은 마차 창문을 열고 기대하며 드링털의 외관을 보고—— 굳어버렸다.

"……카인 님, 저기가 드링털이라고요? 왕도보다도—— 훌륭하지 않습니……까?"

"대단해! 온통 흰색으로 예쁘게 꾸민 외벽은 처음 봤어."

"제국에서도 이런 아름다운 외벽은 본 적이 없어……."

세 사람이 생각한 바를 말했다.

인구 증가가 끊이지 않아 카인은 다시 도시의 외벽을 넓혔다.

동서남북으로 도시를 더욱 넓히고, 벽의 높이는 마물로부터 주민을 지키기 위해 10미터 정도로 높게 쌓았다.

세금도 왕국에 확실히 내고 있고, 다른 영지보다도 많은 금액을 내기 때문에 왕도에서 사찰을 나오지도 않는 것을 기회 삼아 카인의 방대한 마력을 구사하여 도시를 점점 개조해나갔다.

그것은 카인의 마력과 루라의 건축 지식, 이미 포기한 알렉에 의한 결과였다.

알렉에게 숙소 준비 등을 맡겼는데 카인은 조금 걱정이 되었다.

선두에 선 마차가 문을 지나자 도시 안에서 환호성이 일었다. 카인은 네 번째 마차에 타고 있어서 무슨 일인가 하여 창문으로 얼굴을 내밀었다.

그곳에는————.

넓게 지어진 돌길 양옆으로 병사가 늘어서고, 그 뒤로 주민들이 통일된 깃발을 흔들고 있었다.

수천 명이 넘을 주민이 모두 모였다.

어른부터 아이까지 모두 깃발을 들고 마차를 향해 함성을 지르고 있다.

"뭐, 뭐야 이게————!!"

카인은 무심코 비명을 질렀다.

"카인 님…… 이것은 너무 지나치지 않나요……?"

"환영은 기쁘지만, 이거 왕도보다 대단한데?"

"카인을 환영하고 있는 거지?"

세 사람의 지적에 카인은 식은땀을 흘렸다.

사전에 아무것도 알려주지 않았다. 놀랄 만도 하다.

동행한 교사들도 당혹스러울 것이다.

그 와중에 호위인 클로드가 마차 옆까지 와서 카인에게 말을 걸었다.

"카인, 대단한데. 너희 도시. 이런 환영은 처음이야."

클로드는 폭소하며 말했지만, 카인은 어색하게 웃을 수밖에 없었다.

성원을 받으며 마차에 탄 학생들이 주민들에게 손을 흔들었다.

텔레스티아와 실크도 역시 창문으로 얼굴을 보이며 손을 흔들자 더욱 성원이 커졌다.

"왕녀님도 계신다──! 와아!"

"에스포트 왕국 만세! 카인 님 만세!"

환영하는 목소리가 울려 퍼지는 가운데 카인은 이 계획을 세운 자들을 혼내기로 결심했다.

선두에 선 마차가 드링털의 위병의 안내를 받으며 나아갔다.

마차는 도시의 중앙을 지나 그대로 영주의 저택으로 향했다.

"───혹시…….."

카인의 등으로 식은땀이 흘렀다.

학교 마차는 유도하는 대로 영주의 저택 부지로 들어갔다.

그리고 영주의 저택 앞에 섰다.

영주의 저택 앞에는 중앙에 알렉, 다르메시아를 필두로 왕도에서 온 콜란, 실비아를 포함한 고용인 일동이 늘어서 있었다.

마차에서 내린 학생과 교사, 호위들까지 어안이 벙벙한 표정을 지었다.

마찬가지로 마차에서 내린 텔레스티아, 실크, 리루타나도 같은 표정을 지었다.

──그리고 텔레스티아가 굳은 얼굴로 카인에게 시선을 보냈다.

"───카인 님, 어째서─── 왕성보다 웅장한 **성**이 여기 있는 건가……요?"

마차가 정차한 곳에는—— 왕도에 있는 왕성보다도 웅장한, 성과 같은 영주의 저택이 세워져 있었다.

그 말에 "역시 그런 말 할 줄 알았어"라는 듯 카인은 큰 한숨을 쉬었다.

시간은 몇 개월을 거슬러 올라간다.

카인의 집무실에 커다란 종이를 든 루라가 찾아왔다.

"카인 님, 이걸 봐주십시오. 열심히 했습니다!"

당당하게 말하는 루라가 가져온 종이를 살펴보았다.

종이에는 도시 전체의 설계도가 그려져 있었다.

깔끔하게 구획이 정비된 거리, 곳곳에 공원 등이 그려져 있어서 카인도 저절로 감탄사를 터뜨릴 완성도였다.

상업 구획 등은 모두 정확하게 정비되었고, 안에는 작은 상회라도 들어갈 수 있도록 쇼핑몰과 같은 건물까지 그려져 있었다. 주민이 사는 곳도 몇 군데로 나누어져 있어서 상상만 해도 기분이 좋았다.

"저의 이상적인 도시 계획이에요. 일본에 있던 때부터 생각해온 이상향입니다! 이걸 해보도록 하죠."

열심히 설명하는 루라에게 카인도 감명을 받았지만, 아무래도 너무 지나치다는 생각이 들었다.

게다가 이대로 만들려면 막대한 자금이 필요하고, 모두 짓기에는 일손도 부족하다.

"괜찮습니다. 카인 님의 막대한 마력이 있다면! 내부만 인력을 고용하면 그 정도로 비용은 들지 않을 테고, 주민도 계속 늘어나 세수도 더욱 늘어날 겁니다."

"좋아! 하자!"

"감사합니다!"

미래를 생각하니 도시에 무척 좋은 일이기는 했다.

두 사람은 알렉을 설득하여 작업에 착수하기로 했다.

그러나 몇 년에 걸쳐 만들 계획이었으나, 카인과 루라가 그만 자중하지 못하고 몇 달 만에 도시를 만들어내고 말았다.

주민들의 설득은 알렉에게 모두 떠맡겨 지금보다 깔끔한 점포며 주택을 만들 것이라 설명하여 납득시켰다.

모험가가 많은 도시이므로 길드 마스터 리키세츠도 찬성하면서 반대하는 사람은 거의 없었다.

그러나 넓어진 도시, 그 중앙 안쪽에 널찍하게 트인 공간이 있었다.

"루라, 여기는 뭐야?"

카인의 물음에 루라가 기다렸다는 듯 미소를 지었다.

"여기엔 성을 짓도록 하지요! 카인 님의 성입니다. 장래에 왕녀님을 맞이하실 테니 그 정도는 필요하지 않을까요."

"⋯⋯⋯⋯성?"

"네, 성입니다. 그 외에 뭐가 있죠? 그렇다고 성을 먼저 지으면 주민들이 반발할지도 모르니까요. 그래서 도시를 선행한 겁니다."

그리고 카인과 루라는 어떤 성을 짓고 싶은지 대화를 나누었다.

"역시 유럽에 있는 것 같은 성이 좋겠어요. 저도 해외여행을 갔을 때 봤습니다만, 정말 감동받았거든요."

루라의 말에 카인의 머릿속에도 이미지가 점점 구체적으로 떠올랐다.

'성이라면 월드 딕셔너리가 있으면 만들 수 있을까. 여기까지 왔으면…….'

그리고 카인의 무한한 마력과 루라의 의욕이 자중하지 못한 성을 만들어냈다.

외관만 먼저 만들고, 세세한 인테리어는 전문가에게 맡기기로 했다.

물론 완성된 성을 본 알렉에게 둘 다 설교를 들은 것은 말할 것도 없다.

"카인 님…… 그만큼 아버님께 자중하라는 말을 듣지 않으셨습니……까?"

굳은 표정의 텔레스티아에게 카인은 볼을 긁적이며 말했다.

"아니…… 하다 보니 신이 나서 그만…….."

"'그만'으로 성을 짓다니…… 그런 사람은 없다고요!!"

"진정해, 텔레스. 결혼하면 여기서 살 테니 좋지 않아?"

실크의 말에 텔레스티아의 화가 난 표정이 단숨에 바뀌었다.

수줍어하는 얼굴로 볼을 붉혔다. 이 성에서 생활하는 모습을 상상한 모양이다.

"어흠…… 실례합니다."

성 앞에 서 있던 알렉이 끼어들었다.

"드링털에 오신 것을 환영합니다. 대관을 맡고 있는 알렉 폰 실포드입니다. 오늘은 저택에 방을 준비하였습니다. 하룻밤뿐이지만 편안히 쉬십시오."

빈틈없이 인사한 알렉이 머리를 숙이자, 멍하니 있던 교사와 학생이 그 목소리에 퍼뜩 정신을 차렸다.

그리고 여학생들은 알렉의 얼굴을 보고 볼을 붉혔다.

"이쪽으로 오십시오."

모험가들에게는 다른 숙소를 준비하였으므로 여기서 헤어지기로 했다.

물론 클로드에게 "카인, 나라라도 세울 거야?"라는 놀림을 받았고, 그는 다시 리나에게 머리를 맞았다.

고용인의 안내로 교사와 학생들은 저택 안으로 들어갔다.

홀은 높게 트여 있고, 천장에는 그림이 꽉 채워져 그려져 있었다. 처음 본 학생들이 감탄사를 터뜨렸다.

카인은 세 사람에게 차가운 시선을 받으면서도 안내하는 실비아의 뒤를 따라갔다.

"일을 돕기 위해 왕도에서 여기까지 왔습니다만, 이 성에는 정말 깜짝 놀랐어요."

'성이라고 하지 마……. 점점 더 의혹이 커지잖아.'

카인은 쓴웃음을 지으며 세 사람의 방으로 안내했다.

"카인 님은 안쪽 방입니다. 그리고 여러분은 이쪽 방을 쓰시면 됩니다."

카인의 방에서 몇 개의 방을 지나 세 사람의 방을 소개했다.

"이 앞의 방은 어떤 건가요?"

의아하게 여긴 텔레스티아가 질문하자 실비아가 웃으며 대답했다.

"그곳은 말이지요…… 카인 님의 부인님께서 쓰실 방이므로 그때까지는 아무도 묵을 수가 없습니다."

"네?! ……저희들의 방까지 준비하였다니…… 보고 싶……어요."

"왕녀 저하도 실크 님도 장래에 카인 님과 결혼하실 예정이시므로 보는 것만이라면 문제없습니다. 보시겠습니까? 물론 아직 그 방에 묵으실 수는 없습니다만……."

""보고 싶어요!!""

실비아의 말에 두 사람이 바로 대답했다.

열쇠로 열고 안으로 안내하자 커다란 침대와 화장대, 소파까지 놓여 있었다.

각 방에는 화장실과 세면대도 있어서 세 사람은 눈을 빛냈다.

"대단해! 이런 호화로운 방에…… 우후후."

"카인 군, 고마워! 이거라면 당장이라도 결혼하고 싶을 정도야."

두 사람이 만족스러운 얼굴을 했다. 그러나 그 속에서 한 사람만 입술을 깨물었다.

'너무해……. 내가 더 먼저 카인과 알게 되었는데……. 바이서스의 피가 이럴 때는 원망스러워.'

표정에는 드러나지 않았지만 리루타나는 두 사람이 부러웠다.

아무도 그런 마음은 눈치채지 못한 채, 실비아의 안내가 이어졌다.

"이쪽이 마님용 방입니다. 그리고 안쪽에는 카인 님의 방만 있습니다."

""그것도 보고 싶어요!!""

실비아가 카인에게 시선을 보냈다. 어쩔 수 없이 카인은 고개를 끄덕였다.

양쪽으로 열리는 중후한 문을 열자 그곳에는 응접세트, 집무용 책상이 놓여 있고, 그 안쪽에는—— 열 명은 같이 잘 수 있을 커다란 침대가 놓여 있었다.

카인도 너무 지나치다고 생각했지만, 루라가 "이 정도는 보통이라고요!"라고 가장 의욕적으로 나서서 만들었다.

확실히 쾌적하기는 하지만 이 정도로 크면 혼자 자는 것이 쓸쓸하다고 느낄 정도였다.

"……대, 대단해요……. 아버님의 방보다 호화로울지도 모르겠네요……."

"여기서 나중에……."

둘 다 미래의 일을 머릿속에 떠올리며 볼을 붉혔다.

그때 리루타나에게서 뜻밖의 말이 나왔다.

"카인, 부인용 방이 꽤나 많네?"

그 말에 텔레스티아와 실크는 바로 굳어버리며 망상에서 현실로 돌아왔다.

두 사람은 복도 늘어선 문의 개수를 세기 시작했다.

복도 양쪽으로 방이 열 개쯤 마련되어 있었다.

그리고 두 사람의 시선이 카인에게로 쏠렸다.

"카, 카인 님…… 혹시…… 이만큼 많은 수를 취할 생각……인가요?"

"카인 군, 아무리 그래도 열 명은 허용할 수 없거든?"

냉정한 눈빛으로 두 사람이 카인에게 따졌다.

"이만큼 있다면 혹시 나도――."

두 사람의 뒤에서 아무도 들리지 않을 목소리로 리루타나가 혼잣말을 하며 슬그머니 볼을 붉혔다.

설교가 끝나자 저녁 식사 시간이 되어 학생들을 포함해 모두 홀로 모였다.

모두가 모이자 식사를 할 장소로 고용인이 안내하였다.

문을 열자――.

일렬로 늘어선 갖가지 요리에 둥근 테이블을 둘러싸듯이 의자가 배치되어 있었다.

전생의 지식을 활용한 루라의 의견을 따랐는지 뷔페식으로 만들어졌다. 확실히 어린 학생들로서는 좋아하는 음식을 원하는 만큼 먹을 수 있어 만족할 만하다.

샐러드부터 고기요리, 디저트까지 다양한 요리가 준비되었다.

"──대단해…….."

"정말…… 전부 맛있어 보여."

고용인이 입실한 학생과 교사를 테이블로 안내했다.

카인과 같은 테이블에는 역시 텔레스티아, 실크, 리루타나가 함께 했다.

그리고 모두 앉은 것을 확인하자 고용인이 식전 드링크를 가져왔다. 이어서 알렉이 자리에서 일어났다.

"여러분, 드링털에 오신 것을 환영합니다. 영주도 자리에 있기는 합니다만, 오늘은 참석한 학생들 중 하나라고 생각해주시면 좋겠습니다. 여러분도 놀라셨겠지만, 각자 좋아하는 요리를 편안하게 담을 수 있는 스타일로 대접하려 합니다. 스스로 드시고 싶은 음식을 원하는 만큼 담아가시면 됩니다. 그럼 건배."

""""""""""""""""""건배!!"""""""""""""""""

학생들에게는 과일주스, 교사들에게는 와인이 대접되었다.

게다가 왕도에서도 귀중하여 입수하려면 예약을 하고 기다려야 한다는 유리잔에 나왔고, 식기 하나하나도 세련된 물건이었다.

평민도 있지만 거대 상회의 자식 등도 있고, 이번에 참가한 학생들의 대부분은 귀족의 자식이다.

건배하고 마신 음료보다도 그 잔을 더 좋아하는 영애도 많았다.

이어서 학생들은 죽 늘어선 갖가지 요리를 보고 마음대로 접시에 담아 자신의 테이블로 가져갔다.

카인도 그들을 따라 함께 원하는 음식을 담았다.

"정말 하나같이 다 맛있어 보여서 고민되네요……."

"맞아, 이렇게 많은 요리가 나오는 건 왕성 파티나 되어야 하지 않아?"

"제국에도 이러한 식사 스타일은 없어서 처음 경험해봐."

텔레스티아 등 세 사람도 재미있다는 듯 원하는 음식을 선택했다.

요리 뒤에는 메이드가 대기하고 있어서 원하는 음식을 말하면 깔끔하게 담아주었다.

"맛있어…… 방금 만든 것처럼 따뜻하고."

다른 테이블에서도 맛있다는 말이 나왔다.

교사들도 제공된 와인에 감탄하며 기분 좋게 식사를 즐기고 있다.

메이드들도 부지런히 일하며 다 먹고 다시 요리를 받으러 가는 사이 빈 접시를 치웠다.

카인이 문득 고개를 들자 로라도 접시를 치우는 등 열심히 일하고 있어서 저절로 흐뭇한 표정이 지어졌다.

식사와 대화를 즐기는 가운데 여학생들이 가장 기뻐한 것은 디저트였다.

케이크와 과일을 여러 종류 내놓았기 때문이다. 하나하나 작게 잘라 한입 크기로 만들어 놓았다.

'루라가 얘기한 모양이네…… 나라면 이런 생각까지는 못 했을 거야.'

카인이 구석에서 대기하고 있는 루라와 시선을 마주치자, 그녀도 의기양양하게 씩 웃었다.

게다가 슬쩍 엄지손가락을 세우고 "어때?"라고 말하는 듯했다.

카인은 그 모습에 피식 웃음이 나왔지만, 텔레스티아 등도 기뻐하는 것 같아 살짝 고개를 끄덕였다.

식사를 마치고 교사로부터 다음 날 일정을 들은 뒤, 알렉이 목욕탕에 대해 설명하고 나서 남녀로 나뉘어 메이드가 목욕탕으로 안내했다.

목욕탕에서도 다들 놀라워했다.

카인과 루라의 전생의 취향이 반영된 목욕탕이기 때문이다.

어중간한 것이 아니었다. 반듯하게 만든 타일을 깔고, 씻는 곳을 널찍하게 만들었으며, 여럿이 동시에 들어갈 수 있는 커다란 욕조와 몇 개의 작은 욕조, 그리고 노천욕탕까지 설치되어 있다.

알렉이 이것을 처음 봤을 때에는 "정말…… 부탁이니 자중해 줘"라는 말을 들었을 정도지만, 일본인의 기억이 있는 두 사람으로서는 타협할 수 있는 부분이 아니었다.

욕조에 몸을 담근 뒤에는 각자 자유시간이 주어져 배정된 방에서 쉬는 학생이며 일찍 잠이 든 사람 등 모두 원하는 대로 보냈다.

교사들은 아직 술이 부족한지 알렉이 나서서 다른 방에 술자리를 마련해주었다.

알렉도 학교 졸업생이므로 이번에 동행한 교사들 중에도 아는 사람이 있어서 옛날이야기로 꽃을 피웠다.

그리고 카인의 침실에서 텔레스티아 등 세 사람도 휴식을 취했다.

다르메시아가 홍차를 준비해주고, "편안히 쉬십시오"라고 인사한 뒤 방에서 나갔다.

"연수 첫날부터 이런 대접을 받다니 앞날이 걱정돼요."

"맞아. 작년까지는 평범한 숙소였다고 하니까. 설마 성에서 자게 되다니…… 그렇지?"

"설마 성까지 지어져 있을 줄은 아무도 생각 못 했을걸……."

"사실은 숙소를 이용할 예정이었어. 이렇게 될 줄은 나도 몰랐고……."

알렉에게 숙소에 묵을 예정이라고 들었기에 설마 이런 환대를 준비하였을 줄은 상상도 못 했다.

한숨을 쉬고 홍차를 마셨다.

"졸업하면 바로 결혼식을 올리고 여기 살고 싶네요…… 그렇죠, 카인 님?"

"응, 여기 살 거라면 졸업하고 곧바로 해도 되겠어."

텔레스티아와 실크가 신나서 말하는 것과 달리 리루타나는 안색이 조금 어두웠다.

"……가장 먼저 알게 된 건 나였는데……."

리루타나가 작게 중얼거렸지만 카인의 귀에는 들렸다.

"리루, 왜 그래? 몸이 안 좋아? 안색이 조금 어두운데……."

카인의 말에 리루타나는 목걸이에 달린 보석을 쥐고 고개를 가로저었다.

그 모습에 실크가 말을 걸었다.

"그러고 보니 리루, 항상 그 귀여운 목걸이를 하고 있더라. 목욕탕에서도 하고 있을 만큼 소중하게 여기고. 나에게도 보여줘."

"이, 이건……."

쥐고 있던 손을 풀고 머리색과 닮은 푸른색 보석을 보여주었다.

"예쁜 보석이네…… 항상 할 만큼 소중한 건 가봐."

"……응."

"혹시…… 리루가 좋아하는 사람에게서 받기라도 한 거야?"

별 생각 없이 한 실크의 물음에 리루타나의 얼굴이 단숨에 빨개졌다. 그 모습에 텔레스티아와 실크가 캐묻기 시작했다.

"리루, 그런 사람이 있었군요."

"저기, 어떤 사람이야? 가르쳐줘."

리루타나는 처음엔 꺼려했지만, 곧 목걸이를 받았을 때의 일을 조금씩 털어놓았다.

어떤 도시에 시찰하러 갔을 때, 시장에서 우연히 만난 소년과 알게 된 것. 그리고 그때 서로 목걸이를 골라준 것.

이야기가 진행되며 소녀들의 분위기는 점차 고조되었으나, 카인의 표정은 굳어갔다.

'왠지 들어본 느낌이……, 게다가 저 목걸이…… 왠지 낯익어. 어디서 봤더라…….'

카인은 문득 자신이 하고 있는 목걸이의 보석을 손에 쥐었다.

'어라…… 혹시 방금 이야기…….'

무심코 자신의 목걸이를 내려다보았다. 그러자 자신의 과거가 떠오르기 시작했다.

기억의 조각이 하나하나 맞춰졌다.

"그런 멋진 사람과 만났구나. 그런데…… 그 사람과는……."

들뜬 두 사람과 달리 리루타나의 안색이 더욱 어두워졌다.

그 안색을 보고 깨달았는지 두 사람은 목소리를 낮추고 미안하다고 전했다.

"————리루, 혹시…… 라메스터 시장에서 만난…… 그때 그 리루……?"

카인의 말에 리루타나는 새빨개진 얼굴로 카인을 바라보며—— 아무 말 없이 고개를 살짝 끄덕였다.

그 모습에 텔레스티아와 실크는 눈을 크게 뜨고 다시 리루타나에게 시선을 보냈다.

"리루와 카인 님이 만난 적이 있다고요……. 그 일에 대해—— 자세히 들을 수 있을까요?"

텔레스티아가 심각한 표정으로 묻자, 카인은 고개를 끄덕이고 더듬더듬 기억을 떠올리며 말하기 시작했다.

"그건 내가 아직 그라시아에 있었을 때야. 아버님과 한 번 라메스터에 같이 간 적이 있어. 그때——."

라메스터는 바이서스 제국과의 수출입 거점이므로 희귀한 물건, 그리고 누나 레이네를 위한 선물을 찾아 카인은 호위를 데리고 시장에 갔다.

그때 노점상에서 목걸이를 사며 알게 된 소녀—— 리루에 대해 이야기했다.

레이네의 선물을 보다 같은 목걸이를 사려고 한 것.

양보하니 대신 카인의 목걸이를 골라준 것.

상인의 아이치고는 꽤나 고급스러운 옷을 입었고, 귀여운 아이라고 생각한 것.

누군가에게 쫓기고 있었는지 추격자로부터 도망치듯이 인파에 섞여 사라지고 만 것.

그로부터 가룸과 함께 다니느라 시장에 가지 못하여 재회하지 못 한 것.

"———이렇게 된 거야……."

설명을 마친 카인은 조금 식은 홍차를 마셔 마른 목을 축였다.

리루타나는 카인이 설명하는 동안 계속 바닥만 쳐다봤다.

"———그렇습니까. 알겠습니다. 리루, 맞아요……?"

텔레스티아의 말에 리루타나는 고개를 숙인 채로 살짝 고개를 끄덕였다.

그것을 확인한 텔레스티아는 실크와 시선을 교환하였다.

"카인 님, 오늘은 리루를 포함하여 셋이서 이야기를 나누고 싶어요. 그러니 가능하면 이 커다란 침대를 빌려주면 좋겠는데요."

"⋯⋯⋯⋯어?"

텔레스티아의 말에 카인은 얼빠진 소리로 대답했다.

"카인 군, 텔레스는 오늘 셋이 같은 방에서 자고 싶다는 거야. 우리 방에서 셋이 자기는 아무래도 좁잖아? 하지만 이 커다란 침대라면 셋이라도 여유롭게 누울 수 있으니 오늘은 이 방을 빌려줬으면 해서⋯⋯."

'수학여행 모임 같은 건가⋯⋯.'

전생에서는 고등학교 2학년 가을에 수학여행을 갈 예정이었으나 가지 못했다.

카인은 그 일을 떠올리며 미소를 지었다.

"응, 좋아. 업무용 책상은 건드리지 말아줘. 귀중한 물건도 많으니까."

카인은 홍차를 다 마시고 "난 다른 방에서 잘게" 하고 일어났다.

"아, 맞다. 카인 군, 어릴 때 만난 리루를 '귀여운 애'라고 생각했다고?"

실크의 말에 리루타나는 몸을 부르르 떨고는 귀까지 빨개졌다.

카인은 위기를 느끼고 "잘 자!"라고 외친 다음 허둥지둥 방에서 나갔다.

닫힌 문에 기대어 카인은 크게 한숨을 내쉬었다.

"──설마 그때 그 애가 리루였다니⋯⋯."

카인은 당시의 일을 떠올리며 다시 한숨을 쉬면서 복도를 걸었다.

―――――자신이 잘 방이 없어졌기 때문이다.

"카인 님, 이쪽 방을 준비하였습니다."

어디서 나타났는지 목소리가 들린 방향을 쳐다보자 다르메시아가 웃으면서 서 있었다.

"……고마워. 혹시 다 듣고 있었어……?"

다르메시아는 아무 말도 하지 않고 미소를 지은 채 "이쪽으로 오시죠"라는 말만 했다.

카인은 다르메시아를 따라가 빈 객실에서 잠들었다.

"카인 님, 안녕하세요."

"카인 군, 안녕!"

"……카인, 안녕……."

활기차게 인사하는 텔레스티아와 실크의 뒤에서 리루타나가 수줍어하며 서 있었다.

"다들, 안녕."

모두 이미 교복으로 갈아입고 있어서 이제 아침을 먹고 드링틸을 출발할 일만 남았다.

어제 무슨 대화를 나누었을지 궁금하지만 캐물을 수도 없으므로 카인은 조금 답답해하며 다이닝으로 향했다.

아침은 저녁과 마찬가지로 뷔페식이었고, 저녁과 메뉴는 다르지만 각자 먹고 싶은 음식을 먹을 수 있게 했다.

네 사람도 같은 테이블에 자리를 잡고 아침을 먹었다.

"앞으로 도시 하나를 지나면 드디어 일스틴 공화국이네요. 처음으로 타국에 가는 거라 기대돼요."

리루타나는 바이서스 제국에서 에스포트 왕국에 와 있으니 경험이 있지만, 카인을 포함한 대부분의 사람은 처음으로 왕국 밖으로 나가는 것이다.

드링털의 서문을 나가 북상하면 또 다른 도시 '테렌자'를 지나 왕국의 관문을 통과하여 일스틴 공화국으로 들어갈 예정이다.

식사를 마친 일동이 성에서 나가자 이미 마차가 준비되었고, 기사와 모험가가 줄지어 기다리고 있었다.

알렉, 다르메시아를 포함한 고용인들도 배웅하기 위해 일렬로 늘어섰다.

학생들이 각자 마차에 올라탔다.

"그럼 조심해서 가시지요."

알렉의 인사를 받으며 마차는 나아가기 시작했다.

테렌자까지는 여기서 사흘쯤 걸린다.

중간에 숙소가 밀집된 마을이 없기 때문에 기사와 모험가들이 천막을 쳐주었다.

"드링털이 너무 쾌적해서 고통스럽게 느껴질 지경이에요……."

텔레스티아의 말에 실크와 리루타나가 동의하자 카인은 쓴웃음을 지었다.

학교에서 보관하고 있는 매직 백에 간이침대 등이 수납되어 있지만, 드링털의 침실과 비교하면 당연히 불편할 것이다.

학생들도 같은 생각인지 불평을 하였으나, 선생님에게 "너희가 너무 편하게 살아온 것뿐이야"라고 혼났다.

그리고 아무 일도 없이 테렌자에 도착했다.

테렌자는 바르도 폰 래그너프 테렌자 자작이 통치하고 있다.

바르도 자작은 코르지노 후작파이므로 카인으로서는 그리 얽히고 싶지 않은 상대이기도 했다.

줄지어 선 마차들은 입구에서 호위가 대신 접수를 해주어 그대로 도시 안으로 나아갔다.

카인은 마차 창문으로 거리를 구경하였는데 조금 쇠락한 느낌이었다.

상점도 그리 활기가 없고 인적도 드물었다. 문을 닫은 상점도 보였다.

"드링털과 비교하면 조금 한산하네……."

마차 안에서 실크가 말하자, 텔레스티아와 리루타나도 동의했다.

곧 마차가 영주의 저택 앞에 도착했다.

영주의 저택은 2층 건물로 이미 저택의 고용인들이 나와서 기다리고 있었다.

교사와 학생들이 마차에서 내려 일렬로 섰다.

영주로 보이는 장년 남성의 옆에는── 코르지노 후작이 있었다.

"잘 오셨습니다. 피곤하겠지요. 방을 준비하였으니 편안히 쉬십시오."

영주 바르도 자작이 아닌 코르지노 후작이 자기 집인 양 인사했다.

학생들은 황송해하면서도 저택 안으로 들어가 고용인의 안내를 받아 방으로 향했다.

텔레스티아, 실크, 리루타나는 독방이 준비되었고, 다른 학생은 2인실 혹은 4인실이었다.

카인은 물론—— 4인실이었다.

'정말 권력에 대한 태도가 노골적이야. 그리고 나를 괴롭히려는 건가…….'

그런 생각을 하면서도 같은 방을 쓰게 된 친구들과 저녁식사 시간까지 대화를 즐겼다.

저녁은 몇 개의 테이블이 배치되어 몇 명씩 앉도록 했다.

텔레스티아, 실크, 리루타나는 코르지노 후작과 바르도 자작이 앉은 테이블로 안내를 받았고, 카인은 지정된 다른 자리에 앉았다.

각자의 앞에 음료가 놓인 뒤, 건배사를 하기로 했다.

다시 코르지노 후작이 일어나 인사했다.

"교사, 학생 여러분, 테렌자에 오신 것을 환영합니다. 오늘 하루뿐이지만 편안히 쉬십시오. 그럼 건배."

""""""""""""""""""""건배!!""""""""""""""""""""

음식이 한 접시씩 나오며 식사가 시작되었다.

이 인원수가 먹을 양을 준비했기 때문인가 음식이 조금 식어 있어서 학생들로부터 작게 불만을 터뜨렸다.

"드링털과 비교하면……."

"그건 그래. 방도 모두 독방을 준비해줬는데."

"맞아, 요리도 여기보다 맛있었고……."

작은 목소리지만 그런 말이 나왔다.

물론 코르지노 후작과 바르도 자작에게는 들리지 않도록 말했다.

"왕녀 저하, 실크 양, 황녀 전하, 오늘은 최선을 다해 모시겠습니다."

코르지노 후작이 웃으면서 말했지만, 역시 세 사람도 다른 학생들과 같은 의견이었다. 다만 귀족의 품격 때문에 입 밖으로 내지 않을 뿐이었다.

"코르지노 후작, 바르도 자작, 환대해주셔서 감사합니다. 오늘 마차를 타고 거리를 보았습니다만, 조금 한산하여…… 아니, 활기가 그리 없는 듯 느꼈습니다만, 이 도시에 무슨 문제라도 있습니까?"

텔레스티아의 말에 코르지노 후작, 바르도 자작이 얼굴을 찡그렸다.

"……역시 바로 아시는군요. 실은 조금씩이지만 도시의 인구가 줄고 있습니다. 어떤 도시가 멋대로 구는 것 때문에요……."

코르지노 후작이 다른 테이블에서 식사를 하는 카인을 쏘아보았다.

텔레스티아도 이유는 지나칠 만큼 이해하였으므로 굳이 언급

하지는 않았다.

"……그렇습니까. 힘드시겠군요."

"황송합니다. 왕국으로부터 이 도시를 맡았는데 죄송합니다."

바르도 자작도 살짝 머리를 숙였다.

"아니요, 잘 다스리고 있다고 생각합니다. 정치는 자세히 알지는 못하지만, 쉬운 일은 아니겠지요."

"급한 대로 여러 가지 방책은 세웠습니다만……."

"그 부분은 제가 봐주고 있습니다. 큰 배에 올라탔다고 여겨도 괜찮겠지요."

바르도 자작의 말에 코르지노 후작도 히죽거리며 동조했다.

그렇게 식사를 마치고 각자 방으로 돌아갔다.

응접실에는 와인잔을 든 코르지노 후작과 바르도 후작이 마주 앉아 있었다.

"그래, 준비는 잘 되었는가?"

"네, 인원은 모아두었습니다. **저쪽**과도 이미 이야기를 마쳤습니다. ……그나저나 정말── 하는 겁니까?"

"당연하지 않나. 저 망할 애송이 때문에 얼마나 내가 고생한 거라고 생각하는 건가. 국왕, 공작, 재상은 저 애송이를 너무 봐주고 있어."

카인에 의해 왕도 비밀조직이 괴멸되고 인신매매로 돈을 벌지 못하게 되고, 나아가 국왕에게 내야 할 벌금, 그리고 저택의 파손까지 일어났다.

자신의 파벌인 하급귀족들도 카인이 다스리는 드링털이 발전하여 인구 유출을 막지 못하는 상태였다.

　도시에서 거두는 세수가 줄어드니 코르지노 후작의 주머니로 들어갈 돈도 줄어들었다.

　아무리 상급귀족인 후작가라고 해도 자신의 재산에 이토록 대미지를 주는 카인이 눈엣가시처럼 보이는 것은 당연하다.

　지금까지 간접적으로 끌어내리려고 시도하였으나 모두 실패로 끝났다.

　참는 데도 한계가 있으므로 이번에야말로 실질적으로 제거하려는 계획을 세웠다.

　코르지노 후작은 와인을 입에 머금고 자신이 세운 **완벽**한 계획에 만족하여 미소를 지었다.

천재지변에 도전하는 어리석은 자들

다음 날 학생들은 마차를 타고 테렌자에서 출발했다.

이제 사흘쯤 달려 국경을 지나 일스틴 공화국으로 들어갈 예정이다.

가장 먼저 향할 곳은 무역이 중심인 도시이며, 이 도시에서 에스포트 왕국, 바이서스 제국 등으로 수출입을 행한다.

마차는 아무 일도 없이 입국하여 사흘 뒤 일스틴 공화국의 첫 도시 가잘에 도착했다.

선두에서 나아가던 호위가 모든 접수를 마치고 학생들은 그냥 통과했다.

마차는 저녁이 되기 전 숙박할 숙소에 도착했다.

"이 도시에서 내일부터 이틀쯤 견학을 할 예정이다. 저녁 식사 후, 일찍 자도록 해. 내일은 이 나라의 학생들과 파티가 있을 거다."

교사의 말에 학생들은 대답하고 각자 배정된 방으로 이동했다.

타국이기에 이번에는 귀족, 평민을 가리지 않고 2인실을 쓰게 되었다.

식사를 마치고 다음 날을 위해 학생들은 일찍 잠자리에 들었다.

카인은 아직 졸리지 않았지만, 혼자 숙소를 빠져나갈 수도 없으므로 포기하고 자기로 했다.

다음 날.

오전부터 시장 등을 돌아보았다. 가게 앞에 진열된 상품은 타국에서 들여온 물건도 많았다.

희귀한 물건 등을 구경하며 거리를 걸어가 견학할 예정의 길 거드 학교에 도착했다.

학교에서는 합동 수업을 받기로 했다.

안내받은 교실은 50명 정도가 들어갈 수 있는 곳으로 구석에 스무 개쯤 공석이 있었다.

학생은 서른 명 정도일까. 남녀 비율은 반반으로 에스포트 학생들도 안내하는 대로 빈자리에 앉았다.

"와아…… 미인이 몇 명이나 있어."

"저 사람 멋있어……."

학생들이 서로를 관찰하며 그런 말이 나왔다.

"자, 여러분, 조용히. 오늘은 에스포트 왕국에서 학생들이 견학을 왔으니까요. 게다가! 왕국에서 가장 레벨이 높은 왕립학교의 S클래스 학생이라고요. 많이 배우도록 합시다."

"""""네~에.""""""

"그럼 수업을 시작하겠습니다. 먼저————."

수업 내용은 왕국과 다를 바 없었으나 일스틴 공화국의 구조에 대해 알 수 있는 점이 많았다.

각각의 도시가 독립된 국가인 것이 기원으로 각 도시끼리 교역을 하였으나, 점차 각 도시의 우수한 부분을 공유하게 되며 현재의 체제가 되었다고 한다.

의회제를 채용하여 각 도시에 대표의원이 있고, 최고권한을 지닌 의장은 각 도시의 의원이 돌아가면서 한다.

남쪽의 가잘은 무역을.

북쪽의 리볼룸은 용병을.

동쪽의 바르자나는 공예를.

서쪽의 티레제는 농업을.

그리고 중앙에 의회의 도시, 탄바르가 있다.

이곳 일스틴 공화국은 용병 이외의 병사가 없고, 모두 리볼룸에서 고용한 용병으로 방비하고 있다.

각 도시에서 리볼룸에 보조금을 내고, 리볼룸에서는 용병을 파견하여 서로 돕는 관계를 유지한다.

"————그럼 오늘 수업은 끝입니다. 이제 환영회가 있으니 학생 여러분은 홀로 이동하여 주십시오."

종소리가 울리고 교사에게 앞으로의 일정을 들은 뒤, 카인 등 에스포트 왕국의 학생들은 교사와 함께 넓은 홀로 향했다.

체육관 크기로 이미 수십 명의 학생이 모여 있었다.

테이블이 몇 개나 배치되었고, 입식 파티가 준비되어 카인도 안내받은 테이블에 네 명씩 앉았다.

물론 카인의 주위에는 텔레스티아, 실크, 리루타나가 있었다.

같은 교실에 있던 학생들도 몇 개의 테이블로 나뉘어 배분된 음료수를 들었다.

준비가 끝나자 장년의 남성이 앞에 마련된 무대에 섰다.

"에스포트 왕국의 학생 여러분, 환영합니다. 저는 이 학교의 교장을 맡고 있는 바르가 란덤입니다. 오랜 여정으로 피곤하겠지만, 오늘은 환영회를 준비하였습니다. 우리 학교의 학생들과도 교류하며 즐거운 시간 보내십시오. 그럼 건배!"

"""""""""""""""""""""건배!!"""""""""""""""""""""

학생들이 금속제 잔을 들고 건배를 한 뒤, 테이블에 놓인 요리에 손을 댔다.

"카인 님, 이 샌드위치도 맛있어요."

조금씩 입에 넣는 모습이 과연 왕녀라고 해야 할까. 카인도 하나를 집어 먹어보았다.

"응, 맛있네."

그런 대화를 나누는 사이, 주위의 시선이 집중된 것이 느껴졌다.

곧 학생들이 슬금슬금 카인이 있는 테이블로 몰려들었다.

그중 한 미소년이 한 걸음 앞으로 나와 말을 걸었다. 붉은 머리를 쓸어 넘기며 상큼하게 웃는다.

"실례합니다, 아름다운 분들. 저는 이 도시의 대의원의 적자인 랄프 밴테거라고 합니다. 이름을 여쭈어보아도?"

모여든 학생들의 시선이 카인이 아닌 텔레스티아를 비롯한 소녀들에게로 향했다.

'확실히 세 사람 모두 예쁘니까…….'

카인도 세 사람의 주위에 모인 열 명 이상의 학생을 보며 쓴웃음을 지었다.

"텔레스티아 테라 에스포트예요."

"실크 폰 산타나입니다."

"리루타나 반 바이서스입니다."

세 사람이 각자 자기소개를 하자 학생들이 성대한 환호성을 질렀다.

"들었어? 왕녀님과 황녀님이야. 게다가 다른 한 사람도 산타나가라면 공작이라고."

"우와……, 잘하면 팔자 좀 피겠는데."

학생들 사이에서 그런 소리가 들렸다.

"오오, 왕녀 저하에 황녀 전하, 그리고 공작 영애셨습니까. 괜찮으시다면 이 뒤로도 말씀을 나눌 수 있다면……."

랄프가 자신만만하게 말했지만, 텔레스티아는 고개를 가로저었다.

"아쉽게 됐네요. 내일이면 이 도시를 떠날 테니까요."

"그럼 연락을. 편지를 보내겠으니 받아주시겠습니까?"

"……유감스럽습니다만 이미―― 약혼자가 있어서요."

"그래요, 저도 약혼자가 있어요."

텔레스티아와 실크의 말에 랄프는 크으으 하고 분해하더니 여전히 포기하지 못한 얼굴로 물었다.

"그 약혼자는 어떤 분입니까?! 혹시…… 정략결혼은 아닙니까?!"

물러나지 않는 랄프를 향해 텔레스티아와 실크는 카인의 양옆에서 팔짱을 꼈다.

카인은 깜짝 놀랐지만 이미 늦었다.

"여기 카인 님이 약혼자예요."

"맞아요. 카인 군이 있으니 미안해요."

남자들의 질투 어린 시선이 단숨에 카인에게로 쏠렸다.

그 시선에 카인은 얼굴을 굳혔다.

"두, 두 사람 모두……. 호, 혹시 리루타나 황녀 전하도……?!"

그 말에 리루타나는 조용히 얼굴을 붉히고 카인에게 시선을 보냈다.

"뭐, 뭐라고……."

"저 미소녀 세 사람을……."

"용서 못 해……."

"불에 타 죽었으면."

"대머리나 되라, 제길."

학생들로부터 원망스러운 시선이 쏠리는 가운데, 랄프는 적대시하면서도 카인의 앞으로 와 인사했다.

"괜찮으시면 이름을 물어보아도……?"

"카인, 카인 폰 실포드입니다."

교복을 입고 있지만 몸짓은 역시 귀족답게 품격이 있었다.

랄프는 그리 쉽게 포기하는 성격은 아니지만, 이 자리에서는 물러날 수밖에 없었다. 사전에 귀족에 관해서는 설명을 들었는데 그중에 실포드의 이름도 있었기 때문이다. 물론 '백작가'로서. 평민이라면 어떻게든 되겠지만 귀족의 자식이라면 섣불리 대할 수 없다.

"그렇습니까……. 알겠습니다."

랄프가 분한 듯이 학생들 사이로 사라지자 다른 학생들도 포기했는지 다른 테이블로 흩어졌다.

네 사람은 안심하고 다시 가벼운 음식을 집어 먹기 시작했다.

그러나 이번에는 타깃이―― 카인이 되었다.

"저기……. 괜찮으시면 잠시 저희와도 이야기를 나누지 않겠어요……?"

돌아보자 이번에는 길거드 학교의 교복을 입은 소녀가 다섯 명쯤 모여있었다.

일스틴 공화국도 일부다처제다. 랄프는 약혼자가 있다고 듣고 물러났지만, 소녀들에게는 해당하지 않는다.

왕녀와 공작 영애의 약혼자라는 말은 에스포트 왕국에서도 상급귀족의 자식임을 쉽게 추측할 수 있다.

소녀들은 혹시 그의 마음에 든다면 측실이더라도 장래에는 편안한 생활을 할 수 있다는 것을 이해하고 있었다.

"엇…… 나와?!"

고개를 끄덕이는 소녀들은 세 사람에게는 미치지 못하지만 그래도 예뻤다.

무심코 좋다고 말할 뻔했으나 뒤에서 살기를 느끼고 돌아보자──.

그곳에는── 얼굴은 웃고 있지만 눈은 전혀 웃고 있지 않은 텔레스티아와 실크가 있었다.

큰일이라고 판단한 카인은 바로 앞을 보고 뒤에 있는 두 사람을 신경 쓰며 대답했다.

"괜찮다면…… 다 같이 이야기하지 않을래? 텔레스와 실크도 함께 이야기를 나누고 싶을 것 같고."

이것이 카인이 어떻게든 쥐어짜낸 답이었다.

소녀들도 지금까지 왕녀나 황녀와 대화할 기회는 전혀 없었다. 기뻐하며 같은 테이블을 둘러싸고 잡담으로 꽃을 피웠다.

환영회가 끝나고 해산하게 된 학생들은 오후부터 자유시간을 보내게 되었다.

텔레스티아와 실크, 리루타나는 쇼핑을 가기로 하여 카인도 동행하려고 하였으나.

"가끔은 우리끼리 가는 것도 좋을 것 같아. 저기…… 그, 그래! 카인 군에게 보여줄 수 없는 물건을 살 예정이라서. 옷만 사는 게 아니라…… 저기…….."

"맞아요…… 아무래도 부끄러우니까…….."

가잘은 무역의 도시라 타국과의 교역이 활발하다.

숙소에서 학교까지 가는 길에도 다양한 가게가 있고, 눈길을 끄는 상품도 많았다.

"응, 알겠어. 나도 그동안 거리를 구경하고 올게."

카인은 숙소에서 나와 거리를 산책했다. 잡화점 등을 보았는데 바르자나에서 들여온 민속공예품과 타국에서 수입한 상품들이 진열되어 있었다.

"아, 오셀로도 있구나……."

카인이 중얼거리자 뒤에서 점원이 말을 걸었다.

"오오, 그 상품은 오셀로라고 하는데 에스포트 왕국에서 들여온 유희용 상품입니다. 하나 어떠십니까?"

카인은 자신이 고안자라는 말은 할 수 없으므로 애매하게 웃으며 고개를 가로저었다.

가게에서 나와 거리를 걷다 문득 시선을 느꼈다.

'응? 미행당하고 있나……?'

일단 멈춰서 돌아보자 시선이 흩어졌다.

'뭐, 상관없나…….'

카인은 거리를 걷다 낯익은 간판을 발견했다. 방패에 검을 교차시킨 간판, 모험가 길드이다.

'어떤 의뢰가 있을까…… 그야 의뢰를 받을 수는 없지만…….'

문을 열고 들어가자 시선이 잠깐 집중되었지만, 카인은 교복을 입고 있으므로 아직 어린 모험가가 왔다고 생각했는지 곧 다른 곳으로 향했다.

의뢰표를 보자 마물 처리와 소재 채집도 있지만 역시 호위 의뢰가 많았다. 가까운 도시의 경우에는 낮은 랭크라도 받을 수 있다.

위험을 동반하는 장소를 지나는 경우에는 C랭크부터 하게 되어 있다.

카인이 의뢰를 보고 있는데 뒤에서 누군가 말을 걸었다.

"꼬마, 방해되니까 비켜."

돌아보자 모험가 네 명이 서 있었다. 모두 20대 중반쯤 될까. 검사 두 사람에 도적, 그리고 마법사인 모양이다.

"아, 죄송합니다……."

기분이 나빠 보이는 모험가를 보고 카인은 얼른 옆으로 피했다. 모험가들은 그대로 붙어 있는 의뢰를 하나씩 확인했다.

의뢰를 본 것에 만족한 카인은 바로 길드를 나왔다.

'역시 쫓아오고 있어…….'

카인은 뒤에서 바라보는 시선을 느끼면서도 부자연스럽지 않도록 골목으로 들어갔다.

서치로 탐색하며 나아가자 인적이 없는 골목이기 때문인지, 아니면 숨을 의지가 없는지 다섯 명의 남자가 모습을 드러냈다.

"──무슨 용건이시죠……?"

남자들은 카인의 말에 히죽 웃었다. 모두 모험가인 모양이다. 가죽갑옷을 입고 허리에는 검을 차고 있다.

"아니, 좀 좋은 옷을 입은 꼬마가 있어서 용돈이라도 받을까 해서……. 학생이 이런 곳에 있으면…… 알잖아?"

"그래, 그래. 우리가 의뢰를 실패해서 말이야. 조금 도와주지 않겠어?"

남자들이 히죽히죽 웃었다.

"그럼 자신의 레벨에 맞는 의뢰라도 받으면 어떨까요? 이런 짓을 하면 길드증을 박탈당하는 데다 범죄노예가 되잖아요? 저도 모험가라 그 정도는 알고 있습니다."

카인의 말에 모험가들은 잠시 어안이 벙벙해졌으나, 너무 옳은 말이라 폭소를 터뜨리기 시작했다.

"너도 모험가였냐……. 뭐, 모험가 길드 따위는 손을 쓰면 어떻게든 될 테니……."

말과 동시에 한 남자가 카인을 때리려고 했다. 오른손 주먹이 다가왔지만 카인은 한 걸음 옆으로 움직이며 왼손을 들어 상대의 몸이 빗나가게 했다.

카인은 어이가 없어 한숨을 푹푹 쉬었다.

"말해도 소용없나요……."

남자들은 카인이 피할 줄은 몰랐기에 조금 놀라면서 경계를 강화했다.

카인을 포위하며 넓게 물러나 그 중 두 사람이 검을 뽑았다.

"앗…… 검을 뽑으면 이제 끝이라고요? 변명의 여지도 없어졌으니."

모험가끼리 검을 뽑으면 ——서로 죽을 각오로 싸울 것을 의미한다.

그것은 규약으로 명시된 것은 아니지만 모험가 사이에서는 암묵의 룰로 정해져 있다.

카인을 공격한 남자들로서는 그저 협박할 의도밖에 없을지도 모르지만 뽑고 만 이상 무슨 짓을 당하더라도 어쩔 수 없는 일이다.

"흥, 죽이지는 않으마. 팔 하나는…… 가져갈지도 모르지만."

카인을 포위한 다섯 명에게는 단순한 놀이일지도 모르나, 자신들이 포위한 소년이 그야말로 괴물인 것은 몰랐다.

순식간에 카인이 움직여 한 남자의 배에 한 방을 날려 의식을 빼앗았다. 그리고 다른 한 사람의 발목을 걷어차 뼈를 부쉈다.

검을 뽑은 두 사람이 곧 전선에서 이탈했다.

"——이제 셋 남았네요?"

카인의 말과 뜻밖의 상황에 남자들은 굳어버렸다.

사소한 놀이로 여겼는데 호랑이의 꼬리, 아니…… 드래곤의 꼬리를 밟고 말았다.

"——실패했군. 이 따위 의뢰는 받지 않는 게 좋았을 걸……."

리더로 보이는 남자가 한숨을 쉬며 검을 뽑았다.

그러나 카인은 그 작은 소리를 놓치지 않았다.

"——의뢰? 나를 습격하는 것이……? 그렇다면…… 더욱 더 의뢰주가 누군지 토해내도록 하지 않으면 안 되겠군요."

카인의 살기가 단숨에 퍼지자 남자들이 몸을 떨기 시작했다.

"괴, 괴물이냐…… 젠장……."

그 말을 끝으로 나머지 세 사람은 순식간에 카인의 손에 의식을 빼앗겼다.

카인은 주위에 쓰러진 다섯 사람을 내려다보며 어떻게 할지 고민했다.

모두 밧줄로 묶어 길드로 끌고 갈 수야 있지만, 아무리 가까운 위치라고 해도 눈에 띌 것이 분명하다.

그렇게 생각한 순간, 골목에 새로운 네 사람이 나타났다.

"살기를 느끼고 와보니 재미있는 일이 벌어졌는데…… 아니 너, 아까 길드에 있던 꼬마잖아."

골목에 새로 나타난 남자들은 카인이 길드에 있을 때 비키라 고 했던 모험가였다.

"못 보던 옷을 입고 있네. ……다른 나라에서 온 건가. ──그 나저나."

나타난 남자들이 쓰러진 습격자들의 얼굴을 확인했다.

"이 녀석들…… 분명 C랭크인 애들 아니었나?"

"본 적 있어. 길드로 데려가면 알겠지?"

"그것도 그러네."

그들은 카인을 놔두고 자기들끼리 의논하기 시작했다.

"……저기, 이 사람들은 누구죠? 알고 있습니까?"

질문하는 카인에게 한 사람이 대답했다.

"확실히 낯이 익어. 직접 알지는 못 하지만……. 아무튼 C랭 크를 상대로 완벽하게 이기다니 어린 나이치고는 꽤 하는데 너. 어어……."

"아, 카인입니다."

"카인이라. 이 녀석들을 옮길 거지? 그 정도는 도와줄게. 오 늘은 괜찮은 의뢰가 없었거든. 너 혼자서는 다섯 명을 못 옮길 거 아냐…… 그 대신 술집에서 한잔 사라고?"

아까의 퉁명스러운 태도가 거짓말인 양 남자가 꾸밈없는 미소 를 지었다.

"저기…… 이름을 물어봐도?"

"아, 그러네. 난 네일이야. 이 녀석들은 릭, 질, 브랜이고."

네일이 일행을 하나씩 소개했다.

"좋아. 이 녀석들을 길드로 옮기면 술집으로 직행이다! 카인, 너도 한 사람은 들으라고? 이 녀석들 상대로 낙승을 거뒀으니 문제없겠지."

"앗, 네. 그야……."

"좋아, 간다."

검사 남자── 네일이 의식을 잃은 한 사람을 들자, 이어서 전원이 한 사람씩 어깨에 짊어졌다.

카인은 리더 같던 남자의 한쪽 다리를 들고 ──그대로 질질 끌었다.

용서할 마음이 없기에 아무 거리낌이 없었다.

"우와…… 아프겠는데."

네일이 질질 끌려가는 습격자를 보고 본인이 아픈 듯한 표정을 지었지만 카인은 개의치 않고 걸어갔다.

모험가들과 카인, 어깨에 짊어진 습격자에게 주민들의 시선이 자연스럽게 향하였는데 특히 카인이 끌고 가는 남자를 보고 더욱 놀란 눈을 했다.

그런 시선을 받으며 거리를 걸어 길드에 도착했다.

네일과 그 동료들은 딱히 신경 쓰는 기색도 없이 성큼성큼 안으로 들어가 빈 자리에 짊어지고 있던 습격자들을 내려놓았다.

쓰러진 남자들을 본 길드의 여성 직원이 바로 카운터에서 나왔다.

"네일 씨?! 이게 대체?! ……게다가 이 사람들 밴저 씨 파티잖아요?!"

"자세한 내용은 여기 소년, ──카인에게 들으면 알 거야."

네일의 말에 카인에게로 시선이 집중되었다.

직원이 카인에게 의혹의 시선을 보내며 물었다.

"네가 했니? 잠깐 이야기해줄 수 있을까? 네일 씨도 가능하면 같이 설명해줬으면 좋겠는데요……."

"귀찮지만 어쩔 수 없나……. 내가 나갈 테니 너희는 먼저 술집에서 자리라도 맡아둬."

"그래, 알겠어. 먼저 시작한다?"

"나 참. 할 수 없지. 얼른 끝내버리자고. 일단 저 녀석들을 처넣어두라고?"

직원이 안쪽의 직원에게 전하자 몇 사람이 나와 쓰러진 남자들을 운반했다.

이유가 확실히 밝혀질 때까지는 지하에 있는 유치장에 일단 가둬두기로 했다.

카인과 네일은 직원의 뒤를 따라 방으로 들어갔다.

둘이 나란히 앉고, 맞은편에 직원과 30대 남성 한 명이 앉았다.

"먼저 자기소개부터 해야겠군. 나는 이 도시의 서브 길드 마스터 폴트라고 해. 옆에 앉은 사람은 카에라."

"카에라입니다. 잘 부탁드리겠습니다."

이어서 카인도 자기소개를 했다.

"카인입니다. 에스포트 왕국의 학생으로 이번에 연수로 이 나라에 왔습니다."

"B랭크 네일이야."

모두 자기소개를 마치자 폴트가 입을 열었다.

"그럼 처음부터 설명해주겠나?"

"네, 실은————."

모험가 길드에서 나가고 나서 미행을 당해 골목으로 들어가 습격을 받은 것.

반격을 하고 나니 네일이 나타나 길드까지 옮기는 것을 도와준 것을 설명했다.

"————알겠다. 네일, 틀림없나?"

"그래, 카인의 말이 맞아. 그 전의 일은 모르지만."

"그리고 그 습격자들이 '의뢰'라고 말했습니다만……."

카인의 말에 두 사람의 표정이 굳었다.

"————그런가. 카에라, 그 녀석들이 누구와 연결되어 있는지 조사해주겠나?"

"알겠습니다. 바로 조사하겠습니다."

"음, 부탁해. 그런데 밴저 파티는 저래 봬도 C랭크거든. 너 혼자 반격할 만큼 실력을 갖추고 있는 것 같지는 않은데……. 아까 모험가 등록을 했다고 했지. 카드를 볼 수 있을까?"

그 말에 카인의 표정이 굳었다.

물론 길드 카드를 보여주면 실력에 문제가 없는 것은 바로 입

증할 수 있다.

그러나 옆에 네일도 앉아 있어서 당황스러웠다.

카인은 너무 일을 크게 벌이고 싶지 않았지만 어쩔 수 없으므로 한숨을 내쉬었다.

"……여기서만 본 것으로 해주실 수 있겠습니까……?"

카인의 말에 폴트와 카에라가 의아한 듯 고개를 갸웃했다.

"기본적으로 직원은 비밀 엄수의 의무가 있어. 문제없을 거다. 네일, 너도 비밀로 해줄 거지?"

"그래, 알겠어."

카인은 다시 한숨을 쉬고 길드 카드를 꺼내 테이블에 놓았다.

그 카드를 본 카인 이외의 모든 사람이 눈을 크게 떴다.

"헉, S카드라고?! 이거 진짜인가?!"

폴트가 간신히 입을 열었지만, 카에라와 네일은 여전히 입만 떡 벌리고 있었다.

"……카인, 사실이야?! S랭크라고?!"

"저, 처음으로 S랭크 모험가와 만났어요……."

폴트는 길드 카드를 꼼꼼히 확인한 뒤 테이블에 다시 내려놓았다.

"S랭크가 확실해. 이거라면 다섯 명을 쓰러뜨려도 이상하지 않지. 그나저나 밴저도 어리석은 짓을 했군. 몰랐다고 해도 S랭크를 습격하는 건 혼자 드래곤에게 덤비는 것이나 마찬가지니까."

"S랭크는 '천재지변'과 같다는 말을 들었습니다. 외모는 이렇게 귀여운데…….”

“아하하. 밴저도 바보네. 뭐, 목숨은 부지했으니 됐나.”

그 뒤로 앞으로의 대처를 의논하고, 밴저 파티가 누구의 의뢰를 수행한 것인지 자백하게 하는 것은 길드가 책임을 지기로 했다.

카인은 길드에 맡기고 네일과 함께 방에서 나왔다.

“카인, 다른 녀석들에게는 일단 말하지 않을게. 성가시게 될 것 같으니.”

“저도 그렇게 해주시면 감사하죠. 여러 가지가 있어서…….”

“그 나이에 S랭크면 그렇겠네…….”

둘이 술집으로 향하자 릭을 비롯한 세 사람은 이미 마시고 있었다.

“너희가 너무 늦어서 먼저 마시고 있었어.”

“오래 기다렸지. 카인은…… 그 차림을 보니 못 마시려나.”

카인은 교복을 입고 있으므로 술을 마실 수 있을 리가 없다.

과일주스를 주문하고 자리에 앉자, 모두 자신의 몫을 든 것을 본 네일이 자리에서 일어났다.

“뭐, 여러 가지가 있었지만 재미있는 만남에 건배!”

““““건배!””””

다들 잔을 들어 꿀꺽꿀꺽 마셨다. 카인도 과일주스를 맛보며 대화에 참여했다.

“참, 네일. 길드에서는 뭐래?”

“응? 아아, 그건 길드에서 조사해주기로 했어. 우리 일은 여기서 끝."

"흐음, 시시하네."

"그래, 시시해."

네일은 그대로 잔을 들이켰다.

섣불리 말하여 관심을 갖게 하는 것보다 아무 말도 하지 않고 길드에 다 맡겼다고 말하면 다른 멤버도 납득할 것이다.

카인을 포함한 다섯 명은 테이블을 둘러싸고 잡담을 하였는데 뒤에서 누군가 말을 걸었다.

"어라? 카인, 너 이런 곳에 있어도 돼?"

돌아보자 클로드가 웃으면서 서 있었다. 옆에는 리나가 있고, 그 뒤로 미리와 나나도 있었다.

"아, 클로드 씨, 안녕하세요."

카인은 편안하게 인사했지만, 같이 있던 네 사람의 표정에는 긴장감이 흘렀다.

곧 네 사람은 벌떡 일어나 힘차게 머리를 숙였다.

"클로드 형님! 오랜만입니다! 그런데 카인을 알고 계십니까?!"

"응, 이번에 이 녀석들의 호위로 이 나라에 왔거든. 옆에 앉아도 돼?"

"네, 그럼요. 바로 테이블을 가져오겠습니다."

지금까지의 편안한 태도가 거짓말인 듯 네 사람이 척척 움직여 옆 테이블을 운반하여 다 같이 앉을 수 있도록 했다.

그 달라진 모습에 카인은 그저 놀라울 뿐이었다.

클로드 씨, 이 분들과 아는 사이였나요?"

카인의 질문에 클로드가 흐뭇한 표정을 지었고, 네일은 오히려 조금 겸연쩍은 표정을 지었다.

"몇 년 전이었더라……. 호위의뢰로 이 도시에 처음 왔던 때였나? 리나와 미리, 니나 세 사람이 이 녀석들에게 헌팅을 당했거든. 살짝 교육을 시켜줬지. 그 뒤로 이런 식이야."

"형님! 부끄럽지 않습니까. 그런 몇 년도 더 된 일을. 그나저나 형님이 카인을 알고 계시다니 놀랍네요……. 카인이 유명한 것일지도 모르지만……."

마지막 말은 거의 얼버무리면서 했다. 다른 멤버들은 카인의 랭크를 모르므로 네일 나름의 배려였다.

"카인의 어린 시절 미리와 니나가 가정교사를 했거든. 난 왕도에 온 뒤로 알게 되었지만. 그보다 너희는 어떻게 알게 된 거야? 혹시…… 이 녀석에게 시비라도 걸었어……? 몸이 성해서 다행이네."

으하하 웃는 클로드에게 모두 쓴웃음을 지었다.

"아니요, 뒷골목에서 카인을 습격한 모험가가 있었는데 오히려 그들이 반격을 당했습니다. 저희는 길드로 옮기는 걸 도왔을 뿐이고요."

"……카인을 습격. 어리석은 녀석이 다 있네…… 안됐다는 말밖에 할 말이 없어."

"맞아……. 어스 드래곤을 상대로 하는 게 훨씬 나아."

리나의 말에 미리와 니니도 동의했다.

그 말에 네일은 마른 침을 삼키며 카인에게 시선을 보냈다.

이해가 되지 않는 다른 사람들은 고개를 갸웃하며 이야기에 귀를 기울였다.

"그래서…… 습격한 놈들은? 이 녀석을 공격했다면 나름대로 처벌을 받았겠지?"

클로드의 말에 네일이 입을 열었다.

"도시 내의 습격이라면 기본적으로 길드 카드를 박탈한 뒤에 범죄노예가 되는 거죠. 하지만 이번에는——."

"그것 말인데 습격한 녀석들이 '의뢰'라고 했거든요. 그래서 길드가 조사하기로 하고…….."

카인의 보충 설명에 클로드 파티의 표정이 굳었다.

"의뢰로 카인을 습격했다고……? 의뢰자는 이 도시를 멸망시키고 싶은 건가. 아니면 왕국에 전쟁이라도 걸 셈인가……?"

"클로드 씨! 너무 말이 지나치잖아요. 제가 그런 짓을 할 리가 없지 않습니까!"

클로드의 말에 카인은 바로 부정했다.

그러나 릭 등 세 사람의 시선이 카인에게로 쏠렸다.

정체를 모르는 그들로서는 카인을 습격한 것이 도시가 멸망되는 것이나 전쟁으로 이어진다고 하니 두려운 마음이 드는 것이 당연하다.

"클로드, 말이 지나쳐. 확실히 이 도시를 혼자 없앨 수야 있겠지만……. 카인은 그런 아이가 아니잖아."

"——그건 그래."

클로드와 리나의 말에 미리와 니나도 동의했지만, 네일 일동은 그저 경악하였다.

불가능한 것이 아니라 **안 할** 뿐이라니. 그만한 실력이 있다는 것이다.

'확실히…… 마법 한 발로 이 도시를 날려버리는 것은 가능하긴 하지만…….'

"뭐, 여기서 말해봐야 의미가 없지만. 그보다도── 카인. 슬슬 저녁 시간인데 숙소에서 먹지 않아도 되겠어?"

그 말에 카인은 화들짝 놀랐다.

오후는 자유 시간이지만 그것도 저녁식사 시간까지다.

"앗. 바로 돌아가겠습니다! 여기는 이걸로 계산해주세요."

카인이 금화 하나를 테이블에 두고 자리에서 일어나 인사한 다음 서둘러 달려갔다.

"과연 카인이야. S랭크 모험가답게 씀씀이가 좋아."

그러나 그 말에 릭 일동은 눈을 크게 떴다. 네일은 알고 있었기에 표정이 달라지지 않았지만.

"……형님……. 지금, S랭크라고 하셨습니까……?"

릭이 물었다.

"어라? 길드 카드를 제시하라고 했다기에 아는 줄 알았는데?"

"아니, 저는 자리를 함께 해서 알지만, 얘들은 몰랐습……니다."

작은 목소리로 대답하는 네일과 달리 릭을 비롯한 세 사람은 그저 굳어 있었다.

그들도 길드 랭크에 따른 강함의 기준은 이해하고 있다. 자신들도 B랭크이고, A랭크인 클로드의 실력도, 그리고 S랭크 모험가가 천재지변급이자 각 나라에 손꼽을 만큼만 존재한다는 것도 안다.

방금 전까지 눈앞에 있던, 아직 성인도 되지 않은 모험가가 S랭크라면 보통은 믿을 수가 없는 말이다.

혹시 자신들이 그 습격자의 입장이었다면…… 하고 생각하니 오싹 소름이 끼쳤다.

"자, 자, 카인은 여기 없으니 그 이야기는 끝."

"……그래. 너희는 여기 무슨 일이야?"

리나의 말로 마무리하고 화제를 바꾸었다.

리나로서는 카인이 아무리 아는 사이라고 해도 에스포트 왕국의 백작이며 상급귀족 당주이다.

아까 대화로 보아 카인이 자신의 일을 말했다고는 생각할 수 없다.

성격상 무슨 말을 해도 불경죄를 묻지는 않겠지만 그럼에도 자제할 필요가 있다.

특히 클로드는 리나에게 설교를 들을 만큼 항상 쓸데없는 말을 많이 한다. 아까 S랭크 이야기도 그렇다.

혹시 취기를 핑계로 카인의 정체를 밝힐 가능성도 있으므로 리나는 자신이 단단히 정신을 차려야겠다고 생각했다.

그리고 카인이 없어진 술집에서는 풍족한 자금을 바탕으로 그 뒤로도 술자리가 이어졌다.

간신히 저녁 시간에 맞춘 카인은 소녀들과 잡담을 나누었다.

세 사람은 쇼핑을 하여 만족스러운 듯했다. 각국과 무역을 하는 이 도시에는 여성의 마음을 움직이게 하는 상품이 많으므로, 소녀들 역시 구경하느라 정신이 없었다고 한다.

시간이 얼마 지나지 않아 카인은 교사에게 호출을 받았다.

"카인, 길드에서 오신 분이 만나고 싶다는구나. 가능하면 동행해줬으면 한다고 하는데…… 무슨 일이 있었어?"

"……딱히 없었습니다. 저도 모험가이고, 랭크가 랭크인 만큼 그런 일도 있을지도 모르겠네요."

"그런가……. 내일 아침에는 이 도시를 떠나니 일찍 들어오도록 해라."

"……네."

교사도 카인이 S랭크 모험가인 것을 알고 있다. 고랭크 모험가가 도시에 오면 그 도시의 길드에서 모두 모여 붙잡으려 할 것이다. 그러나 카인은 에스포트 왕국의 귀족이기도 하다.

타국으로 이동할 일이 없는 것도 알고, 길드의 호출에는 응해야 한다는 것을 이해하고 있기에 쉽게 보내주었다.

마중을 나온 여성 직원, 카에라와 함께 길드로 향했다.

걸어가며 설명하는 카에라의 표정은 밝지 않았다. 분명 그렇게 될 이유가 있을 것이다.

십오 분쯤 걸어 길드에 도착하자 카에라는 가장 호화로운 방으로 카인을 안내했다.

"여기서 잠시 기다려주십시오. 바로 불러오겠습니다."

카에라가 나간 지 몇 분 만에 문이 다시 열렸다.

들어온 것은 서브 길드 마스터 폴트와 풍채가 좋은 마흔 전으로 보이는 남성, 그리고 호위로 보이는 두 사람이었다.

카인의 맞은편에 두 사람이 앉고, 호위는 두 사람의 뒤에 대기했다.

"카인 공, 이 시간에 오도록 하여 미안하군."

폴트가 살짝 머리를 숙였다.

"그런데…… 어떻게 되었습니까? 낮의 일 때문에 부른 것 맞죠?"

"그래, 그것 말인데……."

폴트가 내키지 않는 얼굴로 옆에 앉은 남자에게 시선을 보냈다.

"나는 이 도시의 대의원 마르프 밴테거라고 한다. 지금 유치장에 있는 모험가들을 바로 석방해줬으면 해. 요는── 없었던 일로 하라는 거다."

"…………뭐라고요?"

카인은 마르프가 한 뜻밖의 말에 놀란 소리를 냈다.

예상외의 말에 카인은 바로 폴트에게 시선을 보냈다.

"무슨 말인지 이해가 되지 않습니다만……? 거리에서 습격이 일어나면 본래 길드 카드를 박탈하고 범죄 노예로 삼아야 하는 것 아닙니까? 게다가 이번엔 의뢰주도 있습니다. 그 의뢰주 역시 같은 처분을 받아야 할 터입니다만."

"그래, 규약은 그렇지만……."

카인의 말에 폴트가 고개를 끄덕였다.

"따라서 내가 온 거야. 이 도시의 대의원은 나니까. 그것만으로도 자네의 체면도 서겠지."

자신만만하게 말하는 마르프를 보며 카인은 한숨을 쉬었다.

"대체…… 어떻게 된 일입니까?"

카인의 물음에 폴트가 어쩔 수 없이 진상을 설명했다.

"습격을 의뢰한 자는 랄프 밴테거. 마르프 공의 큰아들이야. 밴저가 그 사실을 바로 털어놓았어. 그래서 마르프 공에게 연락했지."

"그 이름은 들어본 적이 없습니다만……?"

의뢰자의 이름을 들어도 카인은 전혀 기억나지 않았다.

떠올리느라 고민하는 카인에게 폴트가 도움을 주었다.

"오늘 학교에서 만났을 텐데. 환영회에서……."

그제야 떠올랐다. 텔레스티아 등 소녀들에게 추파를 던지던 남자다. 바로 차이는 바람에 체면이 구겨져 물러난 것이 생각났다.

"아, 우리 테이블의 여학생들에게 말을 걸었다 차인 사람이었군요. ……아, 그래서……."

머릿속에서 사건이 하나로 연결되었다. 카인은 왜 이 도시에서 공격을 당했는지 몰랐으나, 그 자리에서 카인에게 창피를 당하여 그 보복을 하기 위해 모험가에게 의뢰하여 습격하게 한 것이다.

납득한 카인에게 마르프가 말했다.

"우리 집의 멍청한 아들이 의뢰한 게 확실한 모양이더군. 그러나 본인은 그저 겁만 주라고 의뢰했다고 말하고 있어. 그러니 이 도시의 대의원이자 이 나라의 중진인 내가 일부러 찾아온 거야."

카인은 자신만만하게 말하는 마르프의 말에 한숨을 쉬고 폴트에게 시선을 보냈다.

"이 경우에는 어떻게 됩니까? 저는 에스포트 왕국 사람이므로 이 나라의 법률은 잘 알지 못합니다."

"아마 기본은 같겠지. 결과에 상관없이. 의뢰한 내용이 협박뿐이라는 건 정상참작의 여지는 있겠지만……."

"그렇습니까…… 참고로 저에 대해 어디까지 알려져 있죠?"

"그 부분은 습격을 당해 반격한 모험가 등록이 되어 있는 에스포트 왕국의 학생이라는 것만."

마르프를 제쳐두고 카인과 폴트만 대화를 이어나가자 뒤에서 대기하고 있던 호위가 참지 못하고 끼어들었다.

"이봐, 마르프 님이 계시는데 그 태도는 뭔가?"

화가 난 얼굴을 한 호위를 쳐다본 카인은 다시 한숨을 쉬었다.

"저는 에스포트 왕국 사람입니다. 내일이면 탄바르로 떠날 예정인데 거기서 이번 일을 상층부에 전해도 되겠습니까?"

기사가 나직하게 신음하며 뒤로 물러났다.

"──알겠다. 넌 이런 식으로 돈을 얻어내려고 하는 것이구나? 얼마를 원하지? 대은화? 아니면 금화?"

엉뚱한 소리를 하기 시작하는 마르프를 보며 카인은 몇 번째

인지 모를 깊은 한숨을 쉬었다.

"돈 문제는 아닙니다. 여기로 본인도 와서 사죄한다면 아직 정상참작의 여지는 있습니다만, 지금 대의원이라는 위치를 이용하여 협박에 가까운 압력을 거시는 것 아닙니까. 부모로서 사과한다면 몰라도……."

"주제도 모르고!!"

참을 수가 없는지 호위가 칼자루에 손을 대며 카인에게 살기를 내뿜었다.

"폴트 씨, 이 자리에서 살기까지 내뿜으며 검을 뽑으면 어떻게 되죠? 길드의 입장에선……."

"그건……. 마르프 공, 물러나도록 해주시지 않겠습니까? 카인 공은 에스포트 왕국에서── S랭크로 등록된 모험가입니다. 무슨 말인지 아시지요? 혹시 카인 공이 그럴 마음만 먹는다면 순식간에 이 장소가── 시체의 산이 될 겁니다."

"…………뭐라고……?"

조금 전까지 씩씩거리던 마르프가 놀란 표정을 지었다.

카인은 증명하기 위해 길드 카드를 테이블에 놓았다.

"──S랭크 모험가 카인입니다."

그 말과 동시에 뒤에 대기하던 호위의 살기가 순식간에 사라졌다. 호위는 모험가 길드와 다르지만 랭크에 따른 실력은 알고 있기에 S랭크가 어떤 존재인지는 명확하게 파악하고 있었다.

그러나 마르프는 자신의 아들을 위해 물러날 수도 없었다.

"고랭크 모험가인 건 알겠어……. 그 랭크라면 금화 따위는 대단한 돈도 아니겠지. 그렇다면…… 대의원 특권으로 이 일을 없었던 것으로 하겠다."

미르프의 거만한 태도에 카인은 폴트에게 시선을 보냈다.

"그런 법률이 이 나라에……?"

"그래, 일단 있기는 해. 쓰지 못하는 경우도 있지만……."

폴트가 그 권한에 대해 카인에게 설명해주었다.

대의원 및 친족이 경범죄를 저지른 경우, 상대가 귀족의 자식 혹은 평민이라면 무마할 수 있다.

그러나 그 권한을 발휘하면 도시에 헌금을 내야 한다. 또한 상대의 위치에 따라 금액이 달라진다.

귀족의 자식이 피해자인 경우에는 도시에서 수수료를 얼마 떼어가고 그 귀족에게 지불된다.

이번에는 피해자인 카인이 무사하고, 오히려 격퇴하였으므로 경범죄로 판단될 가능성이 크다.

설명을 마친 폴트가 미안한 표정을 지었다.

"아무리 S랭크 모험가라도 이것이…… 우리나라의 법률이다. 법은 따르지 않으면 안 되고."

마르프가 자신 있게 말했다.

그러나──.

"그럼 이번에는── 적용되지 않겠군요."

"뭐?! ……그게 무슨 소리냐!"

놀란 마르프의 앞에 카인은 호화로운 장식이 달린 귀족증을 내밀었다.

그 귀족증을 본 모두의 표정이 얼어붙었다.

"카인 폰 실포드 드링틸 백작. 그것이 저의 정식 이름입니다."

권한에는 귀족의 자식은 포함되어 있지만, 귀족 당주는 해당하지 않는다.

오히려 귀족 당주에게 그런 태도를 보이면 그야말로 불경죄로 처분되더라도 이상하지 않다.

나아가 이번엔 타국의 귀족 당주. 게다가 상급귀족인 백작을 협박하려 한 것이다.

피해가 없다고 해도 중죄임은 분명하다.

"……이럴 수가…….."

아까까지 보이던 거만한 태도가 완전히 사라졌다.

"참고로 아드님이 말을 건 사람은 저의 약혼자이자 에스포트 왕국의 왕녀 저하, 공작 영애, 그리고 유학을 온 바이서스 제국의 황녀 전하입니다."

일을 확실히 끝내려는 듯한 발언에 주위 사람들의 안색이 새파랗게 질렸다.

에스포트 왕국에 전쟁을 걸었다. 그렇게 받아들이더라도 변명의 여지가 없다.

나아가 대국인 바이서스 제국의 황녀도 있다.

이것이 드러나면 대의원에서 사퇴하는 것만으로는 끝나지 않을 것이다.

자칫하면 두 대국에 전쟁을 걸어 나라를 위험에 빠뜨렸다며 '내란죄'를 물어 일가가 모두 처형될 가능성마저 있다.

마르프는 몸을 떨고······ 크게 외쳤다.

"당장 랄프를 데려와!!"

"네!!"

호위 한 사람이 부리나케 방에서 나갔다.

"실포드 경······ 이번에는······."

지금까지 당당하게 굴던 마르프의 모습은 온데간데없었다.

완전히 저자세로 나오며 상사에 아첨을 떠는 듯한 태도로 바뀌었다.

폴트도 길드 랭크는 알고 있었지만 '카인'으로만 등록되어 있어서 백작 당주일 줄은 몰랐다.

기다리는 동안 폴트는 카에라를 불러 홍차를 다시 준비하도록 지시했다.

심지어 새로 준비된 홍차는 향도 좋아서 고급품인 것을 알 수 있었다.

한 시간도 지나지 않아 문을 노크하고 호위와 함께 랄프가 들어왔다.

"아버님, 갑자기 부르셨던데······."

짜──악!

그 말과 동시에 마르프가 일어나 랄프의 뺨을 쳤다.

"랄프! 넌 누구를 건드리려고 한 건지 알고 있는 거냐!!"

랄프는 아버지에게 뺨을 맞아 쓰러지는 바람에 볼을 감싸며 일어났다.

그러나 왜 맞았는지 알 수가 없었다. 일어나자마자 카인을 노려보았다.

"……겁을 주라는 의뢰는 했지만 문제가 일어나도 아버님의 권력으로 어떻게든…….''

짜──악!

다시 마르프가 뺨을 때렸다.

"넌…… 에스포트 왕국의 백작에게 위해를 가하려고 한 거다! 그 의미를 알고 있는 거냐!"

"네?! ……백작……? 아들이 아니라……?"

전혀 이해하지 못한 랄프에게 마르프는 카인이 에스포트 왕국의 백작 당주임을 알려주었다.

심지어 S랭크 모험가인 사실도.

진실을 알게 된 랄프는 아연실색하여 힘없이 주저앉아 바닥만 쳐다보았다.

"……그럼 이 경우에는……?''

카인은 홍차를 한 모금 마시고 찻잔을 내려놓았다.

"최소한 마르프 공은 의원 사퇴. 그리고 나라에서 대표로 카인…… 아니, 실포드 경 및 에스포트 왕국에 공식적으로 사죄하고 배상금을 지불해야겠지. 뭐, 그건 탄바르 의회에서 결정할 일이지만. 나라로서도 왕국에 전쟁을 걸진 않을 거야. 아마 배상금을 선택하겠지. 상당한 금액이 되겠지만…….''

몸을 떨며 말도 하지 못하는 마르프를 대신하여 폴트가 설명했다.

"……그렇습니까. 저도 나라끼리 전쟁까지 벌이기를 바라지는 않습니다. 그 조건이면 괜찮겠군요."

"그렇게 말해주니 고마워."

카인과 폴트는 서로 고개를 끄덕였다.

곧 마르프가 주저앉은 랄프의 옆에 무릎을 꿇고 머리를 숙였
다.

"실포드 경. 이번 일은…… 죄송합니다. 자! 너도 사죄드려!!"

마르프가 랄프의 머리를 바닥으로 짓눌렀다.

"……실포드 경…… 정말…… 죄송합니다…… 사과드립니
다……."

두 사람이 머리를 숙이는 것을 본 카인은 폴트에게 시선을 보
냈다.

"미안하지만 사죄만은 받아주지 않겠나……. 이후에 의회가
열리겠지만……."

"알겠습니다. 사죄는 받아들이지요. 그럼 뒷일은 폴트 씨에게
부탁드려도 될까요?"

"책임을 지고 맡도록 하지. 에딘 공에게 무슨 말을 들을지 모
르니까……."

"아, 에딘 씨를 아세요……?"

"그야 물론이지. 나를 이 도시의 서브 길드 마스터로 임명한
사람이 에딘 공이니까. 그리고 보니 실포드가의 신동이라면 에딘
공의 여동생이신 근위기사단장과도 약혼했다는 뜻이겠네……."

"그 사실까지…… 알고 계셨습니까."

"길드는 정보가 생명이니까."

카인은 대화를 마치고 폴트의 "뒷일은 맡겨줘"라는 인사를 받으며 길드에서 나와 숙소로 돌아갔다.

숙소로 돌아가자 길드에 불려간 것이 걱정되었는지 텔레스티아, 실크, 리루타나가 기다리고 있었다.

"아, 카인 님. 괜찮은가요?! 갑자기 나갔잖아요. 선생님에게 물어도 아무것도 모른다고 하시고."

"카인 군이 또 무슨 짓을 저지른 줄 알았어……."

"타국에 와서까지…… 괜찮아?"

카인은 태연하게 있었다고 생각했지만, 표정을 본 세 사람은 바로 눈치챘다. 분명 무언가 저질렀다는 것을.

"카인 님, 일단 방에서 이야기를 들어야겠군요. 카인 님의 방엔 다른 사람도 있으니 저희 방으로 가지요."

"그래, 카인 군. 그렇게 얼버무려도 다 알거든?"

텔레스티아와 실크에게 양손을 붙잡힌 채, 카인은 방으로 끌려갔다.

저택으로 돌아온 마르프는 격앙했다. 의자를 걷어차고, 들고 있던 잔도 벽에 던졌다.

"제기랄! 어떻게 얻은 지위인데 순순히 포기할까 보냐!! 이것도 다 랄프, 너 때문이야! 넌 가서 근신이나 해! 이 녀석을 끌고 가!"

마르프의 말에 호위병사가 랄프의 양팔을 붙잡고 방에서 데리고 나갔다.

혼자 남은 마르프는 생각했다. 어떻게 해야 이 상황을 돌파하여 의원의 지위를 유지할지.

그때 고용인이 노크하고 방으로 들어왔다.

"누가 허락도 없이 들어오라고 했어!"

마르프의 호통에 움츠러들며 고용인이 입을 열었다.

"그게── 에스포트 왕국의 코르지노 후작이 보낸 사자라고……."

"에스포트 왕국이라고?! 게다가…… 코르지노 후작이라니. 이거──."

방금 전까지 화를 내던 모습은 어디로 갔는지 마르프가 히죽 웃었다.

마르프는 코르지노 후작과 끈끈한 사이다. 최근에는 입고가 끊겼지만, 마르프는 인신매매를 목적으로 한 코르지노 후작의 입국을 허락해주곤 했다.

사로잡은 사람을 범죄노예로 만들어 일스틴 공화국에 입국시키고, 뒤에서 손을 써 매매를 중개하여 수수료를 얻었다.

자신이 위험해지면 코르지노 후작의 지금까지의 행적을 밝힌다고 하면…….

마르프는 머리를 빠르게 굴려 이번 위기를 극복하기 위한 지혜를 짜냈다.

"그래서 사자는……?"

"응접실로 안내하였습니다."

"좋아, 당장 만나지. 안내해줘."

"알겠습니다. 그럼."

고용인과 함께 응접실로 들어가자 사자는 아직 20대로 보이는 젊은이였다.

"기다리게 해서 미안하군. 일이 좀 있어서. 그런데 오늘은 무슨 용건으로 왔나?"

"갑자기 찾아와서 죄송합니다. 실은 긴히 드릴 말씀이 있어서———."

사자가 고용인에게 힐끗 시선을 보냈다. 그 눈짓을 알아챈 마르프는 고용인에게 나가도록 하였다.

"그럼 실례하겠습니다."

문이 닫히고 둘만 남았다.

"배려해주셔서 감사드립니다. 저는 코르지노 후작 밑에서 일하는 리건이라고 합니다. 이번에 찾아온 이유는———."

리건의 이야기가 진행됨에 따라 마르프의 표정이 점차 풀어졌다. 배상금 등으로 거액의 비용이 들겠지만 그것이 돌아올 가능성도 있다.

"내 쪽에서도 바로 준비하지. 실은 나도 문제가 있는데……성공하면 지금의 지위를 유지할 수 있을 거야."

"아, 그러시군요. 저희도 위험한 다리를 건너려고 하고 있으므로 최선을 다할 예정입니다. 그럼 자세한 내용을 논의해볼까요———."

두 사람의 밀담이 오래도록 이어졌다. 고용인도 들어오지 못하게 하고 마르프가 직접 마실 것을 따를 정도였다.

회의가 네 시간쯤 이어지는 바람에 끝날 무렵에는 피곤에 지쳤지만 마르프는 만족스러운 미소를 지었다.

"그럼 리건 공, 잘 부탁해. 나도 내일부터 바로 움직일 테니."

"네, 저희도 빈틈없이 처리하지요. 이것으로 코르지노 후작의 골칫거리가 사라진다고 생각하면——."

두 사람은 웃으며 굳은 악수를 나누었다. 곧 리건은 인사를 하고 저택을 뒤로했다.

혼자 남은 마르프는 히죽거리며 기분 좋게 새로운 와인을 잔에 따랐다.

"이게 잘되면 지위를 그대로 유지할 수 있어. 혹시 안 되더라도 다 쓰지 못할 만큼 돈이 들어오니…….."

소파에 앉아 활짝 웃으며 와인을 마시기 시작했다. 계획이 잘될 때를 떠올리며.

두 사람은, 아니 바르도 자작까지 포함한 이 일당은 아무도 알지 못했다.

그들은 카인을 평범한 모험가를 기준으로 인식했다. 설령 S랭크라고 해도 인간의 영역에 있다고.

진실을 아는 사람은 에스포트 왕국 내에서도 국왕을 포함한 몇 사람뿐이기 때문이다.

카인이 모르는 곳에서 그들이 스스로 붕괴할 카운트 다운이
시작되었다.

전생귀족의
이세계
모험록

│ 새로운 만남 │

아침을 맞이하여 학생들은 마차를 타고 가잘에서 출발했다.

지금부터 갈 곳은 희외의 도시인 탄바르다.

학생들은 그곳에서 의회 견학 등을 할 예정이다. 동시에 이번 사건에 대해서도 폴트가 파발마를 띄워 탄바르에 자세한 내용을 전하기로 했다.

카인도 마음이 무겁기는 하지만 마차 안에서 신나게 떠드는 세 사람의 대화에 함께 어울렸다.

중간에 숙소에서 하룻밤을 보내고 이틀째 저녁에 탄바르에 도착했다.

"여기서 탄바르인가……."

도시의 중심에 커다란 건물이 세워져 있었다. 이 나라의 상징인 의회 회관이 입구에서도 보였다.

견학은 내일부터 하기로 하여 숙소에 도착한 뒤 방을 나누고 각자 쉬게 되었다.

저녁식사를 마치고 모두 방으로 돌아갔지만 카인에게는 할 일이 있었다.

폴트에게 도착하면 길드에 와달라는 말을 들었기 때문이다.

카인은 교사에게 사정을 간단히 설명하고 숙소에서 나와 길드로 향했다.

교사에게는 세 소녀에게는 절대 알리지 말라고 단단히 부탁해 두었다.

모험가 길드는 도시의 중심에서 가까운 곳에 있어서 주민에게 묻자 바로 알 만한 장소에 있었다. 카인은 문을 열고 안으로 발을 디뎠다.

이미 밖은 어두컴컴하여 이미 의뢰 보고를 마쳤는지 옆에 병설된 술집에서 웃음소리가 들렸다.

꽤 많은 모험가들이 있었는데 의뢰가 붙은 게시판에서 다음날 의뢰를 찾으며 의논하는 사람도 있었다.

카인이 들어가자 순간 시선이 집중되었지만 교복 차림의 아이라 바로 흥미를 잃었다.

카인은 바로 비어 있는 카운터로 가 여성 직원에게 말을 걸었다.

"저기……. 폴트 씨가 길드에 들르라고 해서 왔는데요……."

"폴트 씨……? 가잘의 서브 길드 마스터인 폴트 씨 말인가요?"

"네, 맞습니다."

"이름이 뭐죠? 확인해보겠습니다."

"카인입니다."

"카인 님이로군요. 그럼 확인하고 오겠으니 잠시 기다려주십시오."

직원이 일어나 안쪽에 앉아 있는 상사에게 말을 걸었다.

상사는 카인의 이름을 듣고는 벌떡 일어나 카운터로 나왔다.

"기다리게 하여 죄송합니다! 실포…… 카인 님이시군요. 폴트가 파발로 편지를 보내 내용은 들었습니다. 길드 마스터를 불러

올 동안 방으로 안내하겠습니다. 자, 바로 차를 준비해."

상사의 쩔쩔 매는 모습에 직원은 고개를 갸웃하면서도 카인을 방으로 안내했다.

"그럼 여기서 기다려주십시오. 바로 오겠습니다."

직원은 홍차를 따르고는 한 번 인사를 하고 방에서 나갔다.

곧 문을 노크하고 두 남자가 들어왔다. 한 사람은 인간이고, 다른 한 사람은 엘프였다.

두 사람은 미소를 지으며 카인의 앞에 앉았다.

카인은 그 얼굴을 보고 눈을 크게 떴다.

"이 얼굴에 놀란 모양이네요, 실포드 경. 아니, 매형이라고 말하는 게 나으려나. 이곳의 길드 마스터인 라딘입니다. 옆에 있는 사람은 서브 길드 마스터 고삭이고."

"고삭입니다. 실포드 경, 잘 부탁드리겠습니다."

미소를 지으며 길드 마스터라 소개한 청년은 에딘과 쏙 빼닮은 외모였다.

카인이 놀라는 것도 당연하다.

그보다 중요한 점이 있었다.

'지금 매형이라고 불렀지······?'

"호, 혹시······."

"응, 그래요. 티파나 누나의 동생이거든요. 바로 밑의."

뜻밖의 말에 카인은 놀랐지만, 라딘은 개의치 않고 이야기를 시작했다.

"폴트에게 편지를 받았습니다. 마르프 의원도 가장 건드려서는 안 될 사람을 건드리고 말았네요."

"맞습니다……. 의회는 분명 난리가 날 걸요. 배상금도 엄청난 액수가 되지 않을까요……."

두 사람의 설명에 따르면 의회에서 전생의 재판처럼 판결을 내린다고 한다. 일단 그 자리에서 해명을 듣게 되는데 이번에는 당사자를 포함하여 전원이 들었으므로 회피할 수 없다고 한다.

이미 의회에 사전연락이 가서 날짜도 정해졌다고 한다.

그리고 그 날짜는── 카인을 비롯한 에스포트 왕국 학생들의 견학 시간과 겹쳤다.

연수 내용 중에 실제로 재판을 방청하는 것이 있기 때문이다.

"……설마……."

"응, 그날 에스포트 왕국의 학생들의 견학도 있던데. 그 날짜에 맞췄을걸. 다른 학생들이 있는 앞에서 너무 강하게 나서지 못할 거라고 생각했겠지. 마르프 의원도 그걸 노리고 시간을 지정했을지도 몰라."

본래 그리 일을 크게 벌이고 싶지 않았던 카인은 혼자 의회로 가서 얼른 마무리를 지을 생각이었다.

교사에게는 설명했지만 타국에서 습격을 받은 사실이 퍼지면 일스틴 공화국으로서도 이미지가 추락한다. 그것은 피하고 싶을 것이라 생각했지만 마르프의 생각은 다른 모양이다.

라딘의 설명에 따르면 동정을 자아내려는 말을 꺼낼 것이고, 그것으로 벌금을 조금이라도 줄일 생각인 듯하다고 한다.

"실제로 벌금이 어느 정도 나올까요? 이 나라의 제도는 잘 몰라서……."

카인의 물음에 라딘이 조금 생각한 뒤 입을 열었다.

"오십 개쯤 되지 않을까."

"금화 오십 개……. 꽤나 큰 금액이네요."

금화 오십 개라면 일본 돈으로 따져도 5천만 엔이므로 큰돈이다. 혹시 교통사고 합의금이라면 더 고액일지도 모르지만 다행히 카인은 다치지도 않았다.

그러나 라딘은 고개를 가로저었다.

"아니, 백금화 오십 개야. 전부 실포드 경에게 가는 것은 아니지만……."

"네에에?! 그렇게나……."

벌금—— 5억 엔.

상당한 금액이다. 카인도 도시에 투자하여 상당한 자산을 보유하고 있지만, 그럼에도 쉽게 낼 수 있는 금액이 아니다.

"아마 의회에 벌금으로 백금화 열 개, 실포드 경에게 스무 개, 그리고 에스포트 왕국에 사죄를 겸하여 스무 개가 지불되겠지."

"벌금이 그렇게 크다니……."

"아니, 이번이 특별한 경우일 거야. 타국의 상급귀족에 해당하는 백작 당주를 습격했으니까. 설령 아들이 원인이더라도 정상참작의 이유는 되지 않아. 심지어 이 나라의 의원이니까. 대부분의 자산을 몰수당하겠지."

그 뒤로도 의회에서 일어날 법한 일 등을 서로 이야기했다.

"라딘 씨, 고삭 씨, 감사합니다."

"아니야. 매형이 될 사람이니까. 폴트도 내일 이쪽으로 올 거야. 당일에 출석할 예정이니까."

"알겠습니다. 그럼 그날 뵙죠."

카인은 두 사람과 악수하고 길드에서 나와 숙소로 돌아갔다.

"또 전하께 무슨 말을 들을지……."

그런 생각을 하며 숙소로 돌아온 카인은 잠이 들었다.

아침이 되어 식사를 마친 학생들은 도시를 견학하게 되었다.

문제가 될 의회 견학은 내일이고, 오늘은 교사의 인솔로 탄바르의 각 시설을 돌아볼 예정이다.

교사를 선두로 학생들은 도시를 걸어갔다.

"탄바르는 의회만이 아니라 오락시설도 많다고 들었습니다. 옥션도 있고, 투기장도…… 카인 님, 절대 나가면 안 돼요."

텔레스티아의 말에 카인은 쓴웃음을 지었다.

설령 누가 오더라도 지지는 않겠지만, 학교 연수를 와서 투기장에 나가는 것은 말도 안 된다. 혹시 출전하더라도 다시 돌아갔을 때 국왕에게 무슨 말을 들을지는 뻔하다.

투기장에는 가지만 오늘은 관객으로 견학하기로 했다.

"재미있는 걸 볼 수 있으면 좋을 텐데……."

카인은 그렇게 중얼거리며 도시를 견학했다.

다양한 시설을 견학하고 점심을 먹은 다음 투기장 견학을 갔다.

관객석은 어디에서 이렇게 모였는지 이미 만석이었다.

남녀노소를 가리지 않고 떠들썩한 함성이 울려 퍼졌다.

학생들은 에스포트 왕국에서 견학을 왔기에 귀빈석으로 안내를 받아 조금 높은 위치에서 보기로 했다.

귀빈실은 항상 메이드가 대기하며 음료수 등은 부탁하면 바로 받을 수 있다.

또한 자리도 관객석의 벤치와 달리 일인용 의자가 준비되었고, 지붕도 있어서 쾌적한 환경이었다.

"슬슬 시작할 것 같네요. 어디…… 첫 시합은…… 아앗?!"

텔레스티아가 프로그램을 확인하고 깜짝 놀랐다.

카인도 손에 든 프로그램으로 시선을 옮기고 미소를 지었다.

첫 시합은 모험가 3인조와—— 사슬에 묶인 오거였다.

몇 사람이 달라붙어 사슬을 당겨 오거를 가운데로 이끌었다.

그리고 사회자의 목소리가 회장에 울려 퍼졌다.

"오래 기다리셨습니다! 오늘 첫 시합입니다! 오거 대 D랭크 모험가의 싸움입니다. 그럼—— 시작!"

사회자의 말과 동시에 사슬이 풀린 오거가 함성을 질렀다.

3미터가 넘는 몸으로 소리를 지르자 관객석은 더욱 열광적으로 환호했다.

그에 맞춰 모험가들은 넓게 퍼지며 두 사람은 검을 들고, 한 사람은 마법 지팡이를 들어 영창하기 시작했다.

오거가 세 사람을 사냥감으로 보았는지 한 모험가를 향해 주먹을 휘둘렀다.

그러나 모험가는 주먹을 피하며 그대로 오거의 팔을 베어냈다. 팔에서 피를 흘리며 오거가 뒤로 물러나자 관객석에서 터지는 함성이 더욱 커졌다.

이어서 마법사가 머리 크기의 파이어 볼을 쏘아 오거의 얼굴을 맞히자 그 타이밍에 두 사람이 오거를 베어냈다.

몇 분 후, 오거는 숨이 끊어져 바닥에 쓰러졌다.

모험가들은 관객의 성원에 검을 들어 응답했다.

"대단한 싸움이었네요⋯⋯."

"응, 그러게."

학생들도 감탄했지만 카인에게는 기껏해야 오거이므로 그리 신경 쓰이는 상대가 아니었기에 느긋하게 구경했다.

그 뒤로도 몇 개의 전투가 벌어졌다.

A랭크의 어스 드래곤이 나왔을 때 관객의 성원도 최고조에 달했다.

"그럼 오늘의 마지막 싸움입니다. 먼저 전사를 소개하지요! 일스틴 공화국의 S랭크 모험가 적룡의 이빨 검즈다아아아아아!"

"""""와아아아아아아아아아아아아아아아아!!!!!!"""""

하늘이 갈라질 듯이 함성이 일었다.

그 검즈라 소개를 받으며 등장한 남자는 단련된 몸을 가죽 갑옷으로 감싸고, 자신의 키만큼 거대한 양손검을 어깨에 걸치고 천천히 나타났다.

이 세계에서 현재 최고 랭크는 S랭크다.

각국이 떠받들어주며 보유하려고 할 만큼 귀중한 존재다.

A랭크와는 하나밖에 차이가 나지 않지만 실력은 크게 차이가 나므로, 나라가 인정하지 않는 한 S랭크로 인정받는 경우는 없다.

카인은 남다른 능력 때문에 그 이상이지만 평범한 사람이 거기까지 올라가려면 실력만으로는 불가능하다.

검즈에게 보내지는 성원은 그치지 않았지만, 그것을 가로막듯이 사회자가 말을 이었다.

"검즈를 상대할 사람은—— 얼마 전 사로잡은 '마족'입니다!!"

"""""오오!!!!"""""

투기장의 커다란 문이 열리며 튼튼한 우리가 운반되었다.

운반된 우리가 중앙 부근에 놓여졌다.

'마족이라니…… 세토 같은 사람을 말하는 거겠지…….'

"궁금한 게 있는데, 이 나라에서 마족의 존재란……?"

카인의 말에 뒤에 대기하고 있던 메이드가 입을 열었다.

"이 나라에서는 발견되면 바로 포박되어 처형됩니다. 일괄적으로 마족은 '악'으로 여기기 때문이지요."

목례를 하고 물러나는 메이드에게 감사인사를 하고 투기장으로 시선을 옮겼다.

표정에는 드러나지 않았지만 카인의 마음속에는 갈등이 일었다. 카인에게는 마족에 대한 혐오감이 없다.

오히려 강제로 사로잡은 마족을 처형하는 행위가 더 불쾌했다.

그러나 나라의 방침에 따라 적대하는 종족이 다르다. 마족만이 아니라 수인을 적대시하는 나라도 있다.

특히 마린포드 교국은 인간족 이외에는 인정하지 않을 정도다.

'혹시 이 사실을 세토가 안다면…… 혹시 알게 된다면 분명 전쟁이 벌어져—— 이 나라는 끝나고 만다. 어떻게든 막을 방법이…….'

"카인 님, 안색이 안 좋은데요……? 괜찮아요?"

옆에 앉아 있던 텔레스티아가 말을 걸었다. 고민하느라 카인의 표정이 험악해졌던 모양이다.

"……응, 괜찮아. 잠시 생각할 게 있어서……."

시선을 우리로 보내며 대답했다.

마법으로 잠근 문이 열렸다.

그 안에서 나온 것은—— 한 여성이었다.

나이는 카인보다 위로 보였는데 이제 막 성인이 된 듯했다.

허리까지 기른 새하얀 생머리, 새빨간 눈동자에 까만 로브를 입고 있다.

그리고—— 이마에서 돋아난 다섯 개의 뿔.

얼굴은 미인이라 할 수 있다. 아니, 상당한 미녀였다.

그 모습에 관객이 더욱 열광했다.

"——뿔이 다섯 개라니, 상급귀족 이상은 뿔이 네 개라고 했는데……."

전에 세토에게 들은 말을 떠올리며 카인은 혼잣말을 했다.

이 일이 드러나면 분명 문제가 될 것이다.

어떻게든 막을 방법이 없을까 생각하는 가운데 투기장에서는 싸움이 시작되었다.

시작을 알리는 소리와 함께 검즈가 검을 어깨에 지고 조금씩 마족 여성에게 다가갔다.

자신의 손을 보며 괴로운 표정을 지으면서도 마족은 거리를 벌리려는 듯 움직였다.

"어라, 마족은 마법이 특기가 아니었나……."

카인이 작게 중얼거리자 뒤에 있던 메이드가 설명했다.

"결계를 치긴 했습니다만, 강력한 마법으로 관객에게 피해를 끼칠 우려가 있는 경우 만약을 위해 마법을 봉인하는 팔찌를 채우고 있습니다. 10퍼센트의 위력밖에 내지 못할 듯합니다."

"……그렇습니까, 감사합니다."

카인은 설명해준 메이드에게 감사인사를 하고 시선을 다시 마족에게로 옮겼다.

그 마족의 손목에는 금속으로 만든 팔찌가 채워져 있었다.

'저건가……. 어떻게든 해방할 수 있으면 좋을 텐데…….'

검즈가 검을 쥐고 단숨에 거리를 좁히자 마족이 도망치듯이 거리를 벌리려고 했다.

그러나 과연 S랭크 모험가라고 해야 할까, 도망치는 쪽으로 얼른 방향을 틀어 검을 휘둘렀다.

옷이 찢어지면서도 마족이 몸을 피했다.

"흥, 꽤 하는데. 과연 마족이라는 건가……."

"이 팔찌만 없다면 너 따위는 몇 초 만에 잿더미가 될 것을……."

괴로운 얼굴로 자신의 팔에 채워진 팔찌를 보고는 다시 검즈를 경계했다.

마족이 불마법을 썼지만, 나타나는 것은 머리 크기의 불 덩어리였다. 그것이 세 개쯤 나타나 단숨에 검즈에게 날아갔다.

"겨우 이 정도인가. 흥."

검즈가 검으로 불 덩어리를 바로 베어냈다.

그 뒤로는 검즈의 일방적인 공격이 이어졌다.

관객들은 그에 따라 더욱 들떴지만 같이 견학하는 학생들의 표정은 험악했다.

마물과의 싸움에는 좋아했지만, 마족은 일단 외모가 인간과 크게 다르지 않다.

텔레스티아를 비롯한 소녀들도 조금 창백해진 얼굴로 입가를 손수건으로 막으며 동향을 살폈다.

점차 마족이 검즈의 칼에 밀리기 시작했다.

여기저기 베여 출혈이 일어 바닥을 적셨다.

카인은 도저히 보고 있을 수 없어서 잠시 자리를 비우겠다고 전하고 화장실로 향했다.

몇 분 뒤.

은색 마스크를 쓰고 검은 후드가 달린 망토로 몸을 감싼 자가 갑자기 투기장 한가운데에 모습을 드러냈다.

갑자기 사람이 나타나자 관객들도 크게 놀랐다.

"여기서 난입하는 자가 등자아아아아아앙!! 아무도 없었을 텐데 대체 어디서?!"

사회자의 목소리가 관객석에 울려 퍼졌다.

그러나 검즈는 개의치 않고 그 남자에게 말을 걸었다.

"뭐야? 쇼를 방해하러 온 건가……? 그럼 너부터 먼저 처리해도 되지?"

검을 쳐들어 가면을 쓴 남자를 베어내려고 했지만, 그는 한 걸음만 움직여 검을 피했다.

그리고 뒤로 물러나 거리를 벌리고는 그제야 입을 열었다.

"이 마족은 제가 데려가겠습니다. 이 사람에게 무슨 일이 생기면, 아마—— 인간족과 마족은 전쟁을 벌이게 될 테니까요."

"……응? 꽤나 목소리가 어린데. 아직—— 미성년자겠군……. 게다가 전쟁이라니 더더욱 환영할 일이잖아. 그만큼 많이 베어낼 수 있으니까."

히죽 웃는 검즈를 보며 남자가 한숨을 쉬었다.

"그건 곤란한데요. 여러모로……. 게다가 전쟁이 일어나면 이 나라는 멸망이라고요? 간단하게 말이죠."

"…………너도 마족이냐. 그만큼 알고 있다는 건."

"……그냥 관계자인 것으로."

"뭐, 됐어. 너부터 상대해주마."

그 말을 끝으로 검즈의 살기가 단숨에 강해졌다. 그리고 남자

를 향해 바로 달려들었다.

"어쩔 수 없네요……."

남자는 그렇게 중얼거리고는 머리 위에서 힘차게 내려쳐지는 검을 한 손으로 잡았다.

"앗?!"

그 순간 남자는 검즈의 안쪽으로 파고들어가 주먹으로 배를 때렸다.

검즈의 몸이 푹 꺾이며 그대로 허공을 10미터쯤 날아가 바닥에 떨어지고는 일어나지 못하고 기절했다.

"이게 무슨 일입니까?! 저 남자는 대체?! 저 검즈가 일격에 당하다니!"

관객들은 분위기를 띄우기 위한 이벤트라고 생각하여 크게 환호했다.

곧 남자가 마족에게 다가갔다. 그러고는 몇 걸음 앞에서 멈춰섰다.

"그대는 마족이…… 아니로군? 같은 인간 아니오. 왜 나를 구하였소……?"

피가 흐르는 팔을 붙잡고 말하는 마족에게 남자가 대답했다.

"마족 중에 아는 사람이 있거든요. 저를 따라오지 않겠습니까? 회복마법도 쓰고 싶고요. 그 팔찌도 방해되잖아요."

"하긴……. 이름도 모르는 그대를 따라가는 것도 좋을지도 모르겠군. 여기 있어봐야 같은 꼴을 당할 것 같으니 말이오."

남자는 후드를 뒤집어쓴 채 살짝 고개를 끄덕이고는 마족의 어깨에 손을 얹고 '전이'로 순식간에 사라졌다.

그 자리에는 의식을 잃은 검즈만이 남겨졌다.

전이한 곳은 아무도 없는 응접실.

"꽤나 좋은 방이군. 나를 이런 곳에 데려오다니 무엇이 목적이오?"

마족의 물음에 남자는 후드를 내리고 가면을 벗었다.

그 남자의 정체에 마족은 놀란 눈을 했다. 아직 성인도 되지 않은 소년이었기 때문이다.

정체를 드러낸 카인은 딱히 개의치 않고 미소를 지었다.

"먼저 회복마법을 걸겠습니다. '하이 힐'. 이 정도 상처라면 문제없겠지요."

"……아직 소년일 줄이야. 그 나이에 전이마법까지…… 감사하오."

자신의 상처를 확인하며 마족이 웃으면서 감사인사를 했다.

"그리고 그 팔찌가 있으면 마법도 쓰지 못할 테니 제거하겠습니다. 여기는 저의 집이니 부수지 말라고요?"

"그 정도로 은혜를 모르는 자는 아니오. 몸을 지킬 때에는 어쩔 수 없지만."

카인이 팔찌의 마법을 해제하자, 팔찌는 아무 일도 없던 듯 풀어져 바닥에 떨어졌다.

그대로 소파에 앉도록 권하고 카인도 맞은편에 앉았다.

"먼저 자기소개를 하지요. 저의 이름은 카인 폰 실포드 드링텔. 에스포트 왕국의 백작입니다. 방금 전까지 있던 일스틴 공화국의 이웃나라지요. 카인이라 부르셔도 됩니다."

"나도 소개해야겠군. 나의 이름은…… 리자벳 반 베네시토스. 그대에게 리자라 부를 것을 허락하겠소."

"그럼 리자라고 부를게. 바로 홍차를 준비시킬게. 곧 올 테니까."

카인의 말과 동시에 문을 노크하는 소리가 들렸다.

카인이 허락하자 문이 열리며 다르메시아가 들어왔다.

"카인 님, 돌아오셨습니까. 손님이시……군요……."

그러며 다르메시아가 그 자리에 무릎을 꿇고 머리를 숙였다.

갑자기 무릎을 꿇고 머리를 숙이는 다르메시아의 행동에 카인은 당황했다.

카인의 고용인이 되었을 때조차 이런 행동은 하지 않았다.

그러나 리자벳은 소파에 앉은 채 다르메시아를 내려다보며 눈을 가늘게 떴다.

"그대는 나를 아는 모양이군……. 혹시 동포인가?"

그 말에 다르메시아가 조금 어깨를 떨고는 더욱 머리를 숙였다.

"저기, 다르메시아가 이럴 정도라니 리자는……?"

카인의 말에 리자벳의 입가가 약간 풀어졌다.

"카인은 편안히 대해도 괜찮소. 그야 생명의 은인 아니오."

"……응."

다르메시아가 일어나 바로 홍차를 준비하여 두 사람의 앞에 잔을 내려놓았다.

"나도 급하게 자리를 비운 거라 바로 돌아가지 않으면 안 돼. 당분간 이 저택에서 쉬고 있어도 상관없어. 그런데—— 혹시 다르메시아처럼 변신할 수 있다면 부탁해도 될까? 다른 고용인이 놀랄 테니까."

카인의 말에 리자벳은 잠시 턱에 손을 대고 생각하고는 미소를 지으며 고개를 끄덕였다.

"은인의 부탁이니 무시할 수는 없겠지. 알겠소."

그러며 작게 무언가를 외우자 뿔이 사라지고 하얗고 아름다운 머리카락만 남아 누가 보아도 절세미인이라 말할 법한 모습만 남았다.

그 아름다움에 카인은 무심코 침을 삼켰다.

"받아들여줘서 고마워. 자세한 건 다르메시아에게 물어보면 알 거야. 그나저나 리자는……."

아까 다르메시아의 태도도 그렇고, 분명 마왕급의 존재인 것을 카인도 알아챘다.

"나는 일국의 공주이기는 하지만, 무언가를 하고 있는 것은 아니라오. 자유로운 몸이오."

다르메시아에게 시선을 보내자 조금 턱을 당기며 동조하는 뜻을 보였다.

"그럼 혹시 세토와도 아는 사이야……?"

그 말에 리자벳이 살짝 놀란 눈을 했다.

"세토 공도 알고 있소. 아하, 그대는 세토 공의 부하였소? 그나저나 카인, 그대는 마족을 싫어하지 않는 거요?"

"어째서? 마족도 엘프나 수인처럼 하나의 종족이잖아? 외모가 조금 다를 뿐……."

카인의 대답에 리자벳이 크게 웃었다.

"아하하하. 그래, 그래. 그대는 그런 생각이구려. 알겠소. 그런데 세토 공을 '세토'라고 부르는 걸 보니 세토 공의 부하가 아닌 모양이구먼……? 그도 일단 '마왕' 중 한 사람이오만……."

"으음, 세토는 친구 같은 거려나……. 여러모로 도움을 받고 있어. 다르메시아도 세토가 소개해줘서 이 저택에서 일하고 있는 거고."

즐겁게 오가는 대화 속에 다르메시아는 식은땀을 흘리고 있었다. 다르메시아는 리자벳의 정체를 알고 있다. 마족 중에서 어떤 위치에 있는지도. 그러나 본인이 말하지 않는 이상 다르메시아가 말할 수 있을 리가 없다.

"마왕을 '친구'라고 말하는가. 그대는 재미있군. 어떻소? 나와도—— 그 친구란 게 될 수 있겠소?"

"응, 좋아."

카인이 대답하며 오른손을 내밀었다.

"이건 무엇이오……?"

리자벳의 물음에 카인은 고개를 갸웃했다.

"악수 몰라? 서로 손을 잡는 거야. 친구끼리 하는 인사라고나 할까. 자, 손을 내밀어봐!"

카인은 의아해하며 오른손을 내민 리자벳의 손을 마주잡았다.

"이렇게."

잡은 채 손을 내리자 리자벳의 볼이 발그레해졌다.

"이것이 악수라는 것인가. 나쁘진 않군. 처음 해보았소."

손을 놓고 다시 자리에 앉은 뒤, 카인은 앞으로의 일을 설명했다.

"밤에는 이쪽에 올 수 있지만, 나는 잠시 아까 그 장소로 돌아가야 하니까 편안하게 있어. 다르메시아, 방 준비 같은 건 맡길게."

"알겠습니다. 바로 준비하겠습니다."

카인은 리자벳을 다르메시아에게 맡기고 그 자리에서 전이했다.

리자벳과 다르메시아만 남은 방에서 리자벳이 먼저 미소를 지으며 입을 열었다.

"다르메시아라고 했나, 카인은 재미있는 존재로군? 당분간 신세를 지겠소."

리자벳의 말에 다르메시아가 자세를 바로하고 정중하게 머리를 숙였다.

"황송하옵니다만 말씀하신 대역, 성심성의껏 수행하겠습니다, 황녀 전하."

"음, 부탁하오. 일단…… 식사를 부탁해도 되겠소? 제대로 된 것을 먹지 못해서……."

그 말에 다르메시아는 바로 식사를 준비하러 달려갔다.

두 사람이 사라진 뒤 투기장은 침묵이 지배했다.

갑자기 사라진 마족과 정체불명의 남자. 그리고 일격에 실신하여 쓰러진 일스틴 공화국에서 최강의 S랭크인 검즈.

"…………이게 대체……?"

얼빠진 목소리가 침묵하는 회장에 울려 퍼졌다.

그것은 관람석에서 보고 있던 소녀들도 마찬가지였다.

"대체 무슨 일이 일어난 걸까요…… 저 검즈 씨는 이 나라에서 가장 강하다고 했는데……."

"……응, 그렇게 말했었지."

텔레스티아의 물음에 리루타나가 대답했다.

실크만은 조용히 무언가를 생각하고 있었다.

직원이 투기장으로 나와 검즈에게 회복마법을 걸고 들것에 실어 옮겼다.

이어서 사회자의 방송이 이어졌다.

"저기…… 주최자로부터 연락이 왔습니다. 오늘은 이것으로 모두 종료되었습니다. 조심해서 돌아가십시오."

석연치 않던 관객들도 종료 신호와 함께 차례차례 자리에서 일어나 귀갓길에 올랐다.

  그때 문이 열리며 카인이 돌아왔다.

  "아니, 화장실에 사람이 많아서…… 오래 기다렸지? 어, 어라? 벌써 끝났어……?"

  귀빈석에서 관객이 돌아가는 모습을 보고 카인이 고개를 갸웃했다.

  "카인 님, 늦었잖아요! 큰일이 벌어졌었다고요!"

  "그랬구나…… 그걸 못 보고 놓쳤네……."

  카인은 쓴웃음을 지으며 손가락으로 턱을 긁었다.

  "그럼 관람이 끝났으므로 다음 장소로 이동하겠습니다."

  동반한 교사의 말에 텔레스티아를 비롯한 학생들이 자리에서 일어났다.

  예정보다 조금 이르지만 다음 장소로 가기로 했다.

  카인은 다른 학생들과 함께 안내하는 대로 걸어갔다. 그때 뒤에서 어깨를 두드리는 것이 느껴져 뒤를 돌아보았다.

  그곳에는—— 미소를 지은 실크가 서 있었다.

  "실크, 왜 그래?"

  그 말에 실크가 씩 웃으며 카인의 귓가로 얼굴을 가까이했다.

  "아까 그거—— 카인 군이었지? 다른 사람은 눈치채지 못한 모양이지만 나중에 알려줘."

  실크는 한 마디만 하고는 텔레스티아에게 달려갔다.

  "……왜 들켰지……?"

아연실색한 카인은 직원이 말을 걸 때까지 그 자리에 서 있었다.

집무실 한 곳에는 처리되기를 기다리고 있는 서류의 산이 만들어져 있다.

그 속에서 책상에 앉아 오로지 서류 결재를 진행하고 있는 한 청년—— 알렉 폰 실포드가 있었다.

영주, 카인의 망상 같은 무모한 계획을 들었을 때에는 몇 십 년에 걸쳐 이 도시를 정비해야 하나 생각했지만, 예상외로 빠르게 도시의 정비가 진행되었다.

도시가 커지면 그만큼 처리할 일도 늘어난다.

당초 내정관으로서 건축 계획 등을 세웠던 루라도 생각보다 머리가 좋아 알렉은 혀를 내둘렀다.

드링틸에 성을 세우는 등 상상이 되지 않는 발언을 하긴 했지만, 카인의 마법을 최대한 활용하여 몇 달 만에 완성시키고 말았다.

알렉조차 "천재가 여기에도 있었나"라고 생각할 만큼 아름다운 성이었다.

실제로는 전생에 건축을 전공한 루라가 해외여행을 나가 세계의 성을 돌아보고 기억에 남은 것 중 괜찮은 부분을 따왔을 뿐이지만 이 세계의 주민이 그 사실을 알 리가 없다.

나아가 루라는 카인에게 질문하면 카인의 '월드 딕셔너리'로 올바른 대답이 돌아오는 것을 유효하게 활용하여 이와 같은 성이 완성되었다.

그러나 공교롭게도 영주인 카인은 아직 학생이다. 따라서 보통은 알렉이 도시를 운영하고 있다.

반쯤 납득하지 못하면서도 알렉은 계속해서 서류를 처리했다.

영주의 저택이라는 이름의 성에는 고용인도 늘어났다. 이렇게 급속도로 발전하면 구석구석 챙기기 힘들지만, 채용부터 교육까지 다르메시아에게 맡기자 우수한 고용인이 모였기에 현재는 문제가 없었다.

그렇게 바쁜 와중에 자신의 혼약도 차근차근 진행되었다.

앞으로 몇 달이면 레리네와 결혼하게 된다. 성 옆에는 다른 도시에서는 영주의 저택이라 불러도 과언이 아닐 만큼 웅장한 대관의 저택도 새로 지어져 있어서 이미 아내를 맞이할 준비를 마쳤다.

몇 주 전에 타진해온 왕립학교 학생들의 숙박도 무사히 끝나 교사, 학생들 모두 만족스럽게 일스틴 공화국을 향해 떠났다.

카인과 루라가 의견을 나누어 방식을 결정했는데 상상도 하지 않았던 식사 방법 등 효율적으로 따뜻한 요리를 먹을 수 있는 것은 앞으로도 도움이 될 것이다.

두 사람의 의견은 알렉에게는 이해가 되지 않는 말이었지만, 두 사람이 알기 쉽게 설명해주었다. 덕분에 본래 머리가 좋은 알렉은 바로 이해했다.

일을 하는 사이 문을 노크하고 루라가 당황한 듯 집무실로 들어왔다.

그리고 입을 열자마자————.

"카인 님이 여성을 데리고 왔습니다! 그것도 대단한 미인이에요!"

"뭐, 뭐라고?!"

알렉은 자리에서 벌떡 일어났다.

카인의 전이마법에 대해서는 알고 있다. 스케줄상 이미 일스틴 공화국의 수도에 도착했을 시기이니 그 마법을 썼을 것이다.

바로 돌아올 수 있는 것은 이해하지만 되도록 학생들과 숙박을 함께 하며 드링털에 돌아오지 않아도 문제가 없다고 말했을 텐데…….

그 와중에 카인이 돌아왔다. 미녀를 한 명 데리고…….

"카인 님, 또 아내를 늘릴 생각일까요…….'

루라의 말에 알렉은 한숨을 쉬었다.

이 나라는 중혼이 인정되므로 문제가 되지는 않는다. 경제력도 카인이라면 수십 명의 아내를 얻어도 문제 없을 것이다.

다만 카인의 약혼자는 왕녀와 공작 영애가 두 명이나 있다. 나아가 성녀까지 카인과 결혼하겠다고 단언하였다.

거기에 더해질 만한 여성은 그리 많지 않다.

"……자, 어떡할까…….'

알렉이 고민하는 사이 문을 노크하는 소리가 나는 바람에 생각이 중단되었다.

허가를 하자 방으로 들어온 사람은 다르메시아였다.

"알렉 님, 손님에게 최상급 방을 쓰시게 하려고 합니다. 괜찮겠습니까."

다르메시아의 말에 알렉은 고개를 갸웃했다.

이 성의 객실은 등급이 몇 개로 나뉘어져 있다. 에스포트 왕국의 왕족과 국빈인 국외의 왕족까지 맞이할 수 있는 최상급 방부터 상급귀족, 하급귀족으로 등급을 나누어 놓았다.

그런데 카인이 데려온 여성에게 다르메시아가 최상급 방을 준비하자는 것이 이해되지 않았다.

"다르메시아, 이번에 카인이 데려온 여성이 그 정도의 인물이야……?"

"——네, 알렉 님은 제가 마족인 것을 알고 계시지요? 카인 님이 모셔온 분은————."

다르메시아의 설명이 끝나자 알렉은 이마에 손을 대고 천장을 올려다보았다.

"그야말로 'Oh! My god!'이네요!"

루라의 말에 알렉이 고개를 갸웃하며 질문했다.

"루라, 그 오마이갓이라는 말이 뭐지……?"

"아, 간단히 말하면 '이게 무슨 일이야!' 같은 거예요."

"……지금 상황에 딱이네……."

루라의 대답에 알렉은 쓴웃음을 지었다.

"그럼……."

"그래, 최대한 잘 모셔줘. 여긴 다르메시아가 맡는 게 낫겠지.

메이드들에게도 그렇게 전해줘.”

“감사합니다. 그럼 바로 준비하겠습니다.”

다르메시아가 우아하게 인사를 하고 퇴실했다.

“──무슨 문제를 일으키지 않을까 걱정했는데 갑자기 폭탄이 떨어진 기분이야.”

“이것만으로 끝나면 좋을 텐데요…….”

알렉과 루라는 크게 한숨을 내쉬고 이 이상 카인이 문제를 일으키지 않기를 빌었다.

조금 뒤쳐졌던 카인은 먼저 가던 학생들을 발견하고 뒤를 따라갔다.

투기장에서 나와 다른 시설을 견학했다.

그렇게 하루 일정을 마치고 숙소로 돌아갔다.

침대에 누워 뒹굴면서 저녁식사 시간까지 앞으로의 일을 떠올렸다.

“충동적으로 구해버렸는데 앞으로 어떻게 할까……. 일단 조금 쉬게 한 뒤 세토에게 맡길 수밖에 없나. 세토도 아는 듯했으니.”

그때 문을 노크하는 소리가 났다. 입실을 허락하자 문을 열고 들어온 사람은 실크였다.

“카인 군, 아까 일을 들으러 왔어.”

"역시 그래서 왔구나……."

카인은 작게 중얼거리며 방에 있는 의자에 앉도록 권하고, 자신은 침대 위에 앉았다.

어떻게 설명하면 좋을지 고민하다 솔직하게 털어놓았다.

"마족 중에 아는 사람이 있거든. 전에 그라시아에서 일어난 마물의 범람 때도 도움을 받았어. 혹시 그와 아는 사이일지도 모르겠다는 생각에……. 그렇다고 그냥 구할 수는 없으니까 그런 차림으로……."

카인은 쓴웃음을 지으며 대답했다.

후드가 달린 망토를 두르고 가면을 쓰고 등장하면 다소 이상한 사람으로 보여도 어쩔 수가 없다.

그러나 실크는 그런 모습은 개의치 않고 카인의 설명을 믿었다.

"흐음, 그랬구나. 카인 군이 없는 동안 회장엔 큰 소란이 일었어. 갑자기 나타나서 이 나라에서 가장 강한 모험가를 일격에 쓰러뜨리더니 바로 사라졌으니까. 혹시 지금부터 마족의 습격이 일어나는 건가? 라고 수군거리던 사람도 있었고……."

"혹시 그 마족 여성이 다쳤다면……. 그것이 발각되면 전쟁이 일어나도 이상하지 않을지도 몰라. 물어보니 마족 나라의 공주님이라고……."

"――그렇구나. 그럼 다행이려나? 그런데 그 사람은……?"

"우리 저택에서 요양하도록 했어. 붙잡한 뒤로 쭉 노예처럼 다뤄졌던 모양이라……. 다르메시아에게 맡겨뒀어."

카인의 말에 실크가 안심한 표정을 지었다.

"카인 군은…… 정말 공주님과 인연이 많구나. 나는 그리 신경 쓰지 않지만, 너무 약혼자가 많아지면 텔레스가 또 질투할걸?"

그 말에 카인은 사레가 들릴 뻔했다. 그런 일은 전혀 생각하지 않았기 때문이다. 확실히 아름답고, 마족 나라에서도 어느 정도 규모가 되는 나라의 공주일 것이다. 저 다르메시아의 반응을 보면 알 수 있다.

"그럴 일은 없겠지. 조금 쉬고 나면 고국으로 돌아가게 할 생각이야."

"그럼 괜찮지만……. 뭐, 알겠어. 다른 사람에게는 비밀로 해둘게!"

실크가 자리에서 일어나 문으로 향하여 문고리에 손을 대고는 문득 돌아보았다.

"그리고 그 가면 쓴 모습, ──역시 좀 창피했거든?"

그 말만 남기고 실크는 방에서 나갔다.

혼자 남은 카인은 크게 한숨을 내쉬었다.

"역시 그렇게 생각하는구나……."

작게 중얼거리며 옷을 갈아입고 드링털로 전이했다.

집무실로 전이하자 곧 문을 노크하는 소리가 들렸다.

허가를 내리자 문을 열고 조금 지친 듯한 표정의 다르메시아가 들어왔다.

"다르메시아, 괜찮아……? 피곤한 것 같은데…… 무슨 문제라도 있었어?"

"카인 님……, 대체 왜 이런 분을 데리고 오신 겁니까!"

드물게 다르메시아가 질린 표정을 지었다. 평소 보여주지 않는 모습에 카인은 고개를 갸웃했다.

"응……? 리자벳 말이야? 무슨 문제라도……. 혹시 세토의 나라와 적대하는 나라였어?"

"그런 문제가 아닙니다. 리자벳 황녀 전하는——."

다르메시아의 말을 가로막듯이 문을 노크하는 소리가 들렸다.

문을 열고 안을 들여다본 사람은 루라였다.

"카인 님이 온 느낌이 난다고 리자벳 님이……."

루라와 동시에 리자벳이 방으로 얼굴을 들이밀었다.

"보게, 역시 카인 아니오."

싱긋 웃으며 방으로 들어온다. 카인과 다르메시아는 크게 한숨을 내쉬었다.

카인이 집무실에 있는 소파에 앉도록 권하자 기분이 좋은 듯한 리자벳이 한가운데에 앉았다.

카인이 맞은편에 앉자 다르메시아가 홍차 준비를 시작했다.

"카인, 이 저택이 마음에 드오. 식사도 만족스러워. 당분간 여기서 신세를 지겠소."

리자벳이 흐뭇하게 말했다.

"응, 그건 괜찮은데 그보다 왜 그런 일이……?"

카인이 리자벳을 처음 보았을 때에는 우리에 갇혀 마력을 봉인하는 팔찌를 찬 상태였다.

게다가 장소도 마족의 나라가 아닌 일스틴 공화국이다. 궁금하지 않을 수가 없다.

"말하지 않으면 안 되는가……. 뭐, 카인에게는 신세를 지고 있으니 어쩔 수 없나……."

리자벳이 조심스럽게 사정을 말하기 시작했다.

거의 집에서 나가지 않는 생활에 질린 차에 어떤 문제로 오빠와 싸우고 여비 대신 집에 있던 마석을 몇 개 챙겨 뛰쳐나온 것.

하늘을 날아 바다를 건너 인간족이 사는 대륙까지 와서 마석을 돈으로 바꾸고 혼자 각국을 돌아다닌 것.

그리고 어떤 도시에서 모험가들과 술 대결을 벌이다가 너무 취하여 변신이 풀리는 바람에 정신이 들었을 때에는 이미 사로잡혀 일스틴 공화국의 노예상인에게 팔리고 만 것.

전이마법을 쓸 수 있으니 언제든 도망칠 수 있을 줄 알았으나 마법을 봉인하는 팔찌가 채워진 것.

그리고 투기장에서 그렇게 싸우게 된 것까지 말했다.

"——카인 덕분에 살았소. 목숨을 잃을 수는 없으니까."

이야기를 마친 리자벳이 눈앞에 놓인 찻잔을 들었다. 홍차를 한 모금 마시고 후우 숨을 내쉰다.

"그럼 언제든지 고국으로 돌아갈 수 있겠네. 당분간은 여기서 지내도 되지만 일단 집으로 돌아가 이야기를 하는 게 낫지 않아?"

"……그 밖에도 돌아가고 싶지 않은 이유가 있소만……. 할 수 없지. 잠시 쉬다 가보도록 하겠소."

자신의 나라로 돌아가는 것이 조금 싫은 듯한 표정을 지으며 리자벳이 떨떠름하게 고개를 끄덕였다.

그리고 밖에 나갈 때에는 반드시 호위를 붙일 것을 부탁했다.

"부탁해, 다르메시아."

"……네, 미력하나마 최선을 다하겠습니다."

다르메시아로서는 드물게 약간 내키지 않는 얼굴로 받아들였다.

"그나저나 카인, 이 도시도 그렇고 이 성도 그렇고 꽤나 훌륭한 영지를 다스리고 있군. 인간으로서는 아직 어릴 텐데."

"응, 처음엔 더 작은 도시였어. 다들 도와줘서 여기까지 커졌다고나 할까……. 그리고 성이라고 하지 말아줘. 일단 '저택'이니까. 너무 크게 지었을 뿐이야."

카인은 드링털의 영주가 막 되었던 당시를 떠올렸다.

여러 가지 문제가 일어나 그것을 해결하며 도시를 크게 키웠는데 다른 도시와 달리 많은 자금과 사기 같은 마력, 그리고 전생의 지식을 구사하여 단숨에 만들어냈다.

다른 도시를 다스리는 영주가 본다면 믿기지 않을 일이다.

이것도 국왕에게 마음대로 해도 좋다는 말을 들었기에 가능했다.

그러나 이렇게까지 커질 줄은 국왕, 재상을 비롯하여 누구도 상상하지 못했을 것이다.

"흠……. 카인에게 그만큼 능력이 있다는 말인가."

리자벳은 그렇게 말하고는 곧 무언가를 혼자 중얼거리더니 혼자 납득하며 크게 고개를 끄덕였다.

"아무튼 당분간은 편안히 쉬어도 돼. 앞으로 며칠 뒤면 일스 틴 공화국을 떠나 돌아올 예정이니까."

"참, 그대는 인간으로서는 드물게 전이마법을 쓸 수 있더군. 상위마족이라면 신기한 일도 아니지만, 인간 중에서 쓸 수 있는 자는 처음 보았소."

"그건 여러 가지 일이 있어서."

설마 스스로 '만들어냈다'고는 설명할 수 없으므로 카인은 말을 얼버무렸다.

그 뒤로 잡담을 계속하다 밤이 깊어졌기에 해산하기로 했다.

카인은 다르메시아에게 뒷일을 부탁하고 자신이 묵고 있는 숙소로 전이하여 침대 속으로 파고들었다.

"그러고 보니 다르메시아에게 리자벳에 대해 듣다 말았네. 다음에 다시 들으면 되겠지……."

다르메시아의 수고 따위는 신경 쓰지 않고 카인은 다음 날 의회에 대비하여 잠이 들었다.

다음 날.

드디어 의회에서 지난 소란에 대한 심의가 다뤄지게 되었다.

혼자 탄 마차는 조금 쓸쓸했는데, 작은 창으로 거리를 구경하며 십오 분쯤 달려 의회 회장에 도착했다.

"실포드 백작, 이쪽으로 오십시오."

안내하는 직원의 뒤를 따라 방으로 들어갔다. 그곳에는 서브 길드 마스터 폴트와 다른 사람, 장년의 남성이 앉아서 기다리고 있었다.

"실포드 경, 이쪽에 앉으십시오. 먼저 소개하겠습니다. 일스틴 공화국의 의원을 통괄하고 있는——."

"그 다음은 내가 말하겠네. 이 나라의 의원 대표인 자브말일세. 이번 일로 민폐를 끼쳤군."

자브말이 흰머리를 뒤로 넘기고 위엄 있는 얼굴로 살짝 목례했다.

"카인, 카인 폰 실포드 드링털 백작입니다. 저야말로 여러모로 민폐를……."

카인은 살짝 머리를 숙이고 자리에 앉았다.

"그럼 앞으로의 일을 설명하겠습니다. 의회에서는 사실 확인이 이루어집니다. 이번에는 대부분 내용을 알고 있으므로 주로 배상금과 밴테거 부자의 처벌에 대해 이야기하겠지요."

폴트가 앞으로의 일을 설명했다. 카인은 타국의 의회는 알 리가 없으므로 그저 고개만 끄덕였다.

이어서 잡담을 나누는 사이 시간이 지나 문을 노크하는 소리가 났다.

드디어 카인의 차례가 되어 회장으로 향했다.

직원의 안내를 받아 복도를 몇 분간 걸어 커다란 문 앞에 섰다.

카인의 뒤에는 폴트가 섰다. 같이 입장하여 증인으로서 발언할 예정이다.

곧 문이 열렸다.

안으로 나아가자 원뿔형으로 의원석이 놓여 있고, 중앙에 의장으로 보이는 노인, 그 앞으로 마주보도록 자리가 마련되어 있었다.

의원석에는 이미 수십 명이 앉아 있고, 자브말도 그 자리로 이동하여 있었다. 그 안쪽으로 관람석이 있어서 학교 학생들도 앉아 관람하는 모습이 보였다.

이미 밴테거 부자는 보좌관을 동반하여 착석하였고, 카인과 폴트는 직원의 지시에 따라 지정된 자리에 앉았다.

전원이 자리에 앉은 것을 확인한 의장이 주위를 둘러보았다.

"그럼 오늘의 의회를 개최합니다."

의장의 선언으로 의회가 열렸다.

"먼저 이번 사안에 대해 설명해주겠나."

의장의 말에 대기하고 있던 남성이 자리에서 일어나 설명하기 시작했다.

"저기 앉아 있는 에스포트 왕국의 백작, 실포드 경이 가잘에서 습격을 받은 것이 발단입니다."

그 설명만으로 의원석에 앉아 있던 의원들이 동요했다. 타국의 귀족 당주가 자신의 나라에서 습격을 받았다니, 곧 그 정보가 각국으로 퍼지고 말 것이다. 자신들의 나라 평판에 얽힌 일이므로 중대한 사안임을 바로 이해했다.

"계속하겠습니다. 실포드 경은 가잘에 등록된 C랭크 모험가 다섯 명에게 습격을 받았습니다만 이것을 격퇴하여 모두 사로잡았습니다."

이번에는 의원석에서 감탄사가 터졌다. 자리에 앉아 있는 카인은 누가 보아도 아직 성인이 되지 않은 소년이다. 그런데 어엿한 모험가라 할 수 있는 C랭크 모험가 다섯 명을 격퇴한 것이다. 흥미진진한 시선이 카인에게로 쏠렸다.

"그리고 사로잡힌 모험가들을 심문한 결과 저기 앉은 가잘의 의원, 마르프 밴테거 씨의 적자, 랄프 밴테거의 의뢰임이 발각되었습니다. 본인이 이미 길드에서 의뢰한 사실을 인정하였습니다."

의원의 적자가 타국의 귀족 당주에게 습격을 시도하였다.

이것이 어떤 것을 의미하는지, 의원석에 앉은 사람이라면 누구든 이해할 수 있다. '전쟁을 건다'는 말과 같은 뜻이다.

의원들은 무의식중에 침을 삼켰다.

"이의 있습니다! 의장님, 발언해도 되겠습니까."

마르프 측에 앉아 있던 한 사람이 손을 들고 일어났다.

"좋소, 발언을 허락하지."

의장의 허가를 받은 남자가 입을 열었다.

"랄프 밴테거는 '조금만 겁을 주어라'고 의뢰했을 뿐입니다. 습격하고 폭력을 휘두르는 야만스러운 의뢰는 하지 않았습니다. 어디까지나 모험가들의 의사였으며 랄프 밴테거와 습격은 관계없다는 사실을 분명히 말씀드립니다."

"실포드 경, 미안하지만 습격 당시의 상황을 설명해주겠나."

카인은 폴트와 한 번 시선을 마주치고 고개를 끄덕이고는 자리에서 일어났다.

"네, 의장님. 그럼 설명하겠습니다. 뒷골목에서 습격당했을 때, 그들이 갑자기 검을 뽑았습니다. 확실히 '죽이지는 않겠다'고 말하기는 했지만, '팔 하나는 가져가지'라고 했습니다. 다행히 저도 모험가이므로 격퇴할 수 있었습니다만, 혹시 다른 사람이었다면…… 작은 상처로는 끝나지 않았겠지요."

카인은 발언을 마치고 자리에 앉았다.

그때 의원석에서 한 의원이 손을 들었다. 의장이 허락하자 일어나서 입을 열었다.

"그 전에 궁금한 것이 있습니다만, 거기 계신 카인 경은 C랭크 모험가 다섯 명을 격퇴하였다고 하던데요. 아무리 모험가 등록을 했다고 해도 아직 미성년자인 학생이 다섯 명을 격퇴할 수 있습니까? 혹시 다른 사람이 더 있었다던가."

분명 의원석에 앉은 사람이라면 누구나 같은 마음이었을 것이다. 카인은 평범한 소년으로만 보였다. 게다가 귀족 당주인 것조차 의심스럽다. 귀족의 자식이라면 이해가 가지만.

"그 건에 대해서는 제가 말씀드리겠습니다."

폴트가 손을 들고 일어났다.

"모험가 길드 가잘 지부의 서브 길드 마스터 폴트입니다. 실포드 경은 에스포트 왕국의 모험가 길드에서── S랭크 모험가로 등록되어 있습니다. 이 점은 길드에서도 파악했기에 틀림없습니다."

폴트의 말에 의원석에서 큰 탄성이 터졌다.

──S랭크 모험가.

이것이 의미하는 바는 누구에게 물어도 동일할 만큼 모두 이해하고 있다.

각국에서 최강에 가까운 존재로 여기며, 혼자 혹은 파티로 드래곤을 퇴치할 수 있는 실력이라는 것을 증명해준다.

그리고 일스틴 공화국에서 최강이라 일컬어지는 검즈와 동등한 실력을 지녔다는 말이기도 하다.

습격을 걸 상대가 아니다. 살아 있는 것이 용할 정도다.

질문한 의원도 납득하여 자리에 앉았다.

"그럼 설명을 계속하겠습니다. 습격이 있은 뒤, 의뢰자가 바로 발각되었기에 길드에서 만나 이야기를 나누기로 했습니다. 그때 마르프 밴테거 의원은 실포드 경이 귀족 당주임을 모르고 의원 특권을 발동할 것을 입에 담았습니다. 뭐, 실포드 경이 당주이므로 무효가 되었습니다만. 설명은 이상입니다."

그 내용에 의원석에서는 한숨밖에 나오지 않았다.

의원 특권은 말 그대로 특별한 것이다. 상대를 알아보지도 않고 발동하는 바람에 무효화되다니 부끄러울 따름이다.

"알겠네……. 그럼 과거 사례를 참고하여 판결을 내리겠다. 먼저 다섯 모험가는 범죄노예로 삼는다. 그리고 의뢰자인 랄프 밴테거. 그는 아직 미성년이므로 범죄노예가 되는 것은 면제한다. 그러나 성인이 된 후 5년간 노예로 봉사해야 한다. 그리고 그 책임은 보호자가 질 것이므로 마르프 밴테거는 의원 자격을 박탈하고, 배상금으로 실포드 경에게 백금화 스무 개, 에스포트 왕국의 귀족이므로 보상금으로 에스포트 왕국에 백금화 스무 개, 그리고 일스틴 공화국에 백금화 열 개를 내도록 한다."

벌금이 모두 합쳐 백금화 50개, 일본 돈으로 환산하면 5억 엔.

별 생각 없이 한 의뢰 때문에 치러야할 대가. 그리고 그런 행동이 가능하게 한 권력자 아버지는 의원직마저 박탈당했다.

랄프는 새파랗게 질린 얼굴로 바닥만 보았다.

마르프는 표정을 구기면서도 카인을 화가 난 눈으로 쳐다보았다.

"이 건은 이것으로 끝내겠다. 퇴정하도록."

모두 자리에서 일어나 들어왔던 문으로 향했다.

마르프는 카인의 뒷모습을 노려보며 "두고 보자"라고 작게 속삭인 뒤 성큼성큼 나가버렸다.

방청석에 있던 에스포트 왕국의 교사며 학생들은 진지한 얼굴로 판결이 날 때까지 시간을 보냈다.

의회가 어떤 식인지 견학할 예정이었으나, 출정한 사람이 함께 일스틴 공화국을 방문한 카인이었기 때문이다.

교사도 카인에게 이번 일에 대해 자세하게는 듣지 못했다. 개별행동을 한 까닭도 '귀족 당주의 일' 때문이었다.

"카인 님이 습격을 받았었다니……."

텔레스티아가 주먹을 꽉 쥐며 몸을 떨자 실크가 어깨에 살며시 손을 얹었다.

"텔레스, 걱정하지 마. 카인 군이잖아? 우리를 구해줬을 때를 생각해봐. 어떤 때라도 분명 괜찮을 테니까."

"……응, 고마워요, 실크. 조금 마음이 편해졌어요…… 그건 그렇고……."

두 사람이 시선을 마주치고 크게 고개를 끄덕였다.

""깊은 반성이 필요하겠네요(필요하겠어)""

다시 카인이 모르는 곳에서 반성회가 결정되었다.

개별행동을 하던 카인은 숙소에서 학생들과 합류했다.

교사들도 설마 의회 견학에서 자신의 학생이 출정한 재판을 방청하게 될 줄은 몰랐고, 나아가 연수중에 습격 사건이 일어났다니 결코 좌시할 수 없는 일이다. 바로 방으로 불려가 인솔 교사들에게 설명하게 되었다.

"————이상입니다."

교사들도 사정을 듣고 크게 한숨을 내쉬었다. 이번 일은 의원의 아들인 랄프의 짧은 생각 때문에 일어난 사건이지만, 혹시 카인이 아닌 사람에게 같은 일이 일어났다면 무사히 넘어가지 못했을 것이다.

"카인, 네가 S랭크 모험가라는 사실은 지금까지 학생들에게 비밀로 해왔지만, 이번 의회에서 드러나고 말았어. 설령 죄가 없다고 해도 왕국으로 돌아가자마자 학교장을 포함하여 협의해야 할 거야. 경우에 따라서는 너의 처벌도 검토하지 않으면 안 돼."

"……그건 알고 있습니다."

아무리 죄가 없다고 해도 연수중에 일어난 일이다. 카인은 그 점은 순순히 받아들이려고 했다. 교사에게서 해방되어 한숨을 쉬면서 자신의 방으로 돌아갔다.

그러나 방 앞에는 무표정하다고도 할 수 있는 세 사람이 기다리고 있었다.

"……이제야 왔네요. 그럼 잠시 이야기 좀 할까요."

"카인 군, 전부 알려줄 거지? 물론?"

그나마 리루타나는 아무 말도 하지 않았지만 조용히 압력을 가했다.

카인은 손짓하는 대로 힘없이 방으로 이끌려갔다.

출발하는 날, 장년의 의원 한 사람이 호위를 데리고 카인이 머무는 숙소에 나타났다.

응접실도 없는 숙소이므로 아직 사람이 없는 식당을 빌려 마주앉았다.

"이것이 배상금인 백금화 스무 개야. 이번에 우리나라의 의원이 아니, 전직 의원이 폐를 끼쳤군."

카인이 테이블에 놓인 호화로운 상자를 열자 그 안에는 백금화 스무 개가 가지런히 놓여 있었다.

"확실히 받았습니다."

카인이 뚜껑을 닫자 의원이 양피지 하나를 꺼냈다.

"그럼 받았다는 사인을 해주겠나."

카인은 양피지에 쓰인 내용을 읽고 문제가 없음을 확인한 뒤 사인했다.

"이제 됐어. 의회에는 내가 제출하마. 그나저나 참…… 왕국과 문제를 일으키면 어떻게 될지 모르면서……."

의원이 불평하며 카인에게서 양피지를 받고는 사인을 확인하고 둥글게 말아 통에 넣어 호위에게 건넸다.

"그럼 실례하지. 오늘 이 도시를 떠난다고 들었어. 가는 길에 조심하도록. 거금을 소지하고 있으니까. 뭐, S랭크 모험가에게 싸움을 거는 바보 같은 녀석들은 없겠지만……."

이 이상 문제가 생기면 일스틴 공화국으로서도 감싸줄 수가 없다.

국가로서 이웃나라에 싸움을 거는 어리석은 자는 없다고 생각하지만, 백금화 스무 개는 상당한 금액이다.

노리지 않는다고는 단언할 수 없다.

의원과 호위들을 배웅한 카인은 백금화가 든 상자를 바로 아이템 박스에 넣었다.

그리고 방으로 돌아가 떠날 준비를 했다.

전생귀족의
이세계
모험록

습격

숙소 앞에는 마차가 몇 대나 늘어서 있었다. 학생들은 각자 자신이 탈 마차에 짐을 실었다.

돌아갈 때에는 먼저 가잘로 향하여 거기서 하룻밤을 묵은 뒤, 일스틴 공화국에서 출국하여 테렌자로 갈 예정이다.

또한 귀갓길에는 드링털에 들르지 않고 테렌자에서 직접 왕도로 향할 것이다.

학생들은 드링털에서 묵지 않는 것을 아쉬워했지만 카인은 오히려 안심했다.

드링털에는 투기장에서 데려온 리자벳도 머물고 있으므로 저택에 가면 분명 마주치게 될 것이기 때문이다.

실크에게는 사전에 알려주었지만, 텔레스티아에게 사정을 설명하자니 또 이야기가 꼬일 가능성이 있으므로 카인으로서는 직접 왕도로 돌아갈 수 있어서 안심했다.

짐을 다 싣고 학생들은 각각 마차에 올랐다.

카인은 갈 때와 마찬가지로 텔레스티아, 실크, 리루타나와 같은 마차를 타게 되었다.

다른 마차가 좋지만, 카인에게는 세 사람을 호위해야 한다는 임무도 있다. 마지못해 마차로 들어갔다.

호위가 앞뒤로 선 뒤, 마차가 출발했다.

천천히 앞으로 나아가 탄바르를 뒤로했다.

아무 일도 없이 가다 숙소에서 하룻밤을 자고, 이틀째 저녁에 가잘에 도착했다.

본래는 다시 가잘의 학교에서 친목회가 열릴 예정이었지만, 습격 사건 때문에 중지되었다.

랄프가 습격을 의뢰한 것도 충격적인 사건이었지만, 의회에서 노예가 될 것이 정해졌고 부모인 마르프도 대의원직을 상실했기 때문이다.

탄바르에서 이 이상 실태가 있어서는 안 된다는 압력을 가했기에 가잘의 학교 측에서 행사를 취소하기로 전했고, 동행한 교사도 그것을 받아들였다.

학생들의 심정을 고려해도 솔직하게 즐길 수 없을 것이라며 배려한 것이기도 하다.

마차에서 내린 학생들은 짐을 들고 숙소로 들어가 배정된 방으로 향했다.

참고로 이번 사건 때문에 자유시간이 없어졌다.

다소 불만은 나왔지만 사건성을 생각하면 학생들도 납득할 수밖에 없다. 나아가 상급귀족 당주인 카인에게 정식으로 따질 수 있는 사람은 텔레스티아 등 세 사람 외에는 없다.

숙소에서 식사를 마치고 카인은 방 침대에 누워 앞으로 리자벳을 어떻게 할지 생각했다.

"일단 다르메시아가 있으니 어떻게든 되겠지만 언제까지고 저택에 둘 수는 없으니⋯⋯. 지금 돌아가도 되겠지만 왕도에 돌아갈 때까지 놔두자."

얼굴을 비추면 또 무언가 문제가 일어날 가능성도 있으므로 카인은 다르메시아가 어떻게든 해줄 것이라 기대하고 잠이 들었다.

가잘을 떠나 이제 사흘에 걸쳐 국경 관문으로 향하게 된다. 길에서 캠프를 하며 소화해야 할 일정이다.

아무 일도 없이 첫날밤이 지나가고, 이틀째가 되어 숲을 따라 만들어진 길을 따라 마차가 나아갔다.

"내일이면 에스포트 왕국의 국경이네요. 긴 듯하면서 짧은 느낌도 들어요."

"맞아. 뭐, 카인 군이 제일 바쁜 것 같았지만."

실크가 미소를 지으며 윙크했다. 투기장의 일을 말할 수도 없기에 카인은 쓴웃음을 지었다.

"카인 님, 아무리 카인 님이 강하다고 해도 무리하다 다치기라도 하면 안 돼요."

조금 볼을 부풀리며 화내는 텔레스티아에게 카인은 흐뭇한 얼굴로 고개를 끄덕였다.

"그건 그렇고── 앗……."

카인은 거기서 말을 멈췄다. 그리고 갑자기 마차 문을 열고 뛰어내렸다.

마차에서 뛰어내린 카인은 클로드를 향해 외쳤다.

"클로드 씨! 습격이 있을지도!"

카인의 외침에 선두에서 나아가던 클로드가 모두에게 정지 지시를 내리고 말을 몰아 카인에게 다가왔다.

"카인…… 습격이라고?"

"네, 혹시 그럴지도 모릅니다. 아직 거리가 있어서 직접 보지 않으면 뭐라 말할 수가 없습니다만."

두 사람의 대화에 마부대에서 듣고 있던 시종들의 표정이 굳어갔다.

호위 모험가는 모두 여덟 명. 클로드, 리나, 미리, 니나 파티와 B랭크 모험가 파티 네 사람이다. 그리고 호위기사가 열 명 있으므로 전력은 총 열여덟 명이다.

"모두 마차를 모아줘. 습격이 있을지도 몰라!"

클로드의 말에 마부들이 말을 몰아 마차를 길가에 줄줄이 세웠다. 학생들이 무슨 일인가 하여 얼굴을 내밀었지만, 교사에게 마차에 있으라는 지시를 받았다.

"카인, 습격이라니 사실이야……?"

카인과 클로드의 대화에 한 교사가 끼어들었다.

"아마 그런 듯합니다. 실제로 보지 않으면 모르겠습니다만. 아직 거리가 있지만 인원수가 범상치 않아서……."

그 말에 교사가 침을 삼켰다.

"……아마, 2백 명 이상…… 있는 듯합니다."

"뭐?! ……뭐라고?!"

"카인, 그게 사실이야……?"

클로드가 바로 긴장된 표정을 지었고, 교사는 크게 놀라 굳어버렸다.

호위는 기사를 포함해도 열여덟 명. 그에 비해 상대는 2백 명

이상.

듣기만 해도 교사의 얼굴에 절망감이 드러났다.

"……다른 학생들은 어떡하지……?"

"무슨 일이 생겨 다치기라도 하면 큰일이니 마차에서 내려 제가 지금부터 꺼낼 '탈것'에 타고 있으면 안전할 것 같습니다."

"카인, 너 또 말도 안 되는 물건을 꺼낼 생각은 아니겠지……?"

"아니, 그냥 탈것이에요. 선생님께서 학생들을 유도해주실 수 있나요?"

"……알겠어. 전력은 되지 않을 테니까. 바로 시작하마."

교사가 달려가 각 마차에 탄 학생들에게 내리도록 전달하기 시작했다.

"그럼 여기에."

카인은 조금 떨어진 장소에 아이템 박스에서 탈것을 꺼냈다.

보기에는—— 호송차.

버스와 같은 형태로 전체가 금속으로 덮여 있고, 창은 투명한 유리에 철제 그물망을 달았다.

"카인…… 이게 대체……?"

입을 떡 벌린 클로드에게 카인이 설명했다.

"본래는 사로잡은 사람을 도망치지 못하도록 하는 물건입니다만……. 반대로 이 안은 안전하니까요. 단단하여 검으로는 흠집조차 낼 수 없고, 마법방어도 되어 있으므로 문제없을 듯합니다. 물론 움직이는 것도 가능합니다. 전원이 타더라도 자리도 충분하고요."

자신만만하게 말하는 카인을 보며 클로드는 그저 어이가 없었다.

미리와 니나는 실제로 눈앞에서 보았으므로 카인의 비상식적인 행동을 이해하고 있지만, 클로드와 리나는 강한 것은 알아도 이렇게까지 비상식적일 줄은 몰랐다.

그것은 교사와 학생들도 마찬가지였다. 어디서 꺼냈는지 모를 금속덩어리가 갑자기 눈앞에 나타난 것으로만 보였다.

"카인 님, 또 그런 비상식적인 물건을……."

"카인 군, 이거 진짜 크네!"

텔레스티아는 어처구니가 없어 했고, 실크는 기뻐했으며 리루타나는 경악했다.

"그보다 어서 타! 이제 곧 보일 거야."

학생과 마부, 교사들이 순서대로 올라탔다.

"……보이기 시작했어."

카인이 가리키는 방향에서 흙먼지를 일으키며 에스포트 왕국 일행에게 다가오는 집단이 보이기 시작했다.

에스포트 왕국 일행을 향해 달려오는 기마가 점차 가까워졌다.

클로드를 비롯한 호위들은 가장 뒤쪽으로 모였고, 호위기사는 학생과 교사가 탄 버스를 지키듯이 섰다.

물론 카인은 왕국, 아니 이 세계에서 가장 강한 사람이다.

호위들을 동반하여 다가오는 기사를 맞이하기 위해 모험가들과 나란히 섰다.

"그나저나 습격이라니. 바보 같은 생각을 하는 녀석이 있었네."

"뭐, 이쪽에는 카인(최종병기)이 있으니까."

클로드도 자신만만하게 검을 들었고, 리나도 지팡이를 쥐었다. 미리와 니나도 각자 무기를 들고 자세를 취했다.

——곧 일행의 앞에 기사들이 섰다.

그자들은 사병, 모험가만이 아닌 딱 보아도 뒷세계에서 있을 법한 사람까지 있었다.

2백 명 이상이 각자 무기를 들고 언제든지 전투가 일어날 수 있는 상태로 자세를 잡은 가운데 그 안에서 한 남자가 나왔다.

히죽 웃고 있는 그 남자는 바로 마르프 밴테거였다.

"실포드는—— 있는 모양이군. 너 때문에 그동안 모은 재산 대부분을 잃었어. 그래서 이렇게 직접 돌려받으러 왔다."

"이 녀석들을 처분하면 여자들은 마음대로 해도 되지?"

"왕녀들은 안 돼. 그쪽은 노예로 삼으면 비싸게 팔리지 않겠나? 다른 녀석들은 마음대로 해도 좋아. 다만 저 은발 꼬마만은 확실하게 죽여."

"그래, 그건 알고 있어."

비밀조직의 인간인지 검은색 일색의 남자와 마르프가 나누는 대화에 카인은 한숨을 내쉬었다.

마찬가지로 클로드 등 네 사람도 크게 한숨을 쉬었다. 그러나 카인을 잘 모르는 다른 네 명의 B랭크 모험가는 긴장하며 클로드에게 물었다.

"클로드 씨, 이쪽은 사람이 이것밖에 없는데 어떡해?!"

불안하게 묻는 모험가에게 클로드가 이를 드러내며 웃었다.

"전혀 문제없어. 아니, 카인이 있으면 우리도 필요 없으니까."

클로드의 대답에 모험가들은 깜짝 놀랐고, 카인은 쓴웃음을 지었다.

"뭐?! 카인이라니 저 학생이? 어린애 혼자 어떻게 할 만한 인원수가 아니잖아."

"아니, 본 실력을 발휘하면…… 우리가 적이 되어도 분명 순식간에 죽을걸. S랭크 모험가님이니까."

"헉, S랭크라고?! 세상에. 그렇다면……."

보통은 이 정도 인원수를 상대하기란 힘들다. 모험가들은 확실히 살아남지 못할 것이라는 각오를 하였으나, 클로드의 여유로움에 안심하여 가슴을 쓸어내렸다.

카인 쪽에서 대화를 나누는 동안, 마르프 쪽도 포위하듯이 움직였지만 공격할 기미는 보이지 않았다.

카인과 마르프의 시선이 교차하자 마르프가 씩 웃었다.

그와 동시에 배후에서 기마가 땅을 박차는 소리가 들려왔다. 바로 서치를 쓰자 뒤에서도 수백에 달하는 사람의 반응이 느껴졌다.

"아무래도 제시간에 온 모양이군."

마르프가 다시 웃으며 중얼거렸다.

"클로드 씨, 뒤에서도 적이…… 수백은 되는 듯합니다."

"뭐?! 카인…… 어떡할래?"

클로드도 앞뒤로 포위당할 줄은 몰랐는지 여유로운 표정이 사라졌다.

"일단 뒤쪽은 제가 대처하겠습니다. 그동안 이곳을 사수하여 주십시오."

"그거라면 괜찮겠네. 여긴 맡겨둬."

클로드의 말에 카인은 고개를 끄덕이고 몸을 돌렸다.

"아, 참. 이것만이라도 해두죠."

카인은 그렇게 말하고 검을 뽑아 한 번 휘둘렀다.

그것만으로도 지면에 2미터 폭에 길이 20미터 이상의 균열이 생겼다.

"""""…………."""""

클로드와 리나 등 이쪽 사람들은 물론이고 상대방도 아연실색했다.

————단 한 번 휘둘렀을 뿐이다.

그런데도 이 정도 위력이다.

"뒤는 부탁드리겠습니다."

카인은 그 말을 남기고 뒤에서 다가오는 습격자들을 향해 달려갔다.

"역시 카인은 엄청나네. 좋아, 리나, 니나. 이곳을 사수하자."

여덟 명의 모험가는 적대하는 상대에게 시선을 보내며 자세를 취했다.

카인은 혼자 달려가 병사들을 맞이했다.

호송차의 호위를 하던 기사들은 그 병사의 갑옷을 보고 조금 안도하는 표정을 지었다.

그러나 카인의 한 마디에 허무하게 무너지고 말았다.

"저건 아마 적입니다. 방심하지 않도록 하십시오. 다른 사람들을 부탁합니다."

"네, 목숨을 걸고 지키겠습니다."

카인은 고개를 끄덕이고 혼자 선두에 서서 다가오는 병사들을 맞이했다.

그 선두에 낯익은 얼굴이 있었다.

"오오, 실포드 경, 무사하였는가."

선두로 달려온 것은 테렌자의 영주인 바르도 자작이었다.

"네, 호위가 지금 대치하고 있습니다. 그나저나 왜 이런 곳에……? 이곳은 일스틴 공화국의 영지 아닙니까. 그리고 왜 저희가 공격받은 사실을 알고 있는지?"

"……그건 어떤 정보를 얻었다고만. 그래서 병사를 모아 왕녀 저하를 비롯한 다른 이들을 구출하러 온 거야."

구하러 올 병사들이 3백 명 가까이나 필요할까.

모험가로 보이는 사람은 없고, 병사와 누가 보아도 뒷세계에 있을 법한 용모인 사람이 보였다.

"……그렇습니까. 그럼 구출하러 온 사람들 중에 왜—— 비밀 조직의 멤버가 있는 걸까요?"

카인의 말에 병사들에게 긴장감이 흘렀다. 반대로 바르도 자작은 씩 미소를 지었다.

"후후후. 역시 눈치챘는가. 그래. 이 병사들은—— 너를 없애기 위해 모은 것이다. 실포드 경, 너의 목숨을 받아가마. 왕녀 저하 쪽도 나에게 맡기면 돼. 노예가 되면 좋은 값을 받을 테니."

바르도의 돌변한 태도에 카인은 한숨을 쉬었다.

"마르프와 손을 잡은 것이로군요. 당신의 뒤에 코르지노 후작도 이 건을 알고 있을 테고……."

"물론이다. 네 목을 들고 돌아가지 않으면 안 되니까."

'역시나…… 코르지노도 완전히 반란을 일으켰군……. 일단 클로드 씨를 돕지 않으면 안 되니…….'

카인은 그 뒷일을 생각했다.

"그렇습니까……. 이것은 완전히 에스포트 왕국에 대한 반란으로 받아들여도 되겠지요. 그럼 저도 봐주지 않고 하겠습니다."

"혼자서 무엇을 할 수 있단 말이냐. 이만한 인원수를 상대로……."

카인은 그 말에 대답하지 않고 지면에 손을 대고 마력을 흘려보냈다.

『어스 폴(함정)』

그 순간 바르도 자작을 포함한 병사들이 있던 장소가 지진이

난 것처럼 흔들리며 점점 가라앉았다.

지름 50미터쯤 될까. 원형으로 가라앉은 지면의 깊이는 10미터에 달했다.

"이게 뭐야?!"

"여기서 내보내!!"

카인이 위에서 살펴보자 병사들이 분개하여 외쳤다.

"일단 나중에 상대할 테니 거기서 얌전히 있어."

카인은 호송차의 호위를 맡고 있는 기사에게 말을 걸었다.

"아마 나오지 못하겠지만, 혹시 나오면 대처를 부탁해. 신호를 보내면 달려올 테니까."

"네, 넵. 알겠습니다."

"그럼 부탁할게. 난 저쪽을 상대하고 올 테니까."

카인은 병사에게 감시를 부탁하고 바로 클로드가 있는 쪽으로 달려갔다.

남겨진 호위와 호송차에서 걱정스러운 얼굴로 바라보던 학생과 교사들은 그 비상식적인 광경에 아연실색했다.

"저기, 실크. 저런 일이 보통 가능한 거야……?"

"텔레스, 카인 군밖에 못하는 일이라 생각해."

호송차에서 알 수 있는 것은 갑자기 나타나 병사들을 삼켜버린 거대한 구멍과 그 속에서 외치는 소리뿐이었다.

"기다리셨습니다."

카인이 돌아오자 이미 전투가 시작되어 있었다.

균열을 피하려 습격자들은 둘로 나뉘어져 있다.

클로드, 리나가 한쪽에 있고, 다른 한쪽에는 미리와 니나, 그리고 네 명의 모험가들.

리나와 니나가 나뉘어 마법을 쓴 덕에 습격자들은 다가오지 못하는 상태였다.

그럼에도 마법의 빈틈을 노려 다가오는 자는 클로드의 검에 쓰러졌다.

"늦었잖아! 그런데 저쪽은 어때?"

"일단 모두 나올 수 없도록 해놓았으니 나중에 대처하겠습니다."

"저쪽도 적이었나……."

"네, 바르도 자작의 수하였습니다."

"맙소사……."

검을 휘두르며 묻는 클로드에게 카인은 자신의 검을 뽑으며 대답했다.

"알겠어, 일단 이 녀석들을 해치우자."

"네! 먼저……."

카인은 아까와 마찬가지로 지면에 손을 댔다.

『수렁』

『어스 폴』

바르도 자작이 있는 쪽처럼 습격자들이 수렁에 빠져 움직임을 멈추고, 그대로 바닥에 삼켜지듯이 가라앉았다.

순식간에 전원이 구멍 속에 갇히고 말았다.

"""""…………."""""

클로드 등 모험가들도 입을 반쯤 벌리고 카인에게 시선을 보냈다.

"일단 이런 식으로……."

그러나 클로드와 미리 등 모두가 보낸 차가운 시선이 카인에게 박혔다.

다른 모험가는 무슨 일이 일어났는지 모르는 상태였다.

갑자기 생긴 커다란 구멍에 갇힌 습격자들도 역시 아연실색했다.

"……규격 외의 S랭크인 걸 잘 알겠어……."

클로드가 머리를 긁적이며 쓴웃음을 짓고는 구멍 속에 갇힌 습격자들을 내려다보았다.

"그럼 이제 어떡할 거야? 이 녀석들……."

구멍 속에서 클로드를 향해 불꽃이 날아들었지만, 순식간에 베어냈다.

"집요하니 전부 태울까?"

니나가 무서운 말을 하였지만, 카인은 고개를 가로저었다.

"일단 나라에 넘기려고 합니다. 이대로 가면 전쟁이 벌어질 테니까요……."

"하긴……. 우리가 결정하기엔 너무 부담스러우니까."

"전부 재로 만들든가?"

"니나!"

손바닥에 불꽃을 띄우는 니나를 미리가 제지했다.

그때 카인의 서치에 다시 새로운 집단이 에스포트 왕국 쪽에서 다가오는 것이 느껴졌다.

카인은 왕국 쪽을 바라보며 말했다.

"혹시…… 또 새로운 세력이 올지도."

카인의 말에 모두 귀를 기울였다.

"이곳은 우리가 보고 있을게. 클로드, 카인과 다녀와."

"그래. 카인, 가자."

"네."

리나의 말에 두 사람은 바르도 자작이 갇혀 있는 방향으로 향했다.

두 사람을 향해 다가오는 집단은 한 기사가 선두를 달리며 그 뒤로 스무 명 정도의 기사가 따르고 있었다.

그 선두를 확인한 카인이 편안한 표정을 지었다.

선두로 달려오는 사람은 기사복을 입고 녹색 머리를 휘날리는 여성, 카인의 약혼자이기도 한—— 티파나였다.

바르도 자작이 갇혀 있는 커다란 구멍 앞에서 말을 세운 티파나는 위에서 내려다보며 한숨을 쉬었다.

그리고 구멍을 크게 돌아가 카인에게 달려오더니 말에서 내리자마자 힘차게 안겼다.

"카인, 만나고 싶었어! 그건 그렇고…… 이건 뭐야?"

티파나가 커다란 구멍에 빠져 아무것도 하지 못하고 있는 자들을 힐끗 보며 카인에게 질문했다.

"양쪽에서 협공을 받아서 일단 가둬두려고……."

클로드도 갇혀 있는 병사들을 내려다보며 한숨을 쉬었다.

"반대쪽도 이런 식이야. 모두 꼼짝 못하고 있어."

"그, 그렇구나…… 역시 나의 약혼자다워."

카인의 머리를 쓰다듬으며 대답하는 티파나도 사실 조금 어이가 없었다.

"그런데…… 티파나는 왜 이곳에……?"

그제야 생각났다는 듯 티파나가 입을 열었다.

"맞아! 바르도 자작의 흉계를 알아내고 바로 왕성에서 뛰쳐나왔어."

'근위기사단장이 왕성을 내팽개치고 나오면 안 되지 않나…….'

왕성에서 학생들을 습격할 것이란 정보를 얻은 티파나는 에릭 공작에게만 전달하고 근위기사단을 반으로 나눠 이곳으로 왔다고 한다.

"그럼 이 녀석들은……."

"물론 모두 사로잡아 왕도까지 옮길 예정이야."

"반대쪽의 습격자에는 일스틴 공화국의 전직 의원을 포함한 비밀조직의 멤버도 있는 것 같아."

"으음…… 그럼 멋대로 왕국으로 끌고갈 수도 없겠는데……."

"일단 국경의 성채에 마련된 감옥에 가둬두는 것은 어떨까?"

카인이 제안하자 고민하던 티파나도 크게 동의했다.

"그렇게 하지. 그런데 바르도 자작은 따로 이야기를 듣지 않으면 안 되겠어……."

티파나가 구멍에 빠져 아무것도 할 수 없는 바르도 자작에게 날카로운 시선을 보냈다.

함께 대화를 나누는 사이 티파나를 따라온 근위기사단도 도착했다.

"단장! 너무 빠르잖아요. 아무리 카인 님이 습격을 당했다고 해도⋯⋯. 아니, 이건⋯⋯."

도착한 근위기사단도 커다란 구멍 속에 빠져 갇혀버린 습격자들을 내려다보며 아연실색했다.

"⋯⋯아무리 그래도 이건 좀⋯⋯."

"응⋯⋯. 싸움도 안 되잖아, 이거⋯⋯."

"검으로도 이기지 못하는데 마법도 이 정도인가⋯⋯."

도착한 기사단이 작게 소곤거렸다.

"좋아, 일단 모두 포박한다."

티파나의 말에 모두 검을 빼들어 전투준비를 한 다음, 카인이 바르도 자작 등 습격자들을 향해 말을 걸었다.

"모두 무기를 버리십시오. 지금부터 전원 연행하겠습니다."

그러나 카인의 말에 무기를 놓는 사람은 없었다.

오히려 욕설이 돌아왔다.

"여기 갇혔다고 해서 진 것은 아니야!"

병사들이 입을 모아 말했으나, 그 말은—— 순식간에 사라졌다.

카인의 위로 몇 미터에 달하는 불덩어리가 떠 있었기 때문이다.

"그렇습니까⋯⋯ 그럼⋯⋯."

씩 웃는 카인을 보고 한 사람이 무기를 버리자 다른 병사들도 차례차례 무기를 버렸다.

전원이 무기를 버리고 양손을 들었다.

"기다려! 무기는 버렸어! 제발 그것만은……."

무기를 버린 것에 카인이 마법을 취소하자 습격자들도 조금 안심한 표정을 지었다.

"그럼 계단을 만들 테니 지시에 따라 한 사람씩 올라오십시오."

카인이 구멍 옆에 손을 대고 마법을 외우자 흙이 솟아올라 한 사람이 지나갈 만한 계단이 만들어졌다.

누구나가 그 광경에 숨을 죽였다.

"그럼 바르도 자작, 먼저 올라오도록."

티파나의 말에 일그러진 얼굴로 바르도 자작이 한 걸음씩 천천히 계단을 올랐다.

그리고 계단을 모두 오르기 직전에 품에서 단검을 꺼냈다.

"이렇게 된 이상…… 유감이군."

각오한 표정으로 바르도 자작이 칼끝을 자신에게 향하고 단숨에 목을 찔렀다.

근위기사들은 그 모습에 놀랐지만, 카인은 바로 다가가 목에서 단검을 빼앗아 던져버린 뒤 회복마법을 걸었다.

"그리 쉽게 죽어버리면 곤란하거든요……."

자결을 택한 바르도 자작은 목을 찌른 부위를 손으로 만져보고 상처가 나은 것을 확인하고는 체념한 얼굴로 힘없이 무릎을 꿇었다.

바르도 자작을 포박하자 동행한 병사들도 포기한 듯 지시하는 대로 한 사람씩 계단을 오르기 시작했다.

자해하면 곤란하므로 바르도 자작만은 바로 재갈을 물렸다.

올라온 병사들은 티파나가 이끌고 온 기사들이 순서대로 포박했다.

"이쪽은 괜찮을 것 같네요. 클로드 씨, 저쪽으로 돌아가죠."

"그래. 뭐, 밖으로 나올 수 있을 것 같지는 않지만……."

"나도 확인하러 가지. 일단 타국이라도 나름 이름이 알려져 있으니까."

확실히 카인은 백작이기는 하지만 에스포트 왕국에 연고가 있어서 드링털의 상황을 아는 사람이 아니라면 그 존재를 알기가 힘들다.

그러나 티파나는 오랜 기간 왕국에서 근위기사단장의 역할을 다하고 있으므로 타국에서도 높게 평가하는 인물이다.

압도적인 무력과 아름다움에 결혼 신청도 많이 받았으나 그것을 모두 거절하던 사람이 갑자기 결혼을 발표했다.

그 소문이 순식간에 각국에 퍼진 것은 말할 것도 없다.

"응, 티파나도 와주면 고맙지."

"그럼! 가끔은 카인의 도움이 되지 않으면, 다른 두 사람에게 뒤쳐지고 말 테니까."

혼자 팔짱을 끼고 환한 미소를 짓는 티파나를 보며 클로드는 쓴웃음을 지었다.

티파나라고 하면 에스포트 왕국 모험가 중에 모르는 사람이 없다.

그런 사람이 카인과 함께 있으니 그야말로 사랑에 빠진 여성의 모습을 보이고 있다.

클로드의 내면에서도 이미지가 무너져갔다.

그러나 지금 그런 생각을 하고 있을 때가 아니다. 클로드는 표정을 가다듬고 카인에게 말을 걸었다.

"카인, 어서 돌아가자."

클로드의 부름에 세 사람은 일스틴 공화국 쪽의 구멍으로 향했다.

"기다렸지. 이쪽은 원군이었어."

클로드의 말에 모두 안도의 한숨을 내쉬었으나, 곧 카인의 뒤에 있는 여성, 티파나를 발견하고 순간 굳어버렸다.

"……설마 에스포트 왕국 최강의 근위가사단장이 직접 왔을 줄이야……."

리나의 말에 모두 놀라면서도 동의했다.

카인이 구멍 바닥을 내려다보자 아직도 포기하지 않았는지 각자 무기를 들고, 마법을 쓸 수 있는 사람은 언제든 주문을 외울 준비를 하고 있었다.

그때 티파나가 습격자들에게 자신의 모습이 보이도록 섰다.

"에스포트 왕국, 근위기사단장 티파나 폰 리베르토다. 습격자들에게 고한다. 지금 당장 무기를 버리고 투항하라. 그렇지 않으면 이것은 일스틴 공화국이 에스포트 왕국에 선전포고를 한 것으로 간주한다."

티파나의 말은 크게 효과가 있었다.

습격자들의 안색이 단숨에 나빠졌다. 그 정도로 티파나의 이름이 타국에까지 알려져 있었다.

주범인 마르프조차 믿기지 않는다는 표정이었다.

본인으로서는 아들 랄프가 실수를 하였고, 어느새 자신의 지위와 재산을 박탈당하여 그것을 되찾기 위해 이번 습격을 계획했을 것이다.

코르지노 후작에게 조언을 받아 함께 숙적인 카인을 해치울 예정이었으나, 어느새 근위기사단장까지 나타나 일스틴 공화국과 에스포트 왕국 사이에 전쟁까지 벌일지도 모르는 상황에 처하고 말았다.

이렇게 되면 의원자격 박탈과 벌금만으로 끝나지 않는다. 일족이 모두 처형될 것이 눈에 보였다.

마르프는 절망하여 힘없이 주저앉았으나, 다른 사람들은 그럴 수도 없었다.

사병도, 비밀조직 멤버도 마르프의 감언이설에 넘어가 이번 계획에 참가했다.

막대한 포상을 받을 수 있을 줄 알았지만, 아무것도 하지 못하고 커다란 구멍에 빠져 갇히고 말았다. 물론 계획이 실패하면 약속도 지켜지지 않을 것이 뻔하다.

그러나 이렇게 갇혀 있어서 도망칠 방법조차 없는 상태다.

"제기랄. 어쩌다 이런……."

비밀조직의 리더가 욕설을 내뱉고 문득 주위를 돌아보자 이번에 동원한 습격자들이 픽픽 쓰러지고 있었다.

"대체 무슨……."

그 말을 끝으로 리더 역시 의식을 잃었다.

"카인, 대체 어떻게 한 거야……?"

구멍 속에서 전원이 쓰러진 것을 확인하고 "좋아, 성공이야"라고 말하는 카인에게 클로드가 물었다.

미리와 니나도 신기한 표정이다.

"저대로는 투항하지 않을 것 같아서 산소의 비율을 마법으로 바꿔보았습니다."

"사, 산소……? 뭐야 그게……?"

카인의 말을 이해한 사람은 없었다.

전생에서 고등학교 2학년까지 다녔다. 산소가 감소하면 이산화탄소가 증가하고, 그렇게 비율이 바뀌면 의식을 잃는다는 것 정도는 배웠다. 마침 크게 구멍을 냈기에 그 생각이 나서 이용했다.

공기의 질량은 실제로 보이지 않는다. 그러나 이 세계에서도 호흡을 하고 있는 것은 변함이 없으므로 확증은 없지만 시험해보았다.

그리고 예상대로 습격자들의 의식을 잃게 만드는 데 성공했다.

"으음, 호흡하고 있는 공기를 옅게 만들었다고 생각하면 좋으려나……."

"""""………….""""

"뭐, 저 구멍 속이니 쉽게 해낸 것이지만요."

이 장소에 있는 모두가 카인의 말에 경악했다.

간단히 말하면 언제, 어디서든, 누구에게나 의식을 빼앗는 것이 가능하다는 뜻이다.

혹시 적대하면 아무것도 하지 못하고 질 것이라는 것을 모두 이해하였다.

클로드는 침을 삼키며 마음속으로 절대 카인과 적대하지 않기로 결심했다.

"아, 시간이 지나면 의식을 되찾을 테니 그 전에 포박해도 될까?"

카인의 말에 티파나는 퍼뜩 정신을 차렸다. 티파나조차 믿기 힘든 광경이었다.

"그, 그래. 저쪽에 있는 기사를 이쪽으로 부를까."

티파나는 그렇게 말하고 바람처럼 달려갔다.

"그동안 되돌려놓을까……."

카인이 바닥에 손을 짚고는 마력을 흘려보내자 구멍이 점차 솟아오르며 평탄한 땅이 만들어졌다.

"이제 쉽게 사로잡을 수 있겠어."

카인의 말에 아무도 반응하지 못하고 그저 격하게 고개를 끄덕였다.

그러는 사이 기사가 열 명쯤 달려왔다.

카인도 포박을 위해 아이템 박스에서 꺼낸 밧줄을 적당한 길이로 잘라 늘어놓았다.

수백 명에 의한 습격이다. 도와주러 온 기사단이 준비한 밧줄로는 부족할 것이라 판단했다.

"기다렸지…… 앗, 그 커다란 구멍은?!"

"그건 원래대로 되돌렸어. 잡는 데 방해되잖아?"

"뭐…… 그야."

티파나도 조금 납득이 가지 않는 얼굴이었지만, 기사들에게 지시를 내려 차례차례 습격자들을 묶어나갔다.

두 시간도 지나지 않아 모든 습격자를 포박했다.

"그럼 이제 어떻게 해야 할까……."

밧줄에 묶인 습격자의 수가 5백 명이 넘는다.

쉽게 호송하기에는 사람이 부족하다.

"성채까지 호송하면……."

티파나의 혼잣말에 카인이 생각났다는 듯 손을 마주쳤다.

"모두 옮기면 되는 거지…… 그렇다면."

카인이 아이템 박스에서 호송차를 또 한 대 꺼냈다.

"좌석은 부족하지만 꽉꽉 밀어 넣으면 꽤 많이 탈 수 있을 거야."

만약을 위해 카인은 호송차를 두 대 준비해두었다.

이미 습격자들은 모두 격퇴되었으므로 교사와 학생들도 호송차에서 내렸는데, 습격자들의 수를 보고 모두 안색이 새파랗게 질렸다.

혹시 카인이 없었다면——.

그렇게 생각했을지도 모른다.

학생들이 차례차례 감사인사를 하는 바람에 카인은 쓴웃음을 지었다.

'아니, 내가 없었다면 습격을 당하는 일도 없었을 텐데…… 아마도…….'

기사들이 호송차에 습격자들을 줄줄이 태웠지만, 역시 5백 명이나 되어 모두 실을 수가 없었기에 카인은 아이템 박스에서 새로운 감옥을 하나 꺼냈다.

"나머지는 여기에 넣어주세요."

"카인……. 감옥인 건 알겠는데 이걸 어떻게 옮기지……?"

티파나의 말에 카인은 잠시 고민했다. 솔직히 전이마법을 쓰면 쉽게 왕도로 옮길 수 있다. 그러나 국왕에게 비밀로 하도록 주의를 받았고, 반 친구와 선생님에게 보여줄 수도 없다. 하지만 이 상황에선 다른 방도가 없다.

"어쩔 수 없으니—— 전이마법으로 옮길 생각이야."

고민하던 카인이 내놓은 대답에 티파나조차 크게 놀랐다.

티파나도 카인이 전설이라 일컬어지는 전이마법을 쓸 수 있는 것은 알고 있었다.

왕국에서도 극히 일부만 아는 사실로, 에스포트 왕국의 근위기사단장으로서 상층부로부터 설명을 받았다.

그러나 설명을 들었을 때에는 "카인이라면 가능한가……"라며 놀라면서도 납득했지만, 그것은 대량의 마력을 소비하여 몇 명만 전이하는 정도라고 생각했다.

이 감옥과 함께 수백 명을 동시에 전이시킨다는 것은 누구도 상상하지 못할 일이다.

그러나 다른 학생과 교사가 있는 앞에서 대놓고 실행할 수도 없다.

감옥에 들어간 수백 명의 습격자들을 본 학생들의 표정은 어두웠다.

아무리 격퇴하여 위기에서 벗어났다고 해도 자칫하면 자신들의 운명이 달라졌을지도 모르기 때문이다.

호송차에서 내린 텔레스티아 일동도 사로잡힌 습격자들을 보며 카인에게 다가갔다.

"카인 님, 이번 습격은 대체……?"

카인은 텔레스티아와 실크에게는 말해둬야겠다는 생각에 리루타나만 잠시 자리를 비우도록 했다.

"실은———."

코르지노 후작과 바르도 자작이 마르프 전직 의원과 결탁하여 일스틴 공화국에서 습격을 꾀한 것. 다른 학생은 일스틴 공화국의 비밀범죄조직이 노예로 납치할 예정이었다는 것을 담담하게 설명했다.

카인의 설명을 끝까지 들은 두 사람의 얼굴이 창백해졌다.

"호, 혹시 이대로 가면 전쟁이⋯⋯."

"응, 누군가에게 무슨 일이 생기면 전쟁이 벌어지겠지⋯⋯. 솔직히 텔레스와 실크, 리루가 타고 있는 마차를 습격하자고 계획한 시점에 이미 전쟁이 일어났어도 이상하지 않아."

에스포트 왕국 측도 근위기사단장인 티파나가 와 있지만 이 자리에서 결론을 내릴 수는 없다.

서둘러 왕국으로 돌아가 국왕과 함께 협의를 거치기로 했다.

카인 이외의 학생과 교사는 티파나가 데리고 온 근위가사단의 절반이 호위하여 먼저 왕국으로 출발했다.

텔레스티아와 실크는 불만인 듯했지만 이렇게 많은 인원을 포박하느라 절반이 된 근위기사단만으로는 이송하는 데에도 문제가 있으므로 내키지 않지만 마차를 타고 떠났다.

"좋아, 그럼 시작할까⋯⋯."

두 대의 호송차, 그리고 몇 개의 감옥에 빼곡히 들어찬 습격자들에게 시선을 보냈다.

"바르도 자작과 마르프도 왕도로 보내도 되지?"

"응, 괜찮아. 우리로서는 이 인원수를 나누어서 감시할 수도 없으니까."

본래는 마르프 쪽을 국경 관문에 붙잡아둘 예정이었으나, 병사를 나눌 수 없으므로 일단 왕도까지 한꺼번에 연행하기로 했다.

우선 바르도 자작이 탄 호송차에 손을 대고 반대쪽 손으로 티파나의 손을 잡았다.

『전이』

그 자리에서 호송차 한 대와 카인, 티파나의 모습이 사라졌다.

왕도의 근위기사단은 긴급사태에 전원이 무장하고 있었다.

티파나가 얻은 정보로 카인을 비롯한 왕립학교 일행이 습격을 받은 것을 알고, 티파나는 왕도에서 뛰쳐나갔고 남은 기사단은 왕도를 수비하였다.

──그리고 훈련장에 갑자기 철로 된 상자가 나타났다.

남아 있던 기사는 호각을 불어 긴급사태라는 신호를 보내고 바로 검을 뽑으며 경계했다.

곧 무장한 기사단이 훈련장으로 용맹하게 우르르 밀려들었다.

그곳에 나타난 것은 티파나와 카인 두 사람. 그리고 바르도 자작을 비롯한 습격자들이 가득 탄 호송차였다.

카인의 모습을 본 기사단은 "역시 실포드 경인가……" 하며 한숨을 내쉬었다.

"이미 습격자들은 포박되었다. 다 함께 습격자들을 옮겨라! 감옥도 준비해두고."

""""네!""""

티파나의 말에 기사단이 척척 움직이며 습격자들을 내리게 하여 감옥으로 연행했다.

카인은 전이를 반복하여 모든 습격자들을 왕도까지 옮겼다.

습격자의 처리를 마치고 티파나의 앞에는 왕도에 남아 있던 기사단이 정렬했다.

"그럼 지금부터—— 코르지노 경을 체포하러 간다."

""""네?!""""

상급귀족인 코르지노 후작을 체포하겠다는 티파나의 말에 기사단이 놀란 표정을 지었다.

"왜 그렇게 놀라. 이번 습격 사건의 흑막은 코르지노 후작이야. 그럼 간다!"

카인도 동행할 생각이었으나 티파나가 제지했다.

"이건 기사단의 일이야. 카인이 있으면 든든하겠지만, 그래서는 기사단은 존재할 의미가 없게 돼. 카인은 전하께 설명을 부탁해."

"……응, 알겠어. 조심해."

"——응."

티파나는 카인을 한 번 끌어안은 뒤, 근위기사단을 이끌고 코르지노의 저택으로 향했고, 카인은 근위기사단 일동을 배웅한 다음 국왕과 에릭 공작에게 설명하기 위해 왕성으로 갔다.

"젠장!! 왜 그만큼 인원을 모았는데도 실패한 거냐!!"

코르지노가 화려하게 만든 집무실에서 의자를 걷어차며 분노를 드러냈다.

그 옆에는 마르프를 끌어들인 코르지노 후작의 부하가 서 있다. 자신의 수하에게 왕도의 움직임을 감시하도록 하여 기사단이 이 저택으로 향하는 것을 빠르게 알아내고, 코르지노 후작에게 도망가도록 조언하기 위해 집무실을 찾았다.

"어쩔 수 없습니다. 습격은 실패하였습니다……. 그나저나 어떻게 이 거리를…… 이렇게 빨리 연락이…….

"그런 건 상관없어! 일단 돈을 챙겨서 잠시 몸을 숨기자. 그리고 당장 국외로 나갈 수 있도록 준비해."

"네, 분부하신 대로…….

부하가 집무실에서 나간 것을 확인하고, 코르지노는 그림액자를 옆으로 밀어내고 그곳에 숨겨져 있던 스위치를 조작했다.

구구구궁…… 하고 책장이 옆으로 움직이더니 사람 한 명이 지나갈 만한 통로가 나타났다.

"일단 갖고 갈 수 있을 만큼 가져가야…….

코르지노는 그 열린 틈으로 들어갔다.

안에는 계단이 있어서 그곳으로 천천히 내려가 엄중하게 잠긴 문을 열고 안으로 향했다.

그곳은 여섯 평쯤 되는 공간에 금화가 담긴 상자가 몇 개나 있고, 보석과 희소성이 높은 물건이 빼곡히 놓여 있었다.

코르지노의 비밀 방으로 지금까지 몰래 모은 재산이 모두 이곳에 보관되어 있다.

"그만한 인원수로 실패할 줄이야……. 기껏, 기껏 여기까지 올라왔는데! 그 망할 애송이 때문에! 나의 계획이!!"

호통을 치면서도 코르지노는 금화 상자를 매직 백에 되는 대로 넣었다.

그때 코르지노 한 사람밖에 모를 터인 방에서 목소리가 들렸다.

『지고 싶지 않겠지……. 그렇다면——.』

머릿속에 직접 울리는 듯한 목소리에 코르지노는 몸을 돌려 아무도 없는 것을 확인했다.

"누, 누구냐?! 여긴 나밖에 모를 텐데……."

『————힘을 빌려주마.』

그 목소리는 뚜껑이 닫힌 한 보석함에서 들렸다.

"여기서 목소리가……? 이 상자는 대체……."

코르지노는 그 목소리가 나는 보석함의 뚜껑에 손을 대고 단숨에 열었다.

카인은 설명하기 위해 왕성의 응접실로 향했다.

이미 국왕을 비롯한 에릭 공작과 마그나 재상에게도 연락이 갔기에 가자마자 시종에게 안내를 받았다.

응접실에서 몇 분간 기다리자 세 사람이 들어왔다.

"카인, 그대가 또 일을 저지른 모양이던데……."

체포한 자에 대한 대략적인 설명은 이미 기사단에게 들었다. 그러나 자세한 내용은 기사단도 카인에게 듣지 못하였으므로 "일스틴 공화국, 에스포트 왕국의 일부가 결탁하여 학생들을 습격했다"라는 사실만이 전달되었다.

"카인 군, 자세하게 설명해줄 수 있을까……."

에릭 공작의 말에 카인은 연수기간 동안 일스틴 공화국에서 일어난 일을 설명해나갔다.

가잘에서 일어난 의원 아들의 계획에 의한 습격 사건의 격퇴부터 재판.

그리고 귀국하던 도중 받은 습격도 자세히 설명했다.

일스틴 공화국의 마르프에게 코르지노 후작과 연결되어 있었고, 텔레스티아와 실크 등 학생들을 노예로 삼을 생각이었던 것.

동시에 에스포트 왕국에서 바르도 자작이 협공을 해온 것.

설명이 이어지며 국왕과 에릭 공작, 마그나 재상의 표정이 점차 분노로 가득 찼다.

"코르지노는 어떻게 되었느냐! 당장 체포하라!"

"이미 근위기사단이 가고 있다는 보고를 받았습니다. 곧 체포

될 듯합니다."

자신의 딸 텔레스티아를 노예로 만들 생각이었다는 말을 듣고
국왕이 새빨개진 얼굴로 화를 내었으나, 에릭 공작과 마그나 재
상이 달래고 또한 티파나를 필두로 기사단이 갔다는 말에 크게
숨을 내뱉고는 자리에 앉았다.

"전하, 일스틴 공화국에 관해서는 저에게 맡겨주십시오. 저희
딸도 노예로 만들 셈이었다니……. 저기, 카인 군? 용서할 수
없겠지……?"

에릭 공작은 온화한 표정을 지었으나 눈은 전혀 웃고 있지 않
았다.

동의를 구하면서 검은 오라를 내뿜는 듯한 모습에 카인은 무
심코 몸을 떨며 시선을 피했다.

"좋아, 에릭. 선전포고다! 바로 병사를 집결시켜!"

"자, 잠시 기다려주십시오!"

전쟁을 시작하려는 국왕을 마그나 재상이 막았다.

"먼저 왕국 내부를 단속하지 않으면 안 됩니다. 코르지노 일
파를 제압한 뒤가 상책일 듯합니다."

"으음, 마그나의 의견이 옳군……. 할 수 없으니 체포하기를
기다려야 하나……."

그때 카인은 왕도 내에서 거대한 마력을 느꼈다.

'뭐지 이 마력은……. 사람이 아니야. 마물도 아니야. 이 마력
은…….'

그와 동시에 지진이 일어난 것처럼 성이 흔들렸다.

응접실에 있는 창문으로 왕도를 내려다보자 그곳에는————.

하늘까지 닿을 듯한 불기둥이 솟구치고 있었다.

"저건……."

"저 방향은 코르지노의 저택이 아닌가?"

'저 마력은 위험해. 티파나를 구해야해.'

"전하, 저곳에 마력이 집중되어 있습니다. 제가 도우러 가겠으니 이것으로……."

"음, 알겠네. 기사단의 원호를 부탁하네."

카인은 인사를 하고 코르지노 후작의 저택으로 전이했다.

전에 한 번 괴롭히기 위해 저택을 살펴보러 왔던 덕분에 순식간에 도착했다.

공중에서 내려다보자 저택은 이미 반쯤 부서졌고, 많은 기사단원이 쓰러졌으며 반쯤 남은 기사는 움직이지 못하는 기사들을 운반하고 있었다.

그 와중에 티파나는 최전선에서 검을 들고 있었다.

카인은 공중에서 바로 내려갔다.

"모두를 회복시킬게! 다친 사람을 모아줘."

기사들이 모인 장소를 여기저기 이동하며 차례차례 회복마법을 걸었다.

『에어리어 하이 힐』

마지막 집단에 회복마법을 건 카인은 저택에서 물러나도록 전하고 티파나에게로 향했다.

『엑스트라 힐』

카인의 마법에 티파나의 몸이 빛나더니 찰과상조차 남지 않고 말끔히 나왔다.

"카인, 고마워……. 저택을 포위하고 공격하려고 하는데 갑자기 저택이 날아가더니……."

"이 뒤는 나에게 맡겨. 티파나도 물러나줘."

"뭐? 나도 싸우겠어!"

그 말과 동시에 불길한 살기가 저택에 퍼졌다.

티파나도 지금까지 느껴보지 못한 살기에 식은땀을 흘리며 두려움에 굳어버렸다.

곧 커다란 출입문이 박살나며 한 남성이 반쯤 부서진 저택에서 나타났다.

"설마 이 정도의 위력이 나올 줄이야…… 이거 예상 밖이로군. 뭐, 나는 새로운 힘을 얻어 이 나라의 왕이 되기만 하면 되니까."

저택에서 나타난 것은 코르지노 후작이었다.

그러나 머리는 새하얗게 바뀌고 그만큼 나와 있던 배도 조금 들어갔다.

그리고 무엇보다 눈길을 끄는 것은 새빨갛게 물든 눈이었다.

"저 눈은……."

카인은 무의식중에 감정을 써서 코르지노의 상세한 스테이터스를 조사했다.

그리고 그 결과에 눈을 크게 떴다.

"설마…… '사도'라니……."

코르지노 후작의 스테이터스 칭호에는 '사신의 사도'라 쓰여 있었다.

코르지노는 주위를 둘러보고 카인이 있는 것을 확인하고는 히죽 웃었다.

"오오, 실포드 경이 있었군. 가장 먼저 자네의 목을 날려버려야 하다니……. 자네 덕분에 이 몸을 손에 넣었네만……."

코르지노 후작이 자신의 몸을 내려다보며 미소를 짓고는 카인을 향해 마법을 날렸다.

『에어 커터』

빠르게 날아오는 마법에 카인 역시 곧바로 같은 마법을 날려 상쇄시켰다.

"설마 신의 사도가 된 나의 마법을 상쇄할 줄이야……."

자신의 마법이 상쇄된 것에 조금 놀란 표정을 지었지만, 그보다 자신이 '사도'가 된 것이 기쁘기 때문인지 행복한 얼굴로 양팔을 벌리며 자신의 몸을 확인했다.

"사, 사도라니……."

티파나가 놀란 얼굴로 카인을 바라보았다.

『'사도'란 신의 의사를 전달하는 대리인이다.』

나라의 누구나 아는 사실이다.

혹시 나타난다면 국왕조차 무릎을 꿇지 않으면 안 된다.

카인과 티파나의 눈앞에 바로 그 사도가 서 있는 것이다.

"뭐, 사도라고 해도── 사신의 사도지만……."

카인이 검을 뽑아 코르지노 후작을 겨누자, 티파나는 여전히 태연한 얼굴을 한 카인의 모습에 놀라면서 마찬가지로 코르지노 후작을 향해 검을 들었다.

"신의 사도임을 알면서도 나에게 대적하려 하는가……."

코르지노 후작도 사도가 되어 누구보다 위대한 존재가 된 것을 인식하고 있었다.

이 나라, 아니 세계가 그에게 머리를 숙여야 한다는 것도.

그러나 눈앞에 있는 두 사람은 사도임을 알면서도 자신을 향해 검을 들고 있었기에 점점 부아가 치밀었다.

"기사단장은 내가 받도록 할까……. 건방진 애송이는 제물로 삼아주마."

코르지노 후작이 음흉한 미소를 짓고는 바로 가속하여 카인을 공격했다.

그 속도에 전혀 굴하지 않고 카인도 맞대응했다. 때리려드는 팔을 쳐내고, 빈틈을 파고들어 명치를 걷어찬다.

티파나조차 눈으로 좇지 못하는 속도로 공방이 이어졌다.

"설마 사도가 된 나를 따라잡을 줄이야…… 넌 대체……?!"

믿기지 않는다는 얼굴을 한 코르지노 후작에게 카인은 미소를 지었다.

"사도는—— '한 사람'만 있는 게 아니란 뜻이야."

그 말에 코르지노는 깜짝 놀랐다.

"서, 설마……. 그래, 그랬었나……. 그래서 네가——."

그 말은 끝맺지 못했다.

놀란 표정을 한 코르지노의 목이 몸에서 서서히 어긋나 바닥에 떨어졌고, 목이 없어진 몸은 앞을 향해 천천히 쓰러졌다.

"——전투 중에 자꾸 떠들면 안 되지. 빈틈투성이잖아."

카인이 틈을 노려 단숨에 검을 휘둘러 코르지노 후작의 목을 베어낸 것이다.

아연실색한 티파나와 기사들.

그리고 검을 집어넣은 카인은 코르지노였던 목을 내려다보았다.

'어쩌다 사신의 눈에 들었을까…….'

그때 뜻밖의 목소리가 카인에게 들렸다.

『설마 할아범들의 사도가 있을 줄이야…….』

카인은 놀라 그 말이 들린 쪽과 거리를 벌렸다.

목만 남은 코르지노가 눈을 뜬 채 입을 움직였다.

『너, 재미있구나. 할아범들의 사도 같은 건 그만두고 나의 사도가 되지 않을래……?』

"……거절하겠어. 사신의 사도라니 문제만 일어날 것 같잖아."

카인의 말이 예상 밖이었는지 목만 남은 코르지노가 미소를 지었다.

『그런가…… 응? 너의 영혼은……. 응? 그래…… 넌…… 그 두 사람의————.』

그 말이 끝나기 전에 카인은 마법을 써서 코르지노의 목을 불태웠다.

불꽃이 이는 와중에 마지막 목소리가 울려 퍼졌다.

『나의 이름은 아론, 옛날에는 유희신이라 불렸어. 또 만나자. 나를 봉인한 자들의 자손이여.』

——그것이 마지막 말이었다.

불꽃이 사라진 뒤에는 코르지노의 목은 재가 되어 말하지 못하게 되었다.

"그보다도……."

아직 저택이 불타고 있었다.

카인은 마음을 다잡고 물마법을 이용해 불을 껐다. 물마법을 쓸 수 있는 위병들도 차례차례 물마법을 날렸다.

십여 분이 지나 카인과 위병의 마법으로 불이 모두 꺼지고, 소화에 의해 발생한 흰 연기가 뭉게뭉게 솟아올랐다.

그리고 서치를 써서 살아 있는 사람이 없는지 확인했다.

안에서 작지만 두 개의 반응이 있었다.

카인은 서둘러 불이 막 꺼진 건물 안으로 들어갔다.

"앗, 아직 위험——."

위병들의 말을 귓등으로 흘리며 카인은 저택으로 뛰어 들어가 2층까지 단숨에 올라가서 목적지인 방의 문을 걷어찼다.

그곳에는 배에서 피를 흘리며 쓰러진 두 사람이 있었다.

메이드와 또 한 명, 코르지노의 적자인 하빗이었다.

카인은 두 사람을 들고 그대로 창문을 박차고 뛰어내렸다.

갑자기 2층 창문에서 사람을 짊어지고 뛰어내리는 카인을 본 위병들은 깜짝 놀랐으나, 카인은 개의치 않고 두 사람을 바닥에 눕혔다.

"잠시만 기다려⋯⋯."

『에어리어 하이 힐』

카인이 마법을 걸자 두 사람의 상처가 나아갔다.

"이제 괜찮겠지만⋯⋯."

카인의 마법이 잘 들었는지 두 사람의 호흡이 안정되어갔다.

"두 사람은⋯⋯?"

뒤에서 티파나가 말을 걸어와 카인은 그쪽으로 몸을 돌렸다.

"서치로 조사했는데 살아 있는 건 이 두 사람뿐이야. 이 녀석은 적자 하빗, 동급생이고⋯⋯."

솔직히 카인도 구한 것이 정답인지 모르겠다.

코르지노 후작의 이번 반란을 도운 것이 명백하므로 경우에 따라서는 일가가 모두 사형에 처해질 수도 있다. 혹시 살아남더라도 중형에 처해질 것은 쉽게 짐작할 수 있다.

그 때에는 하빗도 적자로서 책임을 져야 한다.

'이것만은 전하께 맡길 수밖에 없겠어⋯⋯.'

구해낸 하빗과 메이드는 위병들이 왕성으로 옮겼다.

목이 없는 코르지노의 사체도 역시 하얀 천으로 감싸 운반되었다.

"카인, 일단 왕성으로 돌아가자. 전하께 설명하지 않으면 안 되니까."

"응, 그래⋯⋯. 그냥 뛰쳐나오기도 했으니."

티파나와 둘이서 조용히 왕성으로 향했다.

왕성의 한 응접실.

그 안에서 국왕은 팔짱을 끼고 미간을 찡그린 채 고민하고 있었다.

티파나와 카인에게 설명을 듣고 믿기지 않는다는 표정을 지었다.

"설마…… 사신이 부활하는 건가……?"

국왕의 물음에 카인은 고개를 가로저었다. 그러나 사도가 나타나긴 했지만 부활하는 것은 확실하지 않으므로 카인도 쉽게 답을 내릴 수는 없었다.

답을 내리려면 한 번 신들과 상담해보아야 한다.

"그런가. 아직 부활하지 않는다면 안심인가. 그건 그렇고 카인, 사신의 사도 토벌, 수고했다."

"맞아. 카인 군이 보고하러 왕도로 전이하지 않았다면 큰일이 일어났을지도 몰라."

확실히 카인은 코르지노 후작의 틈을 노려 단숨에 처리했지만, 코르지노에게 깃들어 있던 마력은 강력하면서 불길한 기운으로 가득했다. 사도가 되어 커다란 힘에 취해 있었기에 빠르게 승부가 났지만, 혹시 코르지노 후작이 처음부터 방심하지 않고 임했다면 결과는 어떻게 되었을지 모른다.

카인이 없는 동안 왕도에서 날뛰었다면 분명 누구도 막지 못

했을 것이라고 말할 수 있을 정도였기 때문이다.

"자세한 내용은 살아남은 아들에게 듣기로 하지. 그럼 일스틴 공화국으로 넘어가세."

카인도 그제야 생각난 듯 고개를 끄덕였다.

사신의 사도가 나타나는 바람에 왕성에서 뛰쳐나가긴 했지만, 본래 공화국에서 생긴 문제에 대해 이야기하던 중이었다. 이번 일은 상대국이 어떻게 나오느냐에 따라 전쟁이 벌어질 것임은 누구나 알고 있다.

전쟁을 피하고 평화롭게 해결하기 위해서는 교섭 담당을 정해야만 한다.

심지어 지금까지는 코르지노가 타국과의 교섭을 담당하고 있었다.

"일스틴 공화국과의 교섭은 제가 맡겠습니다. 일단 이번 일을 자세하게 정리해야겠습니다만."

에릭 공작의 말에 국왕이 고개를 끄덕였다.

"음, 에릭. 부탁하네."

그리고 그 날은 해산하게 되어 카인은 저택으로 돌아갔다.

다음 날, 왕성에서는 엄중한 경비 속에 습격자들의 심문이 시작되었다.

바르도 자작도 처음에는 묵비권을 행사했으나, 이미 코르지노 후작이 사망한 것을 알고는 어깨를 축 늘어뜨리고 조금씩 사건의 경위를 털어놓았다.

동시에 심문을 행한 마르프는 바로 자백하였다.

"⋯⋯⋯그런가."

마그나 재상이 회의실에서 사건의 자세한 경위를 정리한 서류를 배부하고 요점만 읽어갔다.

이 방에 있는 사람은 국왕, 에릭 공작, 마그나 재상, 티파나 기사단장, 다임 부단장이다.

국왕은 카인의 아버지인 가룸도 있었으면 했지만, 공교롭게도 그라시아로 돌아간 터라 부재중이었다.

카인이 "얼른 데려올까요?"라고 물었지만, 왕도 내에서의 일이므로 그냥 회의를 진행하기로 했다.

"직접 손을 쓴 것은 마르프 전직 의원입니다만, 코르지노의 지사에 따라 자작 등이 일스틴 공화국의 국경을 넘은 것을 추궁 당할지도 모릅니다. 그럼에도 왕녀 저하를 비롯한 귀족의 자식을 불법 노예로 삼으려 한 것은 우리가 공격할 구실이 되겠지요."

마그나 재상의 말에 국왕이 복잡한 표정으로 고민했다.

하나라도 대처에 실수하면 확실히 전쟁이 일어난다. 솔직히 카인이 있으므로 혼자서도 전쟁에는 이길 수 있다.

그러나 카인은 미성년자이므로 전쟁이 일어나더라도 전쟁터로 내보낼 수는 없다.

에스포트 왕국의 법률에도 미성년자를 전쟁에 내보내는 것은 금지되어 있다.

차례차례 나오는 의견을 정리하여 서장을 꾸민 뒤 일스틴 공화국의 의회로 보내기로 했다.

"음, 이것으로 됐군. 그러고 보니 카인, 아직 연수중이 아니더냐. 아이들의 호위를 추가하긴 했지만, 무슨 일이 생겼을 때를 대비하여 그대도 돌아가 합류해주었으면 해."

그 말에 카인은 자신이 아직 귀국하던 중임을 떠올렸다.

앞으로 며칠이면 왕도까지 돌아올 터인 학생들을 왕도에서 맞이하면 어떻게 생각할까.

『어떻게 학생들을 배웅한 카인이 왕도에서 학생들을 맞이할 수 있지?』

누구나 의아하게 여길 것이다. 전이마법은 왕국의 상층부와 지극히 일부만 아는 비밀이므로 소문을 퍼뜨릴 수도 없다.

전이마법으로 습격자들을 옮기긴 했지만 그들은 이미 사형이 확정되었다.

실제로 목격한 근위기사단도 카인의 마법에 대해서는 엄하게 함구령이 내려졌다.

"그러네요. 어서 합류하여 같이 돌아오겠습니다."

"그래주면 고맙겠어. 그대가 있으면 누가 습격하더라도 무사할 테니까."

"알겠습니다. 그럼 옷을 갈아입으면 당장이라도."

카인은 허가를 받아 그 자리에서 전이마법을 외웠다.

국왕에게 되도록 시종에게 모습을 보이지 말라는 말을 들었기에 특례로 왕성 내에서 마법 사용의 허가를 받았다.

카인은 저택으로 돌아가 교복으로 갈아입은 다음, 콜란과 실비아에게 인사한 뒤 그 자리에서 전이했다.

전이한 곳은 국경에 위치한 성채였다.

학생들은 이미 에스포트 왕국에 입국했을 터였다.

바르도 자작이 다스리던 도시, 테렌자는 들르지 않고 왕도로 바로 돌아가든가, 카인이 다스리는 드링털에 들를 예정이었다.

카인은 혼자 에스포트 왕국에 입국하기 위해 성채를 통과했다.

아니, 그 상공을 지나갔다고 말하는 편이 정확할 것이다.

그대로 길을 따라 두 시간쯤 천천히 하늘을 날자 학생들을 태운 마차를 발견했다.

아무 일도 없는 듯 나아가는 마차를 본 카인은 안심하며 그 근처로 내려갔다.

| 전투 이상의 난적 |

마차에서 보이지 않도록 착지한 카인은 바로 마차를 향해 달려갔다.

본 실력을 발휘하면 보이지 않을 속도로 달릴 수도 있지만, 그럴 수는 없으므로 마차보다 조금 빠른 속도로 다가갔다.

후방에서 호위하던 모험가들은 달려오는 사람을 느끼고 경계하며 검을 들고 전방에 신호를 보냈다.

"기다리십시오! 카인입니다!"

카인은 양팔을 크게 펼치고 손을 흔들며 다가갔다.

교복 차림과 잊을 수 없는 위업을 달성한 카인의 얼굴에 호위 모험가들도 바로 알아챘다.

호위들이 서둘러 마차를 세우도록 지시를 내렸다.

"후우, 발견해줘서 다행이네요."

안심하는 카인을 향해 멈춰 선 마차에서 교사와 학생들이 차례차례 내렸다.

교사들도 카인의 얼굴을 보고 안심한 표정을 지었고, 학생들도 마찬가지였다.

그때 텔레스티아와 실크가 카인에게 달려가—— 그대로 끌어안았다.

"카인 님, 걱정했다고요! 바로 마차를 타고 떠나버렸고…….

"맞아! 다들 걱정했다니까."

"미안해. 하지만 다 끝내고 왔으니까. 기사단에게 맡겼으니 괜찮을 거야."

습격자들은 이미 왕도로 연행하여 기사단에 넘겼으니 문제없다.

왕도에 있는 코르지노파 귀족들 역시 국왕의 지시에 따라 근위기사단이 체포하러 나섰다.

아무 일도 없기를 기도하며 카인은 모두에게 인사했다.

"다들 여러모로 민폐를 끼쳐 죄송해요. 바르도 자작의 일도 있어서 테렌자는 들를 수 없으니 괜찮다면 드링털에서 피로를 풀면 좋을 텐데……. 물론 선생님들의 허가를 받아야겠지만……."

카인의 말에 학생들이 환호했다.

습격도 있어서 정신적으로도 지쳐 있던 학생이 많았다. 학생의 거의 대부분은 귀족의 자식이라 전투를 처음 본 사람도 있다.

교사들도 스트레스가 쌓여 어딘가 안심하고 쉴 수 있는 곳을 찾던 것도 사실이다. 가장 가까운 도시는 테렌자이지만 습격범이 다스리는 도시에 들어갈 수 있을 리가 없었다.

또한 이 인원수가 갑자기 찾아가고, 나아가 왕녀며 귀족 영애를 대접할 만한 장소는 없는 것에 가깝다.

카인의 제안에 교사들도 흔쾌히 허락했다.

교사들은 학생에게 다시 마차에 오르도록 전하고, 카인은 선두에서 호위를 하는 근위가사단과 클로드 파티로 다가가 인사했다.

"클로드 씨, 기다리셨죠. 호위해주셔서 감사합니다. 일단 어떻게든 된 거 같아요."

"뭐, 카인이라면 뭐가 나타나도 문제없을 거라 생각했지만. 아무튼 드링털로 가면 되지?"

"클로드 또 잊어버렸네. 카인은 지금 백작님이니까 언행에 조심하라고 몇 번을 말해야……."

"리나 씨, 괜찮아요. 일단 호위 임무도 맡았으니까요."

카인의 말에 리나가 크게 한숨을 쉬고 클로드에게 하던 잔소리를 끝냈다.

"미리 선생님, 니나 선생님도 호위해주셔서 감사합니다."

"됐어, 습격 때는 도움을 받았잖아. 카인이 없었다면 그 인원 수는 아무래도……."

미리가 쓴웃음을 지었고, 니나는 조용히 고개를 끄덕였다.

그 뒤 근위기사단에도 행선지를 전달하고 감사 인사를 한 다음 마차로 돌아갔다.

근위기사단은 카인의 실력을 재확인했기에 긴장한 얼굴로 우렁차게 대답했다.

그리고 카인은 한숨을 쉬며 마차의 문을 열었다.

물론 먼저 타고 있는 사람은 텔레스티아, 실크, 리루타나이다.

"다들 기다렸지."

카인이 자리에 앉자 마차가 서서히 움직이기 시작했다.

세 사람의 표정은 진지했다.

텔레스티아가 먼저 입을 열었다.

"카인 님, 어떤 일이 있었는지 가르쳐주실 수 있나요?"

텔레스티아의 물음에 어디까지 대답하면 좋을지 잠시 고민하고 필요한 부분만 설명했다.

이번에 마르프 전직 의원과 코르지노 후작이 뒤에서 손을 잡고 습격 사건을 일으킨 것.

코르지노파였던 바르도 자작의 수하까지 더해져 습격이 일어났으나 모두 체포하여 왕도로 호송 중이라는 것.

'이미 왕도로 데려갔다고는 말할 수 없으니······.'

카인의 설명에 텔레스티아와 실크가 인상을 찌푸렸다.

왕족을 습격하는 것은 대역죄에 해당한다. 게다가 공작 영애와 타국의 황녀까지 있다.

어떤 사정이 있더라도 이것은 그냥 넘어갈 수 없는 일이다.

"아버님께 전하여 마땅한 처분을 받도록 해야겠군요."

"······응, 맞아."

이미 전했다고는 말하지 않았다.

그리고 두 사람에게 질문 공세를 받으며 며칠이 지나 드링털에 도착했다.

드링털에 가는 것은 야영할 때 전이마법을 써서 이미 다르메시아에게 전달했다.

입구에서 가로막히는 일도 없이 마차는 성까지 곧장 나아갔다.

이미 저택 앞에는 고용인 일동이 주르륵 기다리고 있었다.

마차에서 내린 교사와 학생들이 성을 올려다보았다.

"여전히 대단한 성이네……."

"정말……. 왕성과 다를 바 없어……."

학생들의 말에 카인은 쓴웃음을 지었다.

'부탁이니 성이라 부르지 말아줘.'

그런 카인의 속마음이 통하는 일도 없이, 학생들은 신나게 성 이야기를 나누며 고용인의 안내를 받아 안으로 들어갔다.

텔레스티아를 비롯한 세 소녀도 갈 때와 마찬가지로 방으로 안내를 받았다. 목욕을 하고 옷을 갈아입은 뒤, 응접실에서 다르메시아가 내준 홍차를 즐겼다.

"후우, 이제야 진정이 되네요."

"응. 이번엔 정말 어떻게 되나 했어."

"하지만 이렇게 무사하니까."

텔레스티아, 실크, 리루타나 세 사람은 여유롭게 이번 일을 이야기했다.

카인도 초대를 받았지만 대관 알렉과 의논할 일이 있어서 잠시 자리를 비웠다.

학교 연수라고 해도 귀족 당주에게는 여러 가지 의무가 있으므로 귀족으로서 역할을 수행하는 것은 책망 받지 않는다.

기본적으로 귀족의 자식이 많기도 하고, 당주가 학생인 것 자체는 드문 일이기는 하지만 전례가 없는 것도 아니기에 문제될 것은 없었다.

카인은 얼른 회의를 마치고 세 소녀가 기다리는 응접실 문을 노크했다.

"다들 기다렸지."

카인이 빈자리에 앉자 다르메시아가 바로 홍차를 눈앞에 내려 놓았다.

"이틀쯤 이 도시에 느긋하게 있기로 결정했어."

카인의 말에 모두 반가운 표정을 지었다.

다시 카인이 말을 이었다.

"혹시 괜찮다면 내일 드링털을 안내——."

그 순간 갑자기 문이 열렸다.

"카인이 돌아왔다고 들었소만……. 오오, 여기 있었는가!"

문을 열고 들어온 사람은———— 리자벳이었다.

리자벳은 아무 눈치도 보지 않고 카인이 돌아온 것에 기뻐하며 안으로 들어왔다. 현재는 마법으로 변신하여 뿔을 감춘 모습이다.

그 모습에 경악하는—— 소녀들.

"카, 카인 님…… 호, 혹시 이 여성과……."

당황한 텔레스티아의 말과 함께 세 사람의 차가운 시선이 카인에게 꽂혔다.

"아니, 이건……. 아, 실크! 실크는 알고 있지……?"

실크는 조금 고민하더니 소녀의 얼굴을 보고 놀란 표정을 지었다.

"카인 군, 호, 혹시…… 이 소녀는…… 그때의……?"

실크의 말에 카인은 크게 고개를 끄덕였다.

"잠깐만, 실크. 두 사람만 알다니 치사해요! 저에게도 알려주세요."

"나도 알고 싶어……."

실크에게 따지는 두 사람을 보며 카인은 체념하는 한숨을 쉬었다.

"지금 말해줄 테니 진정해. 리자벳도 옆에 앉아줄래?"

"응……? 뭔가. 뭐, 상관없겠지."

카인의 옆에 앉은 리자벳은 세 사람을 신경 쓰는 기색도 없이 테이블에 놓인 과자를 집었다.

"여전히 이 저택에서 나오는 과자는 맛있군."

생글생글 웃으며 과자를 먹는 리자벳을 힐끗 보며 카인은 입을 열었다.

"실은 이걸 보는 게 제일 빠를 텐데……."

카인은 아이템 박스에서 가면을 하나 꺼내 테이블에 놓았다.

"……이건……? 어디서 본 기억이……. 앗! 혹시……."

"혹시 그때의……."

텔레스티아와 리루타나 두 사람도 바로 눈치챈 모양이다.

"맞아, 전에 일스틴 공화국의 투기장에서 나타난 정체불명의 가면!"

실크가 재미있다는 듯 웃었다.

"그럼 옆에 앉은 여성은 혹시……."

"응, 맞아. 리자벳, 일단 모습을 보여줄래?"

"어쩔 수 없군. 이 세 사람은 카인이 신용하는 것 같으니……."

카인의 말에 리자벳이 마법을 풀었다.

그 순간 리자벳이 한 번 빛나더니 다섯 개의 뿔이 돋아난 원래 모습으로 돌아갔다.

"역시 그때 그 마족……."

리자벳의 정체를 알고 텔레스티아와 리루타나 두 사람이 긴장하여 어깨를 움츠렸다.

카인은 그 밖에도 몇 명이나 아는 마족이 있으므로 전혀 편견이 없지만, 이 세계에서는 그렇지 않다.

마족 한 사람, 한 사람이 엄청난 힘을 지니고 있어서 혼자서도 도시를 멸망시킨 적도 있다고 한다.

"그렇게 경계하지 않아도 좋소. 난 딱히 인간을 적대시하지 않으니까. 특히 카인은 친구이고."

깔깔 웃으며 다시 마법을 외우더니 인간과 다를 바 없는 모습으로 돌아가 과자를 먹기 시작했다.

"카인 님, 어째서 그녀를 구했는지 가르쳐줄 수 있나요……?"

텔레스티아가 한 번 크게 심호흡을 하고는 카인에게 물었다.

"난 마족 중에 아는 사람이 몇 명이나 있어서 처음엔 그냥 구하고 싶은 마음만으로 그곳에 뛰어들었어. 그런데——."

카인은 리자벳을 보호하여 이 도시로 데려온 경위를 설명했다.

"그 뒤로 알게 된 건데 리자벳은 마족 나라의 황녀님이기도 한 모양이야……."

카인의 말에 세 소녀의 표정이 단번에 심각해졌다.

"……혹시 그때 리자벳 씨가 모험가에게 그대로 당했다면……."

"응, 아마 인간과 마족은── 전면 전쟁을 벌이게 되었을지도 몰라."

카인의 말에 셋은 마른 침을 삼켰다.

인간 대 인간이 아니다. 마족 대 인간. 혼자 도시를 멸망시킬 수 있는 마족이 몇 사람이나 보내진다면 이 왕국을 비롯해 모든 나라가 큰 혼란에 빠질 것이 쉽게 상상되었다.

직접 손을 쓴 일스틴 공화국을 포함하여 인근 국가 모두 상관없이 공격할 것이다.

카인이 즉흥적으로 난입하긴 했지만, 결과적으로 전쟁을 피할 수 있게 되었다.

"알겠습니다. 그럼 에스포트 왕국의 왕족으로서 리자벳 님을 왕성에서 정식으로 보호하지요."

텔레스티아가 일어나 주먹을 꽉 쥐고 선언했다.

"응? 난 여기서 움직일 마음이 없소만? 이곳은 카인의 주거지니까⋯⋯. 그보다 그대도 왕족이었소?"

세 사람은 고개를 갸웃하는 리자벳을 보며 자개소개를 하지 않은 것을 깨달았다.

"인사를 아직 안 드렸군요. 카인 님이 있는 이곳 에스포트 왕국의 제3왕녀인 텔레스티아 테라 에스포트입니다. 그리고 카인 님의 **약혼자**이기도 합니다."

"다음은 내 차례네. 마찬가지로 이 나라의 공작 차녀, 실크 폰 산타나입니다. 그리고 카인 군의 약혼자이기도 합니다."

"저기⋯⋯. 이웃나라, 바이서스 제국의 제6황녀 리루타나 반 바이서스입니다. 카인 님과는……."

텔레스티아가 약혼자라는 말을 강조했고, 실크는 웃으면서 소개했다. 그리고 리루타나는 조금 긴장하며 자기소개를 하였다.

리자벳은 자기소개를 듣고 이해했다는 얼굴로 카인을 힐끗 보더니 미소를 지었다.

"**세 사람** 모두 카인을 좋아하는 것인가. 게다가 두 사람은 약혼자라니. 그렇다면 나도 소개해야겠군."

리자벳이 일어나 한 번 헛기침을 했다.

"나는 '베네시토스 마황국'의 황녀, 리자벳 반 베네시토스라오. 견식을 넓히기 위해 이 세계를 여행하고 있소만……. 뭐, 여러 가지가 있어서 노예가 되었다가 카인의 도움을 받아 지금 이렇게 있는 것이오."

자기소개를 마치고 자리에 앉더니 다시 과자를 먹기 시작한다.

"일단 여기서 쉬도록 한 뒤, 리자벳의 나라로 보낼 생각이야."

"그렇소, 사실은 이대로 카인을 반려로 맞이하고 싶소만……나에게도 해야 할 일이 있기에 일단 돌아가지 않으면 안 되오."

그러나 지금 그 말에 세 사람이 눈치채지 못할 리가 없었다.

"카인 님…… 혹시 또 약혼자를 늘릴 생각이신가요……?"

"카인 군, 아무래도 그건 좀……. 국제 문제가 될 거야."

"──나, 나도 언젠가……."

세 사람의 말에 카인은 쓴웃음을 지었다.

리자벳은 분명 아름다운 소녀지만 마족이자 황녀이다. 일개 인간 귀족의 의사로 혼인을 맺을 수는 없다. 게다가 카인에게는 이미 세 사람, 아니 성녀를 포함하면 네 사람의 약혼자가 있다.

그 뒤로도 세 사람을 납득시키기 위해 카인은 필사적으로 설명했다.

카인이 해방된 것은 식사 준비가 되어 콜란이 부르러 왔을 때로, 그 시간이 되어서야 겨우 대화를 마칠 수 있었다.

필사적으로 변명하는 동안 리자벳은 태연하게 과자를 맛있게 먹고 있었다.

드링털에서 이틀간 휴식을 취하고 카인 일행은 왕도로 돌아갔다.

학교 정문에서 마차를 세우고 모두 정렬했다.

"여러 가지 일이 있었지만 아무도 다치는 일 없이 돌아와서 다행이구나. 이번 주는 쉬고 다음 주부터 평소대로 수업하겠다. 그때까지 편안히 몸을 쉬고 오도록. 그럼 해산."

학생들은 마중을 나온 마차를 타고 각자 집으로 돌아갔다.

보호자들에게도 나중에 이번 사건에 대해 설명하기로 했다.

카인도 콜란이 끌고 온 마차를 타려고 하였으나, 뒤에서 부르는 소리에 들어보자 근위기사단이 몇 명 대기하고 있었다.

"실포드 경, 왕성에서 부르십니다. 바로 왕성으로 가시지요."

카인은 한숨을 쉬고 콜란에게 시선을 보냈지만 그는 고개를 가로저을 뿐이었다.

"……콜란, 그럼 왕성까지 부탁해."

근위기사단을 따라 카인의 마차가 왕성으로 향했다.

왕성에 도착하자 시종의 안내로 익숙한 응접실로 가서 자리에 앉았다.

"이미 설명은 해두었으니까……. 또 뭐가 있더라……."

잠시 뒤, 국왕을 필두로 에릭 공작, 마그나 재상, 다임 부단장, 그리고 아버지 가룸이 안으로 들어왔다.

카인은 자리에서 일어나 신하의 예를 갖췄다.

"뭐, 앉게나. 가룸도 막 도착했는데 불러내서 미안하군."

"아니요, 전하께서 부르신다면……, 그런데…… 이번에는……."

카인이 있는 것을 보고 분명 또 무슨 짓을 저질렀을 듯하여 가룸의 머릿속에 불안함이 스쳤다.

"카인이 있으면 불안해지는 것도 어쩔 수 없지. 이번에는 상대가 어떻게 나오느냐에 따라 일스틴 공화국과── 전쟁이 날 가능성도 있네."

"뭐, 뭐라고요?! 대체 무슨……."

카인이 동석한 것에 불안하기만 한 가룸에게 마그나 재상이 설명해주었다.

설명을 들으며 가룸은 '또 이런……' 하는 표정이 되었다.

그러나 모든 설명을 들을 즈음에는 예상을 뛰어넘는 사건과 앞으로의 일을 생각하느라 긴장한 표정이 되었다.

"…………알겠습니다. 바로 병력을 준비해두겠습니다."

에스포트 왕국 주위로 바이서스 제국, 일스틴 공화국, 마린포드 교국으로 둘러싸여 있지만, 적대하는 것은 바이서스 제국뿐이므로 변경백으로서 독자적인 병사를 지니고 적국과 싸울 수 있는 것은 가룸 변경백이 다스리는 그라시아뿐이었다.

혹시 전쟁이 일어날 경우, 그라시아에서 병사가 움직이게 된다.

게다가 그라시아의 병사는 근위기사단보다 강할지도 모른다는 소문이 날 만큼 강인하다.

가룸은 단호한 얼굴로 크게 고개를 끄덕였다.

"뭐, 솔직히 말하면 카인만 있어도 전쟁이 질 리는 없겠지만……. 그러나 카인은 아직 미성년자일세. 전쟁이 참가시킬 수는 없어. 가장 좋은 방법은 전쟁을 피하는 것이네만……."

국왕의 말에 카인 이외의 모두가 한숨을 내쉬었다.

누구나 부정할 수 없는 사실이기 때문이다.

"에릭, 교섭은 맡기겠네."

"알겠습니다, 맡기십시오."

카인도 당사자로서 교섭에 참가할 생각이었으나, 국왕에게 "여긴 어른에게 맡겨둬"라는 말에 빠지게 되었다. 혹시 전쟁이 일어나더라도 카인은 참가할 수 없다고 단단히 일러두었다.

"그리고 국내 말이네만……."

화제는 일스틴 공화국에서 에스포트 왕국, 국내에서 일어난 일로 넘어갔다.

코르지노 후작의 사망, 바르도 자작의 체포, 그 밖에도 코르지노파의 몇 사람이 부정에 얽혀 있어서 차례로 붙잡혀 투옥되었다.

왕도에서 몇몇 대관과 사찰관이 병사와 함께 각 도시로 긴급히 파견되었다.

일시적으로 영주의 권한을 모두 동결시키고, 직할령과 같은 취급을 하기로 했다.

가룸도 처음 들은 사안이 몇 개나 있어서 팔짱을 끼고 미간을 찡그렸다.

현재 에스포트 왕국은 긴급한 사태가 발생했으므로 안정된 통치를 하기 위해 서둘러 결정할 필요가 있다.

특히 코르지노 일파가 다스리고 있는 도시는 일스틴 공화국과 면한 곳이 많아서 긴장감이 높아지고 있기에 빠른 교섭을 진행해야 한다.

이미 일스틴 공화국의 의회로 파발마를 띄워 특사를 보냈다.

당초 에스포트 왕국 측에서 일스틴 공화국과 교섭할 대표단을 파견하는 것도 의제로 올라왔으나, 이번에 왕국은 피해국이므로 가해국인 일스틴 공화국이 오는 것이 마땅하다고 판단하여 사태를 설명하기 위한 특사만 보내졌다.

그리고 2주일 후, 일스틴 공화국에서 교섭을 하기 위한 대표단이 찾아왔다.

카인도 당사자로서 한 번 설명할 기회가 있어 대표단과 얼굴을 마주했으나, 카인의 얼굴을 본 대표단은 그저 몸을 떨었다. 일스틴 공화국에서 보면 마르프 의원의 직위를 해제했다고 해도, 일스틴 사람인 그가 범죄조직과 결탁하여 타국의 학생들을 습격한 것은 큰 문제가 된다.

게다가 학생 중에는 왕녀, 공작 영애, 그리고 바이서스 제국의 황녀까지 있었다.

어떤 무리한 요구를 해오더라도 일스틴 공화국의 대표단은 거절할 수가 없다.

거절할 경우 기다리는 것은—— 전쟁밖에 없기 때문이다.

두 나라의 교섭은 몇 주일에 걸쳐 이어졌다.

그리고 교섭한 끝에 막대한 배상금과 일스틴 공화국 영토 중 에스포트 왕국과 면한 땅의 일부를 양도하기로 하였다.

그럼에도 일스틴 공화국으로서는 전쟁을 일으키는 것보다 낫다고 결론을 내렸다.

그러나 배상금액은 너무 막대하기에 도저히 한 번에 지불할 수가 없다.

따라서 십 년에 걸쳐 에스포트 왕국에 지불하기로 하였다. 분할하더라도 일스틴 공화국에는 큰 부담이 된다.

교섭을 주로 맡은 에릭 공작은 만족한 모습이었으나, 일스틴 공화국에서 온 대표단은 완전히 초췌해진 몰골로 귀국하였다.

이번 일을 설명하고, 국내 귀족을 단속하기 위해 에스포트 왕국의 귀족들 모두를 긴급 소환하였다. 어떠한 이유로 참석할 수 없는 자는 대리인을 보내기로 했다.

왕성에서는 귀족들을 맞이하기 위해 크게 바빠졌다.

그 와중에 카인은 교회를 방문했다.

사신의 사도가 되었던 코르지노에 대해 묻기 위해서다.

일곱 신의 상 앞에서 무릎을 꿇고 손을 마주 잡아 기도하자 늘 그렇듯 시야가 새하얗게 물들더니 신의 세계로 변해갔다.

제논이 카인에게 자리에 앉도록 권했지만, 신들은 평소와 달리 씁쓸한 표정을 짓고 있었다.

분명 카인이 아론과 대화한 것을 보았기 때문일 것이다.

"……카인, 보고 있었네. 일단 감사하마. 설마 아론이 의식을 되찾았을 줄이야……."

"이번에는 근처에 있어서 대처할 수 있었습니다만, 혹시 이것이 또……?"

카인의 물음에 제논이 고개를 끄덕였다.

"아론을 봉인한 보옥이 파편이 되어 이 세계의 각지로 퍼져 숨겨져 있네. 그대가 사는 도시 근처에 있는 던전 깊은 곳에서도 봤겠지."

카인은 스트레스 때문에 드링털의 숲에 있는 던전에 갔을 때 만난 에인션트 드래곤을 떠올렸다.

'그러고 보니 무언가를 봉인하고 있다고 했지…….'

"그래, 그 던전처럼 이 세계 각지에 분산시켜 봉인해두었네. 허나 경우에 따라서는 발굴되어 인간의 손에 넘어가고 만 물건도 있어. 이번에 드러난 그것이 그 중 하나일세."

"앞으로 같은 일이 벌어질지도 모른다는 거군요……."

"음, 봉인되어 있지만 보옥에 깃든 아론의 사념체에 이끌리고 말 가능성도 있어. 그 힘을 얻었을 때 어떻게 될지는 본인에게 달려 있네만……. 악인에게 넘어가는 것만은 피하고 싶네."

"알겠습니다. 혹시 그때가 오면 제 손으로……."

"부탁하네, 카인. 그대에게는 신세를 지는구먼."

그 말과 동시에 의식이 반전되어갔다.

교회로 돌아온 카인은 마차를 타고 왕성으로 향했다.

곧 이번 일을 귀족들에게 설명하게 될 것이다. 그만큼 코르지노 후작가가 꾀한 짓이 중대하기 때문이다.

그리고 왕국은 그 일파를 해체하려는 의도도 갖고 있다.

카인은 상급귀족인 백작이기에 홀에 들어가자 이미 자작 이하, 하급귀족들이 안에서 기다리고 있었다.

아무리 카인이 성인이 되지 않은 아이라고 해도 하급귀족이 먼저 말을 걸 수는 없다. 그렇게 생각하는 카인에게 누군가 말을 걸었다.

"실포드 경, 오랜만이군요."

몸을 돌려 그 얼굴을 본 카인은 반가운 표정을 지었다.

"오랜만입니다. ──산토스 경."

사라의 아버지이자 카인의 할아버지인 게렛타 자작이었다.

"귀족이 이만큼이나 모일 줄이야……. 대체 무슨 일인지……."

카인은 일의 전말을 알고 있지만, 여기서 할 말은 아니므로 입을 다물었다.

게다가 일스틴 공화국과의 교섭은 카인도 전혀 관여하지 않았기에 어떻게 되었는지 모른다.

"나중에 설명할 것이라 생각합니다만……. 이만한 인원수가 모이니 장관이네요."

"음, 그렇구먼. 아, 붙잡아서 미안하구나. 다음에 시간이 있을 때 다시 이야기하자."

"네, 알겠습니다. 다시 뵙지요."

카인은 살짝 인사를 하고 자신이 서야 할 자리로 이동했다.

귀족이 모이고 국왕이 나온다는 신호가 홀에 울려 퍼지자, 모두 국왕을 맞이하기 위해 정렬하여 가슴에 손을 대고 머리를 숙였다.

이어서 국왕이 등장하여 천천히 옥좌에 앉았다.

"모두 편하게 있으라."

그 말에 모두 고개를 들었다.

"이번 일은 이 나라의 귀족 전원에게 설명할 필요가 있어서 불렀느니라. 바쁜 가운데 왕도까지 오느라 수고하였노라. 마그나가 설명할 것이다."

국왕의 말에 마그나 재상이 자료를 들고 설명하기 시작했다.

그 내용은 충격적으로 참석한 귀족들이 크게 놀란 소리를 냈을 정도였다.

코르지노 후작이 계획하여 왕립학교에서 일스틴 공화국으로 가 연수를 받는 사이에 일으킨 습격 사건.

그리고 코르지노 후작 본인에 의한 반란 행위.

게다가 습격은 일스틴 공화국의 전직 의원, 비밀범죄조직과 결탁하였고, 왕국 측에서도 테렌자에서 병사를 보내 양쪽에서 공격한 것.

습격을 당한 것은 제3왕녀인 텔레스티아를 시작으로 바이서스 제국의 황녀 리루타나며 카인의 이름이 열거되었다.

그리고 카인과 근위기사단의 활약으로 그 모든 사건이 해결되었다며 설명을 마쳤다.

설명을 마친 마그나 재상이 물러나고 대신 에릭 공작이 앞으로 나섰다.

"그럼 일스틴 공화국과의 교섭 결과를 설명하지. 일단—— 영토의 양도가 결정되었어. 일스틴 공화국에서 에스포트 왕국과 면한 영지 일부를 왕국에 양도하기로. 그리고——."

일스틴 공화국과의 교섭에서는 영지의 양도, 그리고 배상금 지불이 정해졌다.

배상금은 카인이 그곳에서 습격을 당했을 때 정해진 금액과 단위가 달랐다.

백금화 1만 개로 일본 돈으로 환산하면 1천 억 엔에 달한다.

그러나 그런 비용을 한 번에 지불할 수 있을 리가 없다. 한 번에 지불하면 그 국가는 파산한다.

따라서 일스틴 공화국에서 십 년에 걸쳐 지불하기로 했다.

솔직히 이쪽에는 피해가 전혀 없다.

그러나 왕국의 왕족, 귀족 당주 카인, 그리고 귀족의 자식을 모두 노린 습격이었다.

『전쟁을 벌이시겠습니까.』

그렇게 말하는 것과 마찬가지이므로 협박이라고도 할 수 있다.

에릭 공작이 설명을 마치고 뒤로 물러나자 국왕이 입을 열었다.

"마지막이니라. 마그나, 설명하게."

다시 마그나 재상이 나왔다.

"——카인 폰 실포드 드링털 백작, 앞으로."

갑자기 카인은 이름을 불린 것에 놀라면서도 국왕의 앞으로 가 무릎을 꿇고 머리를 숙였다.

"카인 폰 실포드 드링털, 여기 있습니다."

"고개를 들라."

국왕의 말에 카인은 고개를 들었다.

국왕의 얼굴이 무언가를 꾸미는 듯한 미소를 띠고 있어서 카인은 불안해졌다.

"이번 일은 잘해주었다. 그대가 없었다면—— 나의 딸을 비롯하여 어떻게 되었을지 모르니라. 그리고 코르지노 후작까지 상대하게 하여 미안하고……. 마그나, 설명하라."

"네, 전하. 실포드 경, 이번 공적을 높이 평가하여 변경백의 작위를 내린다. 그리고 도시 테렌자 및 이번에 새롭게 우리나라의 영지가 된 장소를 다스려라."

'전하의 속셈은 이것이었나…….'

"———카인 폰 실포드 드링털, 반드시 왕국의 번영을 위해 노력하겠습니다."

그러나 반대하는 목소리는 반드시 나오기 마련이다. 코르지노 후작이 없어졌다고 해도 아직 그 파벌은 남아 있다.

"한 말씀 올리겠습니다. 이번 일스틴 공화국에서의 습격과 코르지노 공이 왕도에서 반역을 일으킨 것은 동시기에 벌어졌다고 말씀하셨습니다. 또한 그 두 사건 모두 실포드 경이 제압하였다고……. 아무리 생각해도 이상하지 않습니까……. 거리를 생각해도."

분명 참석한 귀족 누구나 그렇게 생각할 것이다.

알고 있는 것은 카인이 전이마법을 쓸 수 있다는 사실을 아는 귀족뿐이다.

그러나 이 부분은 이미 의논을 마쳤다.

사건을 설명하다보면 어떻게든 모순이 발생한다. 그때의 대처 방안을 사전에 마그나에게 들었다.

하루에 한 번만, 막대한 마력을 써서 전이가 가능하다고 공표하겠다고…….

그러면 미성년인 카인을 국왕이 이렇게까지 중요시하는 이유도 설명이 된다.

텔레스티아, 실크, 티파나가 모두 결혼하려는 것도 납득이 간다.

그만큼 전이마법은 전설로 여겨지고 있다.

"그 부분은 내가 설명하지. 여기 실포드 경은…… '전이마법'을 쓸 수 있다. 전설로 일컬어지는. 그리고 이번 습격 사건이 발생했을 때, 설명하기 위해 일스틴 공화국에서 왕도까지 전이마법으로 온 것이니라. 이제 이해가 가는가……?"

국왕의 말에 참석한 모두가── 말을 잃었다.

전설의 전이마법. 그것은 초대 에스포트 왕국의 국왕이자 용사인 유야가 썼던 마법이다.

"────실포드 경은…… 혹시…… 용사……?"

이의를 제기했던 귀족도 국왕의 안색을 살피며 침을 삼켰다.

그러나 국왕은 그 말에 고개를 가로저었다.

"그건 아니다. 초대 국왕은 이세계에서 소환되었다고 하니까. 여기 실포드 경은 가룸의 아들이지 않나."

"그렇다면 이 에스포트 왕국의 국방은 모두 실포드 가문이 맡게 되고 맙니다."

카인도 그 생각은 했다. 에스포트 왕국에서 현재 '변경백'이라 불리는 사람은 아버지 가룸뿐이다.

변경백이란 독자적인 군을 지니고, 스스로의 판단으로 적국과 싸울 수 있다.

가룸도 변경백으로서 트리스 자작과 함께 라메스터 성채를 바이서스 제국으로부터 지키고 있다.

에스포트 왕국은 북동쪽의 일스틴 공화국, 서쪽의 바이서스 제국, 그리고 남동쪽의 마린포드 교국에 둘러싸여 있다.

마린포드 교국과 면한 곳에 변경백을 배치하면 그야말로 문제가 된다.

그리고 지금까지는 일스틴 공화국과 무역을 통해 주로 교류하였기에 과거에도 군대를 배치한 적이 없었다.

그러나 이번 일로 왕국의 영토가 넓어졌으므로 그곳을 지킬 필요가 생겼다.

그렇다고 모두 실포드 가문에 맡겨버리면 될 일이 아니다.

혹시 실포드 가문이 반란을 일으킨다면……. 그 점을 누구나 우려할 것이다.

"그 부분은 문제없다. 실포드 경은 나의 딸, 텔레스티아와 결혼할 예정이지 않나. 그리고 제2왕자 롤랑의 정실로 실포드가의 장녀—— 레이네 양을 맞이하기로 했느니라."

"네에에에에에에에에에에?!"

국왕의 말에 카인은 너무 놀란 나머지 소리를 지르고 말았다.

카인의 커다란 외침에 국왕은 쓴웃음을 지으며 한 번 헛기침을 했다.

"시, 실례했습니다."

카인은 얼른 머리를 숙였다.

'설마 레이네 누님이……. 그야 이미 적령기이기는 하지만…….'

"그대에게 가룸이 전하지 않은 모양이로군……."

카인은 조용히 고개를 끄덕였다. 그만큼 카인을 예뻐하던 레이네가 설마 약혼을 했을 줄은 몰랐다.

그러나 자신에게는 이미 몇 명이나 되는 약혼자가 있는 것을 생각하면, 카인보다 연상인 레이네가 언제 결혼을 해도 이상하지 않다.

"물러나도 좋다. 자세한 내용은 나중에 마그나에게 듣도록."

"네……."

카인이 인사를 하고 원래 자리로 돌아가자 몇 가지 보고가 있은 뒤 회합이 끝났다.

물론 카인은 그대로 돌아갈 수 있을 리가 없다. 시종에게 안내를 받아 익숙한 응접실로 들어갔다.

바로 가룸이 나타나 카인의 옆에 앉았다.

"아버님, 레이네 누님의 일을 미리 가르쳐주셔도 좋지 않습니까……. 그러면 그 자리에서 소리를 지르지 않았을 텐데……."

"미안하구나. 아직 확정이 되지 않은 것도 있고, 레이네가 비밀로 해서 말이야……."

미안한 듯이 설명하는 가룸을 향해 카인은 한숨을 쉬었다.

"롤랑 저하는 레이네와 같은 나이다. 알다시피 레이네는 학창 시절 학생회 임원을 맡고 있었지? 그때 학생회장이 롤랑 저하야."

카인은 레이네가 아직 학교에 다니던 때의 기억을 되새겼다. 분명 학생회 임원으로서 자주 일하곤 했다.

가룸이 말을 이었다.

"그 무렵부터 서로 의식은 했던 모양이야. 그리고 왕가에서 타진을 받고 레이네는 카인에게 비밀로 하도록 롤랑 저하께도 말했다고 하는구나. 그래서 텔레스티아 왕녀 저하도 아직 모를 거다. 뭐, 설명하지 않은 건 그밖에도 이유가 있지만······."

"그렇습니까······. 알았다면 축하했을 텐데······."

그런 이야기를 하는 동안 문이 열리며 국왕을 시작으로 에릭 공작, 마그나 재상이 들어왔다.

"기다리게 했군."

가운데 자리에 국왕이 풀썩 앉고, 그 양옆으로 에릭 공작과 마그나 재상이 앉았다.

"어떠냐? 카인, 놀랐는가? 항상 그대에게 놀라기만 하니 말이야. 가끔은 되갚아주고 싶어서 두 사람의 혼인을 비밀로 해왔네."

껄껄 웃는 국왕을 보며 카인은 가장 큰 원인은 이 사람이었다는 것을 깨달았다.

그러나 그것을 표정에 드러낼 수도 없다.

"······정말 놀랐습니다. ──레이네 누나를 잘 부탁드리겠습니다."

카인이 얌전히 머리를 숙이자 국왕이 만족스럽게 고개를 끄덕였다.

"잘 알겠네. 둘 다 사이좋게 지내는 모양이니 문제없을 게야. 그보다 본론으로 넘어가지. 마그나, 설명을 부탁해."

"알겠습니다. 그럼──."

마그나 재상이 손에 들고 있던 지도를 테이블에 펼쳤다.

"이번제 코르지노파의 몇몇 영주에게서 도시의 자치권을 박탈했어. 지금 내정을 진행하고는 있지만, 문제가 있는 영주는 그대로 귀족 계급까지 박탈될 예정이야. 그곳은 왕가 직할로 하겠지만 테렌자는 아까 전달한 대로 실포드 경이 다스리도록 해. 그리고 여기부터가 새롭게 우리나라의 영지가 될 범위야."

지도에서 일스틴 공화국의 내부까지 선이 그어져 있었다. 가잘까지는 아니지만 나름대로 넓어서 몇 개의 작은 도시와 마을이 포함되어 있다.

"사실은 가잘도 받으려고 했지만 거기까지 해버리면 경제가 파탄날 거라고 해서 말이야. 이 정도로만 해뒀어. 뭐, 우리 딸을 건드리려고 했으니 확실히 반성해줘야지."

미안한 기색도 없이 가볍게 말하는 에릭 공작의 태도에 카인은 쓴웃음을 지었다.

솔직히 카인 일행을 습격한 것은 일스틴 공화국만이 아니다. 습격자는 자국에도 있다.

그것을 차치하더라도 충분한 성과라고 할 수 있다.

"한 번에 그대의 영지가 이만큼 넓어져서는 일손도 부족하겠지. 왕도에서 관료를 대관으로 임명하여 각 도시로 파견하겠네. 당면한 자금도 낼 생각이야. 또한 5년간 드링털의 세금도 면제하지. 그리고 영지를 통합하여 드링털령이라 부르게."

국왕의 말에 카인이 고개를 끄덕이는 것을 확인하고 말이 이어졌다.

"그러나 변경백으로서 군을 정비해야 하지만, 그것은 나중으로 미루마. 그대가 성인이 될 때까지는—— 전쟁은 벌이지 마라. 이것만은 지켜야 하느니라."

에스포트 왕국에서는 성인이 되지 않은 자가 전쟁에 참가하는 것을 인정하지 않는다. 설령 변경백이라 해도 예외는 아니다. 솔직히 카인 한 사람만 있으면 타국과의 전쟁에서도 문제없이 승리할 테지만.

그러나 초대 국왕 때부터 지켜온 이 법은 예외를 인정하지 않는다.

이것은 유야가 앞으로 미래가 있는 아이에게 나라의 사정에 따라 생사를 강제할 수 없도록 하기 위함이다.

"그리고 카인 군, 학교는 졸업 때까지 자유롭게 출석해도 돼. 솔직히 학교는 장래를 위해 얼굴을 알리는 것과 영지 경영 등을 배우기 위해 가는 곳이지만, 드링털의 발전을 생각하면 의미가 없으니까. 뭐, 실크도 심심할 테니 가끔은 얼굴을 비춰줬으면 좋겠지만."

"물론 가능한 한 학교는 다닐 생각입니다."

어느 정도 이야기를 마치고 국왕은 다음 업무를 위해 에릭 공작, 마그나 재상을 이끌고 자리를 떴다.

방에 남은 것은 가룸과 카인 두 사람뿐이다.

"설마 카인이 여기까지 될 줄이야……. 뭐, 모르는 바는 아니지만……."

지금까지 저지른 갖가지 비상식적인 행동. 그것이 어린 시절부터 이어져왔다.

여러모로 문제를 일으켜 가룸에게 걱정을 끼쳐왔다.

그런데 아직 성인이 되기 전부터 가룸과 같은 변경백이 되었다.

"──앞으로 아버지와 자식 관계를 넘어 같은 변경백으로서 이 에스포트 왕국을 지켜나가자, 카인."

"네, 물론입니다."

가룸이 만족스럽게 고개를 끄덕이고는 오른손을 내밀었다. 카인도 미소를 지으며 그 손을 꽉 잡았다.

카인은 아버지의 커다란 손을 새삼 느꼈다.

전생귀족의
이세계
모험록

에필로그

변경백이 되어 드링털 이외의 영지를 다스리게 된 카인의 실제 생활은 크게 달라지지 않았다.

바로 영지를 받는 것이 아니라 현재는 왕도에서 대관과 조사관이 파견되어 도시의 상태를 파악하고, 결과가 나온 뒤에 카인에게 맡기도록 되어 있다.

"앞으로 더 바빠지겠네……."

에릭 공작에게 학교는 자유등교를 해도 좋다는 말을 들었지만, 카인이 학교에 가지 않으면 텔레스티아와 실크가 토라질 것이 눈에 선했다.

그렇기에 가능한 한 등교는 하겠다고 결심했다.

그런 생각을 하며 집무실에서 서류를 확인하는데 문을 노크하는 소리가 들렸다. 입실을 허락하자 안으로 다르메시아를 동반한 리자벳이 들어왔다.

리자벳이 소파에 앉자 다르메시아가 홍차를 따라 살며시 눈앞에 놓았다.

한 모금 마시고 숨을 내쉬고서야 입을 연다.

"카인, 나는 이제 그만 우리나라로 돌아갈 생각이오. 이곳은 지내기 편하고 식사도 맛있어서 되도록 오래 있고 싶소만……. 너무 신세를 지고 있으니 말이오."

그 말에 카인은 작업을 일단 멈추고 리자벳의 맞은편에 앉았다.

솔직히 리자벳 한 사람이 늘어도 생활비는 크게 부담이 되지 않는다.

다르메시아가 신경 써서 챙기고 있고, 루라와 로라와도 즐겁게 지내서 딱히 걱정하지도 않았다.

그러나 일스틴 공화국에서 이 도시로 온 지 어느 정도 시일이 지났다.

일스틴 공화국에서의 생활을 포함하면 오랜 시간 동안 모국을 비운 것이 된다.

"……그래. 부모님도 걱정하실 테니 일단 돌아가는 게 좋겠지."

카인의 말에 리자벳은 살짝 고개를 끄덕였지만 무척 내키지 않는 얼굴이었다.

"……그래서 말인데……, 카인도 같이 가줄 수 없겠소?"

그러자 뒤에서 대기하고 있던 다르메시아도 앞으로 나서서 깊숙이 머리를 숙였다.

"카인 님, 가능하면 리자벳 님을 도와주시면……."

다르메시아가 카인에게 이렇게 머리를 숙이고 부탁하는 일은 지금까지 없었다.

정말 낯선 모습이다.

"──자세한 내용을 들려줄 수 있겠어?"

카인도 마족의 나라에 가는 것은 싫지 않다.

세토라는 마왕도 알고 있다. 세토가 다스리는 나라에는 방문한 적이 없지만, 가보고 싶은 마음도 있다.

게다가 앞으로 변경백으로서 바쁜 시간을 보낼 것이므로 갈 수 있는 기회는 지금밖에 없다는 생각이 들었다.

"──그 일에 대해 설명하지 않으면 안 되겠군. 먼저 내가 나라를 떠난 이유 말이오───."

리자벳이 나라를 떠난 이유를 설명하기 시작했다.

오빠가 있지만 그와 사이가 좋지 않은 것.

형제는 둘뿐이고, 둘 중 한 명이 나라를 잇기로 되어 있지만 오빠는 자신이 마황제에 오르는 것을 확실시하기 위해 리자벳을 다른 나라의 마왕에게 시집을 보내려고 획책한 것.

게다가 결혼시키려는 상대가 나이도 크게 차이가 나고 아내가 이미 몇 명이나 있는 것.

그것이 싫어 떠난 것.

"어라, 그러고 보니 마족은 일부일처가 아니었나……?"

전에 세토에게 일부일처제라고 들었다.

"카인 님, 마족도 나라에 따라 다릅니다. 일부일처인 곳은 마족의 나라에서도 두 곳뿐입니다. 참고로 리자벳 님의 마황국은 일부다처제입니다."

다르메시아의 설명에 카인은 고개를 끄덕였다.

"본래는 돌아가고 싶지 않소만……. 무단으로 나라를 떠나고 말았으니. 그리하여……."

리자벳의 표정이 조금 어두워졌다.

"그 뒤는 제가. 실은 카인 님이 리자벳 님을 구한 투기장에 변장한 마족도 있었던 모양이라……. 그 자가 바로 마황국으로 돌아가 보고한 듯합니다. 그래서── 마황국 내의 상층부가……."

"혹시 이쪽으로 찾으러 온다고……?"

조심스럽게 묻는 카인에게 리자벳이 미안한 얼굴로 살짝 고개를 끄덕였다.

황녀라고 해도 한 사람을 위해 그렇게까지 본격적으로 찾을지 의심스럽다.

"카인 님, 리자벳 님의 나라는 베네시토스 마황국이라 하여 마족이라도 다른 국가와 전혀 다릅니다. 다른 나라는 실력에 의해 '마왕'이라 칭할 수 있습니다. 그러나 베네시스트 황국만은 대대로 마황국의 핏줄만이 우선시되어 그 수장은 '마황제'라 일컬어지고, 각국의 마왕이라는 호칭을 인정할 권한도 갖고 있습니다. 그리고 마황국만은 수천 년이라 할 만큼 오랜 역사를 가진 나라입니다."

다르메시아의 설명에 카인은 크게 한숨을 쉬었다.

'그만큼 오랜 역사를…… 한 집안이 대대손손 이어온 것인가……. 그래서 처음 만났을 때 다르메시아가 무릎까지 꿇은 건가…….'

그러나 이 자리에서 의논해봐야 진전이 없다.

"──맞아. 세토를 부르자! 그쪽 상황도 들을 수 있을 테고."

일국의 수장인 세토를 부르면 좀 더 마족의 사정을 파악할 수 있을 듯하여 카인은 소환마법을 외웠다.

마법진과 함께 세토가 나타났다.

오랜만에 부른 것인데 그 표정이 평소와 달랐다.

"카인 님, 오랜만입니다. 그러나 지금은 모든 마족이 중대사를 앞두고 있단 말입니다."

나타난 세토는 지금 당장 전투라도 벌일 듯이 날이 서 있었다.

"이쪽도 큰일 났어. 그래서 세토에게 상담하려고…….."

카인의 말에 세토는 조금 생각하고는 크게 고개를 끄덕였다.

"그렇다면 저도 상담을……. 인간족에게도 중대한————."

그때 세토는 카인의 맞은편에 있는 리자벳을 발견하고 ——그대로 굳어버렸다.

한계까지 눈을 크게 뜨고 놀란 표정을 짓는다.

그리고 뚜두두둑 하는 소리가 울릴 듯이 기계적으로 움직여 카인에게 시선을 보냈다.

"어, 어, 어째서 리자벳 님이 이곳에……?"

동요한 세토에게 카인은 옆에 앉도록 권했으나, 세토는 그 자리에 무릎을 꿇고 머리를 숙였다.

"리자벳 님, 안녕하십니까. 오랜만입니다…….."

세토의 태도에 리자벳이 황녀다운 미소를 지었다.

"세토 공, 오랜만이오. 세토 공이 마왕에 취임한 이래 처음인가."

"네, 넵! 그런데 왜 이곳에……? 지금 마족이 똘똘 뭉쳐 리자벳 님을……."

"세토 공, 일단 자리에 앉으시오. 설명할 테니…….."

세토는 리자벳의 말에 따라 카인의 옆에 앉았다.

그리고 리자벳에게 마황국을 나온 뒤의 일을 듣고, 그 내용에 세토는 놀랐다 화를 내고는 마지막으로 안도한 표정을 지었다.

설명이 끝나자 세토가 피곤에 지친 듯 등받이에 기댔다.

"그런데…… 세토, 큰일이라니……?"

카인의 말에 세토가 뒤늦게 입을 열었다.

"실은 마족 국가 전체가…… 인간족 국가 전체에── 전쟁을 선포하게 되었습니다──."

세토의 입에서 충격적인 말이 튀어 나왔다.

"전하, 모든 준비를 마쳤습니다. 모두 마차에서 기다리고 있습니다."

시녀의 목소리에 푸른색 머리를 허리까지 기른 황녀가 돌아보았다.

가슴 언저리에서 머리카락과 같은 색의 보석이 달린 목걸이가 반짝였다.

"알겠어, 지금 갈게."

귀족의 여행복이라고도 할 수 있는 옷을 입은 소녀가 성에서 나와 마차로 향했다.

"기다리고 있어, 카인 폰 실포드. 나를 잊어버렸다면 용서하지 않을 테니까."

소녀는 누구에게도 들리지 않을 목소리로 혼잣말을 하며 마차에 올라탔다.

몇 년 전.

나는 억지를 부려 상단에 섞여 에스포트 왕국에 가게 되었다.

아버지인 황제로부터 "황녀가 그러면 안 돼!"라고 혼났으나, 나는 어차피 여섯째 황녀이므로 언젠가는 이 나라의 중진의 아들과 결혼하거나 타국으로 시집을 가는 선택지밖에 없다.

어린 시절부터 그런 말을 들으며 자랐으나, 나는 납득할 수 없었다.

황녀라는 족쇄 탓에 아무도 나와 제대로 대화해주지 않는다.

내가 한 마디, 아버지에게 전하면 어떤 처벌을 받을지 모르기 때문이다.

그런 생활이 싫었던 나는 아직 여덟 살이기는 하지만 다른 나라에 가보고 싶었다.

황녀가 아닌 한 사람으로 보이기 위해서는 다른 나라에 갈 수밖에 없다는 유치한 생각으로 결정했다.

타국으로 가는 여행에는 한 달이라는 기간을 필요로 했다.

성에서 생활하는 것도 있어서 길가에서 본 풍경 모두가 신기하게 느껴졌다.

하지만 타고 있는 마차에는 가문의 문장이 들어 있으므로 누구나 나의 눈치를 보았다.

평민은 마차의 문장을 보자마자 모두 양쪽 무릎을 꿇고 머리를 숙였다.

중간에 들른 도시들에서 맞이해준 귀족들도 긴장한 태도로 나에게 말을 걸었다.

역시 황제의 한마디로 처벌받을지도 모른다는 불안감 때문인지도 모른다.

제국의 최남단에 있는 도시에 도착하여 그곳에서 마차를 갈아타기로 했다.

타국에 황족의 문장을 단 마차를 타고 갈 수는 없다. 에스포트 왕국과 수출입을 진행하는 상회의 마차를 타고 가기로 했다.

왕국에 가까워지자 아무것도 없는 초원에 그저 쭉 뻗은 길이 나왔다.

제국과 왕국을 잇는 길은 한 곳밖에 없다.

통행이 힘든 산이며 마물의 숲을 끼고 있기에 이 길을 지나지 않으면 큰 위험을 수반하게 된다.

제국과 왕국 사이를 두고 서로 성채를 지어 그 사이는 완충지 대로 만들었다.

왕국의 성채 도시, 라메스터가 이번 목적지다.

"전하, 이제 왕국으로 들어갑니다. 물론 '전하'라 부를 수도 없으므로 '아가씨'라 부르겠습니다. 송구합니다만 양해해주십시오."

상인 같은 옷을 입은 황족 직속 친위대장이 머리를 숙이며 나에게 전했다.

"알겠어, 그 정도는 괜찮아."

나는 제안을 받아들이며 고개를 끄덕였다.

친위대장이 안심한 얼굴로 상단의 대열로 돌아가 섰다.

성채에서는 검문이 이루어지고 있었다. 상회 입국허가증과 개인 신분증을 확인해나갔다.

물론 나도 확인을 받았다. 이 도시에서 나는 상인의 딸 '리루'라 되어 있다.

"아가씨, 허가가 떨어졌으니 이제 입국하겠습니다."

친위대장이 나에게 전하고 마차를 움직였다.

에스포트 왕국의 도시 라메스터는 유일하게 제국과 무역을 하는 도시다.

몇 년 전에 전쟁을 벌여 군은 적대하고 있지만 상회끼리는 그렇지 않다.

자국의 특산품을 타국에 가져가면 돈을 벌 수 있음을 알 수 있기 때문이다.

상품을 실은 마차가 거리를 나아갔다.

라메스터에서는 제국에서 온 상인들의 숙소가 정해져 있다.

도시 안에 있는 '무역특구'라 부르는 구획에서만 자유롭게 행동할 수 있고, 그곳에서 나가면 체포당한다. 바로 이 무역특구 안에 제국에서 온 상인이 머무는 숙소도 있다.

무역특구 안에서는 양국의 상회가 모여 가게를 내고 상품을 판매하고 있다.

마차 창문으로 살펴보니 활기가 넘치고 있고, 진열된 상품을 보니 나도 모르게 가슴이 들떴다.

상회 거리를 지나 지정된 숙소에 도착하자 마차가 멈췄다.

지정된 숙소에서 묵기로 했다.

그리고 다음 날부터 특구 안을 산책하기로 했다. 물론 호위는 따라오지만.

거리에는 노점이 늘어서고, 다양한 상품이 진열되어 있었다. 제국에서는 볼 수 없는 상품도 있어서 호기심이 이끄는 대로 신나게 가게들을 차례차례 보며 돌아다녔다.

그리고 정신이 들자 혼자가 되어 있었다.

"어라? 어느새 혼자가 됐지? 뭐, 그게 더 좋은가."

처음으로 혼자가 되어 노점을 구경하며 돌아다녔다.

"아가씨, 이 상품 괜찮은 거야. 선물로 어떠신가?"

"……아가씨? 아가씨…… 후후."

"아가씨, 괜찮아?"

"으응, 아무것도 아니야."

황녀가 아닌 한 사람의 인간으로 보이는 것이 무척 기뻤다.

미소를 지으며 차례차례 가게를 돌아다녔다.

"아가씨, 이 과일은 어때? 하나 맛볼 텐가?"

노점에서 상인이 파는 과일을 하나 받아 입에 넣었다.

"달콤하고 맛있어!"

저절로 미소가 번지는 나에게 상인은 "그렇지, 자신 있는 상품이야. 에스포트 남부에서 딴 과일이거든"라며 뽐냈다.

나는 이것을 맛보고 싶었다.

성에는 검식관이 있어서 바로 요리에 손을 대는 일이 없다.

그런 따분한 식사만 하던 나에게는 이 상황이 참을 수 없이 즐거웠다.

아무도 내가 황녀임을 모른다. 누구도 신경 쓰지 않는 그런 생활을 해보고 싶었다는 것을 실감했다.

하나하나 노점상을 구경하다 심플하지만 귀여운 보석 장신구를 파는 곳에 도달했다.

반짝이는 보석을 박아 넣은 목걸이를 선물 받은 적이 있지만, 나는 그런 것이 싫었다. 보석이 덕지덕지 달려 있을 뿐 목에 걸어도 무겁기만 하고 예쁘지도 않다.

진열된 목걸이 중에서 하나 마음에 드는 것이 있었다.

나의 머리색과 같은 보석이 달린 목걸이로 심플하지만 나의 취향에 딱 맞았다.

손을 뻗으려는 순간, 옆에서 손이 슥 다가와 그 목걸이를 집었다.

"아저씨, 이거 주세——."

"아앗!!!!"

나도 모르게 소리를 질렀다.

목걸이를 사려던 소년은 은발에 파란색 브릿지가 약간 들어간 머리였다.

키는 나와 비슷하니 동년배일지도 모른다.

나는 소년이 들고 있는 목걸이로 시선을 보냈다. 선수를 빼앗기는 바람에 양손으로 주먹을 꽉 쥐었다.

"그거 나도 노리고 있었는데!"

"이걸, 너도 갖고 싶던 거야? 응, 그럼 양보할게. 너의 머리색과 잘 어울릴 것 같아."

'앗, 어울린다고? 정말?'

그 소년이 나를 향해 웃었다. 정말 순수하고 예쁜 눈을 한 소년이 바라보는 바람에 얼굴이 빨개졌다.

"아니! 앗!"

스스로도 수줍어하는 것이 잘 느껴질 만큼 얼굴이 빨개지고 말이 제대로 나오지 않았다.

"그, 그런 말을 해도 누가 넘어갈 줄 알고!"

'하고 싶은 말은 이게 아닌데!'

"응? 잘 모르겠지만 살 거지? 아저씨, 이 애가 산대요."

소년이 목걸이를 상인에게 건넸다.

"예이! 고맙소! 은화 두 개요."

나는 작은 주머니에서 시키는 대로 은화 두 개를 꺼내 상인에게 건넸다. 대신 상인이 목걸이가 든 작은 꾸러미를 건넸다.

무심코 소중하게 끌어안고 말았다.

그대로 소년을 바라보고 있자, 신기한 듯 이쪽을 보며 고개를 갸웃한다.

"왜 그래? 또 사려고?"

"모, 목걸이를 양보해줬으니 대신 내가 너의 것을 골라줄게!"

진열된 상품 중에서 비슷한 색의 목걸이를 들어 소년에게 내밀었다.

"이, 이게 너에게 어울려!"

"엥?!"

"왜?! 내가 고른 게 마음에 안 든다는 거야?!"

"아, 아니…… 그건 아니지만……."

소년은 동요하면서도 목걸이를 받아주었다.

"두 사람 분위기가 뜨거운데~. 그 상품으로 사겠소? 그것도 은화 두 개라오. 고맙소~."

소년은 시키는 대로 품에서 돈을 꺼내 상인에게 대금을 지불하고 상품을 받아들었다.

그러고는 그냥 목걸이를 품에 넣으려고 했다.

나도 모르게 소년에게 다가갔다.

"내가 골랐으니 분명 어울릴 거야! 지금 당장 걸어봐."

소년이 포기한 얼굴로 목걸이를 꺼내 착용하려고 하였지만 잘 되지 않는 듯했다.

"할 수 없지, 내가 해줄게!"

소년의 뒤로 돌아가 잠금을 채워주었다.

"자! 다 됐어."

소년의 가슴까지 내려온 목걸이는 눈과 같은 색이라 역시 잘 어울렸다. 자신의 센스에 만족하여 고개를 끄덕였다.

"고마워……."

"응, 천만에! 그럼 나에게도 해줄래?"

나도 모르게 말해버렸다. 소년은 고개를 끄덕이고 나에게서 목걸이를 받아 뒤에서 걸어주었다.

"어때? 어울려?"

나의 말에 소년이 만족스러운 듯 환한 미소를 지으며 고개를 끄덕였다.

"응, 정말 잘 어울려. 머리색과 맞아서 진짜 예뻐."

"예, 예, 예쁘다니……."

아까보다 더 얼굴이 뜨겁다. 귀까지 새빨개진 것이 스스로도 느껴졌다.

"참, 나는 카인. 카인 폰 실포드. 너는?"

"카인이구나! 나는 리루타나 바──, 아니, 리루라고 불러──."

'위험했어. 여기서 황가의 이름을 말해버리면 이 소년은 다른 사람과 똑같은 태도를 취할지도 몰라.'

그때 뒤에서 누군가가 말을 걸었다.

"아가씨! 이런 곳에!! 어이, 이쪽에 계신다!!"

그 목소리에 돌아보자 근위대장을 필두로 친위대 멤버들이 이쪽으로 달려오고 있었다.

"앗, 큰일이야, 들키고 말았어! 카인이라고! 기억했어! 나중에 보자!"

아직 거리를 구경하고 싶기에 도망치는 것을 선택했다.

인파에 섞여 도망쳤지만, 역시 친위대라 금세 붙잡히고 말았다.

"전하, 아니 아가씨, 부탁이니 걱정시키지 마십시오……."

필사적으로 찾아다닌 것을 알 수 있을 만큼 땀을 흘렸다.

"미안해, 오늘은 이제 만족했어. 그만 숙소로 돌아갈게."

"그렇게 해주시면 감사하겠습니다."

여러 가게를 구경하고 만족하는 나는 숙소로 돌아가기로 했다.

다음 날 다시 카인과 만날 것을 기대하고 거리를 돌아다녔지만 만나지 못했다.

그리고 그다음 날도…….

숙소 창문으로 도시의 야경을 바라보며 그가 걸어준 목걸이의 보석을 어루만졌다.

"카인 폰 실포드. 다시 만날 수 있을까……."

아무에게도 들리지 않을 만큼 작은 목소리로 살며시 속삭였다.

예정된 체재 기간이 지나 제국으로 돌아가게 되었다.

결국 그 뒤로 카인과는 만나지 못했다.

마차에서 줄곧 카인의 얼굴이 떠올라 자꾸만 보석을 어루만졌다.

"황녀 전하, 귀여운 목걸이네요. 길에서 사셨나요? 무척 잘 어울리십니다."

마차에 동승한 시녀가 말을 걸었다.

"응, 맞아……."

시녀에게 한 마디만 대꾸하고 다시 창문으로 보이는 풍경을 바라보았다.

머릿속이 카인의 웃는 얼굴로 가득 채워져서 한숨만 쉬었다.

그로부터 5년이 지났다.

나도 열세 살이 되어 제국 학교의 2학년이 되었다.

수도의 학교에서 정치를 배우고, 이 나라와 타국에 대해서도 배웠다.

타국을 공부할 때 실포드 가문이 에스포트 왕국에서 이 제국과의 국경을 수비하는 변경백 가문이라는 사실도 알게 되었다.

내가 태어나기 전에 에스포트 왕국과의 전쟁에서 유일하게 패배한 전투 상대가 국경을 수비하던 실포드 가문이라는 것도.

그럼에도 카인의 웃는 얼굴을 잊을 수가 없었다.

아버지인 황제는 말하지 않지만, 에스포트 왕국에 다시 전쟁을 걸 예정이라는 소문이 들려왔다.

에스포트 왕국과 전쟁을 벌여도 이기지 못할 것이다. 저 좁은 성채를 빠져나가는 것밖에 방법이 없기 때문이다. 아무리 많은 병력으로 공격하더라도 동시에 싸울 수 있는 사람은 수천 명으로 제한된다. 따라서 나는 아버님에게 진언했다.

"아버님, 저를 에스포트 왕국으로 유학을 보내주십시오."

그 말에 아버지인 황제가 깜짝 놀랐다.

"어, 어째서 왕국이냐? 학교라면 우리 수도에 있는 학교로 충분하지 않느냐. 게다가 넌 황녀가 아닌가."

속으로는 라메스터에서 만났을 때 평범한 소녀로 대해준 카인과 만나고 싶다는 생각뿐이었지만, 그것을 말할 수는 없다.

"군은 에스포트 왕국에 입국할 수 없습니다. 따라서 정보가 들어오지 않는 것입니다. 황족인 제가 유학을 가면 에스포트 왕국에 당당하게 입국할 수 있게 됩니다. 분명 왕도 내의 귀족 거리에 있는 저택이 주어지겠지요. 지금 이 나라에서 왕국의 귀족 거리에 당당하게 갈 수 있는 사람이 있습니까? 저의 호위라는 명목이라면 몇 명의 친위대는 데려갈 수 있습니다. 그러니 부탁드리겠습니다. 보내주십시오."

나는 깊숙이 머리를 숙이고 간청했다.

아버지인 황제가 잠시 침묵하고 고민한 끝에 받아들였다.

"——알겠다……. 다만 왕국의 허가가 필요해. 내가 왕국으로 편지를 보내마. 알겠느냐."

머리를 숙인 채 자신도 모르게 표정이 풀어지는 것이 느껴졌다.

"감사합니다. 분명 실망시켜드리지 않을 것입니다."

제국에서 왕국으로 바로 편지가 보내졌다.

다만 파발마를 이용하더라도 한 달쯤 시간이 걸린다.

리루타나에게는 아득한 시간처럼 느껴졌다.

그리고 대답이 돌아올 때까지 석 달의 시간이 걸렸다.

"리루타나, 왕국에서 허가가 났구나. 여름방학 동안 왕도로 들어갈 수 있으면 여름방학이 끝난 뒤에 유학으로 처리해준다고 한다. 저택도 왕국에서 빌려주게 되었다. 너의 말이 맞구나."

황제의 말에 무심코 카인을 떠올리고만 것은 나만의 비밀이다.

| 후기 |

안녕하세요. 저자 야슈입니다. 전생귀족의 이세계 모험록 5권을 구입해주셔서 감사합니다.

많은 분들 덕분에 이렇게 5권까지 발간할 수 있어서 정말 감사드립니다.

그리고 너무 두꺼워져서 죄송합니다. 내용을 넣다보니 분량이 가장 많아졌습니다.

하지만 같은 레이블에 더욱 두꺼운 작품이 있으니 괜찮겠지요?

그럼 본편의 내용을 말씀드리자면, 1권의 라메스터 성채에서 만난 리루타나와의 재회부터 시작됩니다. 중간까지 카인은 눈치채지 못합니다만…….

그리고 새로운 히로인 후보인 리자벳이 등장합니다. 질투하는 텔레스티아, 장난스러운 실크, 마이 페이스인 티파나, 조금 소극적인 리루타나. 약삭빠른 히나타. 그리고 다소 거만한 리자벳.

차례차례 등장하는 히로인들. 실제로 이렇게 몰려들면 큰일이겠지만, 분명 카인이라면 괜찮으리라 기대합니다.

일러스트를 담당해주신 모 님이 카인의 소년 시절부터 청년으로의 변화, 그리고 많은 히로인을 그려주셔서 깊은 감사를 드립니다.

'솔직히 너무 많은 캐릭터 디자인을 맡겨서 죄송합니다!'

주인공인 카인은 스테이터스는 최강이지만, 역시 성장기 남자 아이라서요. 여성의 적극성에는 이기지 못하고, 국왕을 비롯한 어른들의 정치적인 꿍꿍이에도 이기지 못합니다. 그런 완벽하지 않은 카인이 앞으로 어떻게 성장할지 기대됩니다.

네, 저자도 성장할 수 있도록 노력하겠습니다.

다음 권에서는 에필로그에도 쓴 것과 같이 마인족의 대륙으로 갈 예정입니다. 기대하여 주십시오.

그리고 5월 31일에는 큰 인기를 끌고 있는 만화책 2권도 발매됩니다. nini님이 그린 만화의 세계도 즐겨주시면 좋겠습니다.

마지막으로 본 작품을 구입해주셔서 다시 한 번 감사드리고, 다음 권도 읽어주시기 바랍니다.

야슈

Tenseikizoku no Isekaiboukenroku 5

[전생 귀족의 이세계 모험록] 5
~자중할 줄 모르는 신들의 사도~

2023년 6월 15일 1판 1쇄 발행

저자 야슈
일러스트 모
옮긴이 이서연
발행인 유재옥
본부장 조병권
담당편집 정영길
편집1팀 김준균 김혜연
편집2팀 정영길 조찬희 박치우 정지원
편집3팀 오준영 이해빈 이소의
편집4팀 전태영 박소연
미술 김보라 박민솔
라이츠담당 김정미 맹미영 이윤서
디지털 박상섭 김지연
발행처 ㈜소미미디어
제작처 코리아피앤피
등록 제2015-000008호
주소 서울시 마포구 토정로 222, 403호 (신수동, 한국출판콘텐츠센터)
판매 ㈜소미미디어
마케팅 한민지 박종욱 최원석 박수진
전화 편집부 (070)4164-3962, 3963 기획실 (02)567-3388
판매 및 마케팅 (070)4165-6888 Fax (02)322-7665

ISBN 979-11-384-1888-1 (04830)
ISBN 979-11-6389-878-8 (세트)